本格王2024

本格ミステリ作家クラブ選・編

講談社

CONTENTS

本格王2024

序

『本格王2024』をお届けします。

おなじみのシリーズ探偵から捻ったラストの作品まで、様々な趣向を取りそろえました。ここには短編を読む楽しさだけでなく、同時に短編を書く楽しさも詰まっています。あの手この手で読者を驚かせよう、いろんな角度で心を揺さぶろう。そんな手練手管がいっぱいです。短編にはそんな作者の思惑がストレートに表れます。

プロのミステリ作家に限らず、作家を目指している方や趣味で書いている方も、多くは短編から書き始めたと思います。ずっと温めていたアイディア、これだ！とひらめいたアイディアを一気呵成に書き下ろす。時には派手な一発ネタだったり、後々シリーズ化するような名探偵物だったり、後味悪いバッドエンドだったり。

何より一番最初なのでとにかく自由に、思うままに書いてみたことでしょう。客観的に面白いかどうか、独りよがりになっていないかは書き終えてから考えればいい。短編は執筆期間が少ないからこそ、試行錯誤がしやすいです。短期間で出力することで様々なパターンを試せますし、失敗してもダメージは少なくて済みます。そこで自信をつけ長編に挑戦する。その意味で、短編はポーを始祖としたミステリ史の始まりであると同時に、ミステリ作家の個人史の始まりともいえます。

もちろん本書に収められている短編はデビューはるか以前の試作品ではなく、プロとして活躍する作者の自信作ばかりです。執筆しながら充分な手応えを感じていたでしょう。しかしチャレンジが首尾良く成功するかという不安もどこかにあったかもしれません。ただこうやって選ばれたということは、結果的に独りよがりではなく、面白さが広く共有されている証であります。

本書の著者たちも、かつて素晴らしい短編を読み、自分も書いてみたいと習作に手を染め、そして今に至っている人は多いでしょう。きっかけは個人の短編集かもしれませんし、このようなアンソロジーの一作かもしれません。やがてこの本を読み、自分も書いてみたいと思う人が試しに短編を書いてみる……そんな幸せの輪廻が続けばこれに勝るものはありません。

『本格王２０２４』が未来の作家、未来の短編集を生む礎になりますように。

二〇二四年四月

本格ミステリ作家クラブ会長　**麻耶雄嵩**

じゃあ、これは殺人ってことで

東川篤哉

Message From Author

「喜劇を書きたいなぁ、できれば爆笑の本格ミステリ喜劇を……」と常々思っているのですが、その願いに反して私の書く作品のほとんどは喜劇ではなくて推理劇となっております。まあ、本格ミステリですからそうなるのは仕方がないし、そもそも本格の喜劇って、どんな作品のことだよ？　と私自身、あまり明確なイメージが持てずにいました。が今回の作品は、べつにそれを狙ったわけではなかったのですが、私がかねてから望んでいた本格ミステリ喜劇になっているような気がします。願わくば、それが読者の爆笑を誘うものであってくれたなら……。とにかく選んでいただけて光栄です！

東川篤哉（ひがしがわ・とくや）
1968年、広島県生まれ。岡山大学法学部卒業。2002年、カッパ・ノベルス新人発掘プロジェクトの一冊『密室の鍵貸します』でデビュー。11年『謎解きはディナーのあとで』で本屋大賞受賞。12年と14年、15年には日本推理作家協会賞候補に選出。近著に『うまたん　ウマ探偵ルイスの大穴推理』『仕掛島』『博士はオカルトを信じない』などがある。

1

「ちぇすとぉーッ」

　裂帛《れっぱく》の気合が響くと同時に、大きな波が岩場にドオンと打ち寄せ、その叫び声を瞬く間に掻《か》き消《け》していく。逞《たくま》しい両腕によって突き出された槍《やり》は、目の前に広がる闇を真一文字に切り裂いて——グサッ！　荒々しい音を立てながら切り立つ崖へと見事に突き刺さった。確かな手応えに大前田《おおまえだ》典之《のりゆき》は、ひとつ頷《うなず》いた。

「——だが問題は、これからだ」

　自分に言い聞かせるように呟《つぶや》きながら、彼は刺さった槍を慎重に手前に引いた。

　スポッという音こそしないものの、槍の先端から何かがすっぽ抜けるような感触が、彼の両腕に伝わる。引き寄せた槍の先端を自らの目で確認すると、そこにあったはずの鋭い穂先が、いまはもうない。典之は穂先のない槍を手にしたまま、崖へと歩み寄る。暗い斜面には、槍の先からすっぽ抜けた穂先が、深々と突き刺さったまま残っている。正確にいうなら、それは槍の穂先ではなく、ありふれた一本のナイフ。一方、彼の手にした槍は、正確には槍ではなくて単なる竹竿《たけざお》だ。竹竿の先端に切れ目を入れて、そこにナイフを挟んで固定し、それを一本の槍のように用いただけのこと。

これでも普通の槍のように、正面の的を突くことはできる。その状態で竹竿を手前に引けば、切れ目に挟んだだけのナイフは、先端からすっぽ抜けて的のほうに残ってしまうのだ。――だが、これでいい。いや、こうでなくては困るのだ。

典之はひとつ頷くと、崖に刺さったナイフを右手で引き抜いた。予行演習の結果は上々だった。そのことに充分満足した彼は、聳《そび》え立つ崖に背中を向けると、暗い海へと視線を向ける。そして宣言するように叫んだ。

「決行は明日の夜。それが叔父貴《おじき》の命日だ！」

それまで首を洗って待っていやがれ――とドラマに出てくる三流ヤクザっぽい台詞《せりふ》を心の中で呟くと、高揚感に満ちた典之の口から、「ふ、ふふッ」と小さな笑い声が漏れる。やがて、それは「ふはは、ははは……」と徐々に大きな笑い声となり、ついにはけたたましい哄笑《こうしょう》となって夜の海辺に響き渡った。「わぁーッ、はッはッはッはッはッ！」

すると次の瞬間、『あーッ、うるさい！』といわんばかりに、ひと際大きな波がドオンと岩場に打ち寄せる。直後に彼の身の丈を超えるほどの巨大な波しぶき。それは典之の頭上にバサーッとまともに降りそそいで、自己陶酔する彼に文字どおりの冷や水を浴びせた。

すべては一瞬の出来事だった。

濡《ぬ》れ鼠《ねずみ》と化した典之は「へーっくしょん！」と昭和の喜劇俳優を思わせる立派なくしゃみを一発。そして「ずずッ」と盛大に洟《はな》を啜《すす》ると、くるりと回れ右しながらいった。

「まあいい。今夜は、これまでだ……風呂入って寝よっと……」

2

『大前田製菓』といえば、烏賊川《いかがわ》市では知らぬ者のない有名企業。イカチップス、イカせん、イカパイ、イカチョコ、イカモナカジャンボなどなど……他社の人気商品とイカとを組み合わせた斬新な商品ラインナップは、いかにも烏賊川市らしくてイカれていると大評判。烏賊川市民にとっての隠れたソウルフードだ（ただし、よその街では、まったく見向きもされないらしい）。そんな有名企業の舵取《かじと》り役といえば、大前田徳次郎《とくじろう》社長、六十五歳。いうまでもなく地元の名士であり、その名は首都圏を除く関東一円に響きわたっている。

そんな徳次郎を大前田典之が自らの手で殺害しようと決心した理由、それは巨額な遺産を手に入れるため——などという即物的な欲求では、けっしてない。そもそも徳次郎と典之は、叔父と甥《おい》っ子という微妙な間柄だ。徳次郎が死んだところで、本人の遺言によってその財産は彼の妻である志摩子《しまこ》に引き継がれることが、すでに決まっている。したがって、甥である典之に遺産が転がり込む可能性はない。それでも典之が徳次郎殺害を企《たくら》んだのは、ひとえに『大前田製菓』の実権を握らんとする彼の邪《よこしま》な野心によるものだった。

というのも、典之はまだ三十代の若さでありながら『大前田製菓』において専務取締役の地位にある。徳次郎の妻は経営には関わっておらず、しかも社長夫妻の間に子供はいない。よって、彼のポジションは経営陣の中で社長に次ぐ実質的なナンバー2。だが、どうやら徳次郎は社長の座を典之に譲る気などサラサラない。あと数年は社長の椅子に座りつつ、その間に社外から有能な経営者を引っ張ってきて、その人物を自分の後釜に据える腹づもりらしい。そんな噂《うわさ》が社内では、まことしやかに囁《ささや》かれている。もちろん、典之にとって到底受け入れられる話ではない。

——経営のプロを社外から招聘《しょうへい》するだって!? おいおい、ふざけるなよ、叔父貴。そんなことされたら俺、絶対に敵《かな》わないじゃないか!

烈火のごとく憤りつつも、彼の自己分析は案外と的確だった。実際、典之は『社長の親戚』という高い下駄《げた》を履かせてもらった状態で取締役の地位を得ただけの存在。本当のところ企業のトップに立つほどの能力も哲学も人望も経験も、いっさい彼にはないのだ。それでよく社長の座を狙おうなどという野心を抱けたものだが、しかし典之には、ひとつだけ頼みの綱と呼べる存在があった。それは彼の実の弟、大前田俊之《としゆき》の存在だ。俊之もまた同じ会社の経営陣に常務取締役として名を連ねる立場である。

徳次郎が死んだとして、弟の俊之が典之の味方になってくれさえすれば、事はすべて上手《うま》くいくのだ。何しろ俊之は兄と違って社内での人望がある。経営の能力もあるし現場の経験もある。見た目も良くて女子社員にも人気がある。あと典之より背が高いし、何より頭がいい――

「くそッ、考えるほどに、何だか悲しくなってきやがったな」

「ん、いま何かいったか、典之!?」

隣を歩く白髪の男性が、怪訝《けげん》そうな顔で問い掛ける。典之はブンと顔を振りながら、

「いいや、何もいってないぜ、叔父貴」

精一杯の作り笑顔でそう答えると、彼の叔父である徳次郎は「そうか」とアッサリ頷き、また前を向いて暗い庭を歩きはじめた。

庭といっても、烏賊川市街地にある大前田邸の庭ではない。ここは市街地から離れた海岸沿いにある大前田家の別荘。無駄に広い敷地を活かした庭は、そのまま海辺まで続いている。昨夜、典之がずぶ濡れになりながら予行演習に勤《いそ》しんだ、あの海辺だ。

だが今日は演習ではなくて本番。暗い海辺に用はない。用があるのは、徳次郎が寝室として利用する離れだ。それは母屋から離れた庭の片隅にポツンと建っている。丸太を組み上げて造られた平屋建て。徳次郎はこのログハウスが特にお気に入りで、別荘に泊まる際は、いつもこの離れを自らのねぐらとしている。

典之は離れに向かおうとする叔父に無理をいって、わざわざここまでついてきたのだ。

「やあ、やっぱり何度見ても立派な建物だなぁ。叔父貴が自慢するだけのことはある」

「べつに自慢などしとらんだろ。おまえが勝手にログハウスを見たいといって、わしに付いてきたんじゃないか」

「おいおい、俺はこれでも叔父貴のことを心配してやってるんだぜ。だって物騒じゃないか。叔父貴のような金持ちが、こんな離れでひとり夜を過ごすなんて……」

「なーに、心配は無用だ。何しろログハウスの防犯体制は完璧だからな」

叔父がさらりと口にした言葉に、典之はドキリとなった。

「え、完璧って……ひょっとして防犯カメラか何か、設置されているとか……？」

もし、そうだとすれば、せっかく立てた殺人計画は御破算にせざるを得ない。そう思って焦る典之の隣で、徳次郎は「いいや」と首を左右に振った。「防犯カメラなどはない。だが窓には泥棒避《よ》けの柵が取り付けてあるし、玄関のロックは特注品だ。誰も押し入ることなどできんよ」

「なんだ、そうか。だったら安心だ」——安心して計画を実行できる。防犯カメラさえなければ、こっちのものだ！　典之は密かに胸を撫《な》で下《お》ろしてニヤリと笑みを浮かべた。

そうこうするうち、二人は離れの玄関にたどり着く。典之は片手を挙げながら、

「じゃあ、俺は母屋に戻るから。——あ、そうそう、念のためにいっとくけど」

「ん、なんだ？」

「あのな、叔父貴」典之は噛《か》んで含めるようにいった。「中に入ったら玄関に鍵を掛けるんだぞ。いいな、忘れるなよ、叔父貴。忘れずに玄関を施錠するんだ。必ずだぞ、絶対だからな。絶対に玄関に鍵を掛けるんだ。絶対、忘れないように玄関には必ず中から鍵を……」

「おいおい、何をいってるんだ、典之⁉」

徳次郎は目を白黒させながら、「ええっと……『絶対に鍵を掛けろ』っていうのは、つまり『鍵を掛けるな』ってことなのか……⁉」

「違うって！」誰もそんな陳腐なバラエティ番組のノリなんか要求していない。本当に鍵を掛けてほしいから念を押しているだけだ。——だって万が一、叔父貴が鍵を掛

け忘れたら、せっかくの密室トリックが台無しじゃないか！　心の中でそう叫びながら、典之は真剣な顔を叔父に向けた。「用心のために、ちゃんと鍵を掛けろって、そういってるんだよ」

「ああ、そういうことか。判《わか》ってる、心配するな」徳次郎は素直に頷くと、笑顔で片手を挙げた。「そういう典之も風邪なんか引くなよ。今日のおまえは、ときどき変なくしゃみをしていたようだからな」

思いがけず徳次郎が口にした優しい言葉。典之は「お、叔父貴……」といったきり言葉に詰まる。岩のように硬かった殺意が、たちまち砂になりそうだ。

が、そのとき――

「ああ、ところで、典之」徳次郎は感激する甥っ子を前にして唐突に話題を変えた。「ちょうどいい機会だから、ここでおまえにだけは伝えておこう。他でもない次期社長の件だ。まだ正式に決定したわけではないんだが、次の社長になるのは典之、おまえ――」

「え、俺!?」

「うむ、おまえじゃないことだけは確かだから、妙な期待は抱かないようにしろよ。何ていったらいいのか……おまえ、変に期待しているみたいだから、ハタから見てて何かこう……ちょっとイタいんだよなぁ。だから前もっていっとくわ。悪く思うなよ」

「はぁ!? べ、べつに期待なんかしてねーよ」――ていうか、誰がイタい奴《やつ》だって！

怒り心頭に発した典之の中で、いったんは砂になりかけていた殺意が、再び岩のように固まった。もう迷うことは何もない。典之はいっそ清々《すがすが》しい気分で叔父に別れを告げた。

「判った。それじゃあ、玄関の戸締りを忘れないようにしろよ。――おやすみッ」

一方的にいって踵《きびす》を返す典之。その背後で「ああ、おやすみ」と叔父の声。やがて扉がバタンと閉じられると、直後に中からガチャリという金属音。離れの玄関は徳次郎の手によって間違いなく施錠されたらしい。

――よーし、それでいいんだ、叔父貴！

ひとつ大きく頷いた典之は、さっそく次なる行動へと移った。

まずは灌木《かんぼく》の陰に隠してあった長い槍を取り出す。竹竿の先端にナイフを取り付けた、例の槍だ。それを両手に持って、典之は離れの窓の外に立った。木製の柵によって守られた腰高窓だ。柵がある分、油断が生じるのだろう。徳次郎は普段から、この窓を中から施錠するという習慣がない。今日の夕方にも確認してみたのだが、やはり窓のクレセント錠は閉じられていなかった。したがって、この窓は外から自由に開け閉めできるはず。そう信じて、典之は柵の隙間から右手を差し入れる。そして窓を摑《つか》むと、中にいる『標的』へ向かって、さりげなく呼び掛けた。

「あ、そういえば叔父貴、さっき言い忘れていたんだけどさ……」

そういいながら窓を真横に引く。施錠されていない窓はスムーズに開いた。木製の柵の向こう、部屋のほぼ中央に徳次郎の姿。たったいま玄関先で別れたばかりの甥っ子に、いきなり窓の外から話し掛けられて、キョトンとした様子だ。

「ん、何だ、典之⁉ まだ何か用か」首を傾《かし》げながら、窓のほうを向く徳次郎。

その問い掛けに、典之は必殺の槍で応えた。「——ちぇすとーッ」

気合もろとも前方に突き出される槍。それは柵の隙間を通り抜け、室内の空気を真一文字に切り裂き、そして正面を向く徳次郎のズボンの下——ちょうど開いた股の間を——ものの見事にすり抜けた。聞こえるはずのない『スカッ』という擬音が、典之の耳にはハッキリと聞こえた。

「…………」永遠かと思えるほど、

「……………」長い長い時間が、

「………………」過ぎ去った。

ようやく徳次郎は我が身に降りかかった危機を察したらしい。股間をすり抜けた長い槍を、無理やり跨《また》ぎながら、「わ、わわッ……た、助けて！」と悲鳴をあげる。するとと次の瞬間、槍の一部に足が引っ掛かって無様に転倒。徳次郎は床の上で四《よ》つん這《ば》いになる。一方、一撃目をしくじった典之は、いったん槍を手前に引いて体勢を整える。すると、徳次郎が腰を抜かしたような恰好《かっこう》で、こちらを向いた。「ど、どういうつもりだ、典之!? わしを殺して何になる……」

「ええい、問答無用！」そう言い切った典之は、情け容赦なく二撃目の槍をお見舞いする。突き出された先端は今度こそ、徳次郎の腹部を正面から捉えた。「うぐッ」という呻《うめ》き声が響き、徳次郎が白目を剝《む》く。「よし、やった！」充分すぎるほどの手応えを感じて、典之は快哉《かいさい》を叫んだ。――だが安心するのは、まだ早い。大事なのは、ここからだ！

そう自分に言い聞かせつつ、手にした竹竿を慎重に自分のほうへと引き戻す。すると昨夜の予行演習のとおり、ナイフは竹竿の先端から離れた。徳次郎の腹部にナイフだけを残したまま、竹竿だけが窓の外へと無事に回収された。典之は満足の笑みを浮かべた。

「完璧だ……」いや、厳密にいうなら完璧じゃない部分もあった。最初の一撃が相手の股間をすり抜けた際には、いったいどうなることかと、冷や汗を掻いたが――「とにかく上手くいった。完璧な密室殺人のできあがりだ。やっぱ俺って天才だな」

自画自賛する典之だが、実際のところ、これは彼が自分の頭で考えた密室トリックではない。子供のころ読んだ探偵小説に出てきた古典的なトリックなのだ。とはいえ現実世界で成功させた人間は珍しいはず。彼が有頂天になるのも無理はなかった。だが――

あらためて室内を覗《のぞ》き込んだ典之は、目の前の光景に「むッ」と眉をひそめた。平仮名の『く』の字を書くような恰好で横たわる徳次郎。だが腹を刺された彼には、まだ僅かながら息が残っているらしい。その右手が何かを探し求めるかのように、板張りの床の上を動く。その先に転がる棒状の物体は――黒のサインペンだ！

おそらくテーブルの上にでも置いてあったものが、先ほどのドタバタ劇のあおりで床に転がり落ちたのだろう。おそらく徳次郎もそのペンの存在に気付いているのだ。

「マ、マズい！」焦りの声が典之の口を衝《つ》いて飛び出した。あのサインペンを摑んだ徳次郎が、最後の力を振り絞って犯人の名前を書いたら――床の上に『ノリユキ』などとダイイング・メッセージを残したりしたなら――いままでの努力が水の泡だ。死に際の伝言など残されては絶対に困る。だが柵の外にいる典之は、いまや虫の息である叔父に指一本触れることさえできない。ただ黙って成り行きを見守るだけだ。

ハラハラしながら見詰める視線の先、徳次郎の指が円を描くように床の上を這い回る。だが、その指先はなかなかサインペンに届かない。ただ何もない床の上を虚《むな》しく動き回るばかりだ。きっともう意識も薄れて、目もよく見えていないのだろう。

「頼む。そのまま……そのまま、くたばってくれ、叔父貴……」

祈るように両手を合わせて懇願する典之。すると次の瞬間、徳次郎が闇雲に伸ばしたような右手が、奇跡的にサインペンの位置を探り当てた。彼の右手がしっかりとペンを摑む。

「おいおいおいおいおいッ、やめろやめろやめろッ、無駄な真似《まね》は、よせッ」

犯人としてはもう気が気ではない場面。だが観念しかかったその直後——ペンを握った徳次郎の右手がガックリと脱力。緩んだ指の間から離れたペンは床の上をコロコロと転がって、ようやく壁際で止まった。固唾《かたず》を吞《の》んで見守る典之。だが彼の目の前で、もう二度と徳次郎の身体《からだ》が動くことはなかった。徳次郎は腹部に負った致命傷によって、ついに絶命したのだ。その事実を知って、典之はようやくホッと安堵《あんど》の息を吐いた。

「危なかった……でも大丈夫だ」

徳次郎は結局ダイイング・メッセージを残せないまま息絶えた。これで良かったのだ。

「だってダイイング・メッセージを残して死ぬ自殺者なんて、いるわけないもんな……」

そう呟きながら彼はあらためて室内を見やった。腹を刺されて息絶えた遺体。内側から施錠された玄関扉。そして唯一の窓には木製の柵が嵌《は》まっているのだ。殺人者の出入りできる隙間は、どこにもない。まさに密室。この状況を見れば、きっと警察はこう考えるはずだ。『大前田徳次郎氏は鍵の掛かった部屋の中で自らナイフで腹を切って死んだ。すなわち、これは割腹自殺である』と。

「よし、これでいい。——残るは、後始末だ」

典之はひとつ頷くと、柵の隙間から手を差し入れて窓を閉める。そして竹竿を手にしたまま、その足で海岸へと駆け出した。そうして訪れた海辺は、昨日と同様に闇の中だ。

典之は海に臨む岩場に立つと、手にした竹竿を「ええーい」という叫び声とともに放り捨てる。そして大仕事を終えたように両手をパンパンと払う仕草で、「計画は大成功だ」

あとは引き潮が証拠の竹竿を遠くの海へと運び去ってくれるに違いない。そう思った瞬間、彼の口許《くちもと》にニヤリとした笑みが広がった。——やった、ついに俺はやり遂げたのだ！

「ふ、ふふふ、ふふふふ、ふはははは、ふはははははッ、あーッはッはッはッ！」

犯罪計画の成功を確信した典之の口からは、昨夜を上回る哄笑がほとばしる。すると次の瞬間、彼の目の前で、これまた昨夜を上回る巨大な波がドオンと岩場に打ち付けた。『ええい、やかましい！』といわんばかりの盛大な波しぶきとともに——

3

「へーっくしょん！」

大前田典之が猛烈なくしゃみを披露すると、食卓の向こうに座る弟、俊之が怪訝そうに眉をひそめた。「おや、どうしたのさ、兄さん。とうとう風邪でも引いたのかい？」

「いいや、なんれもない」といって典之はズズッと鼻を鳴らす。そして弟の疑念を撥《は》ね返《かえ》すように、勢いよく朝食のトーストに齧《かじ》りついた。――くそッ、確かに少し熱っぽいな！

だが本当のことなど、誰にもいえるはずがなかった。一昨日の夜と昨日の夜、ひとり海岸の岩場に立ちながら、二晩連続で頭から波しぶきをかぶって、とうとう風邪を引いたなんてことは、とてもとても恥ずかしくって。――いや、恥ずかしい以前の問題か。

とにかく典之は無用な詮索を回避するべく、「ところで」といって話題を変えた。

「叔父貴はどうしたんだ？　朝飯の時間だっていうのに、まだ離れの寝床で寝ているのか」

まあ、もちろん寝ているんだがな。ただし寝床ではなくて冷たい床の上で——内心でそう呟きながら、典之は弟を見やる。すると俊之は新聞片手に珈琲《コーヒー》を飲みながら、

「うん、確かに珍しいよね。叔父さんが朝食の席に寝坊するなんてさ。でも、さっき志摩子さんが呼びにいったみたいだから、そのうち起きてくるんじゃないの？」

「そうか」だが叔父貴が起きてくることなど、あり得ない。ただ叔母がひとりで首を傾げながら戻ってくるだけだ。——そう思いながら自分の珈琲カップを手にする典之。

その目の前で、食堂の扉がガチャリと開いた。入ってきたのは徳次郎の妻、志摩子だ。想像したとおり彼女は首を傾げながら、「ねえ、変なのよ。離れの玄関をノックしても、あの人、ちっとも起きてこないの。玄関には鍵が掛かっていて中には入れないし……どうしちゃったのかしら、あの人……ひょっとして死んだのかしら？」

志摩子の口から飛び出した突然のブラック・ジョークに、典之は口に含んだ珈琲を思わず「ぶぅーッ」と勢いよく噴いた。正面に座る俊之は手にした朝刊で自分の顔をしっかりガード。襲い掛かる『毒霧』を巧みに避けながら、「——汚いな、兄さん」

「スマン」典之は口許をナプキンで拭ってから、無理やりな笑みを志摩子へと向けた。「は、はは……しかし叔母さんも冗談がキツいですね……し、死んだなんて、まさか……」

まさか全部知っていながらトボけているんじゃないよな、叔母さん？　そんな疑念を抱きつつ、典之は彼女に尋ねた。「窓から中を覗いてみたりはしなかったんですか」

「ええ、そんなことはしなかったわ。――そうね、覗いてみれば良かったわね」

「じゃあ今度は僕がいって見てきましょう。ちょうど朝食も済んだことだし」

「お願いするわ、典之さん」

「頼んだよ、兄さん」

「馬鹿、おまえは俺と一緒にこいよ！」俺がひとりで密室を眺めたって意味ないじゃないか。おまえが証人になるんだ、密室の証人に！

イラつく典之の前で俊之は悠然と珈琲を飲み干すと、「判った、僕もいくよ。あ、そうだ、念のために鍵を持っていくといい。――叔母さん、ありますよね、離れの鍵？」

「ええ、取ってくるわ」

志摩子はいったん食堂を出ると、一本の鍵を持って戻ってきた。それを兄弟二人の前で示しながら、「やっぱり私もいくわ。なんだか心配になってきたから」

もちろん密室の証人は多いほうがいい。典之にとってはすべて理想的な展開だった。

こうして典之は弟と叔母を連れて母屋の玄関を出た。そのまま真っ直《まっす》ぐ離れへと向かう。典之は自分の中で徐々に緊張感が高まっていくのを感じた。だが何も知らない俊之と志摩子は、普段と何ら変わらない表情だ。やがて三人は離れの玄関へとたどり着いた。

「叔父貴ぃーッ、起きてるかぁーッ、起きてたら返事しろぉーッ」

典之が乱暴なノックを繰り返しながら呼び掛ける。これでもし返事があった日には、逆にこっちが悲鳴をあげるところだ。だが幸いにして中からの応答はない。当然のことだ。小さく頷いた典之は、くるりと後ろを振り返ると、「では叔母さん、さっきの鍵を……」

「ん!?」怪訝そうに眉根を寄せたのは、俊之だった。「なんで？　まずは窓から覗いてみるんじゃなかったのかい、兄さん？」

あ、いっけねえ――一瞬ドキリとしてから、典之はぎこちなく頷いた。「そ、そうだったな。鍵を使うのは、窓から中を覗いた後だ。ああ、もちろんだとも……」

ポリポリと頭を掻きながら、典之は離れの側面へと回る。そこにあるのは大きめの腰高窓だ。窓の外には木製の柵が取り付けてある。カーテンは中途半端に引かれているだけだから、ガラス越しに中を覗くことは充分に可能である。――さあ、ここが大事なところだ！

典之は柵越しにガラス窓を覗き込む。その視界に飛び込んできたのは、昨夜も目にした殺害現場の光景だ。次の瞬間、彼の口から素っ頓狂なほどの大声が漏れだした。

「わあああッ、お、お、叔父貴がぁ、叔父貴が床に倒れて死んでいるぅぅぅーッ」

——ふッ、我ながら完璧な演技だぜ！　どこにも非の打ちどころがないな！

だが完璧と感じたのは、どうやら典之本人だけだったらしい。彼に続いてガラス窓を覗き込んだ俊之は、「うん、確かに叔父さん、床に倒れているね」と冷静に頷いてから、「でも、なんで死んでるって判るのさ、兄さん？」と鋭く問い掛ける。

「は!?」典之は一瞬、呆《ほう》けたようにパックリと口を開けながら、「なんでって……だ、だってほら、血が……血が床に流れてて……」

「うん、それはそうだけど、まだ息があるかもしれないだろ」

「…………」ねぇーよ、息なんて！　だって叔父貴が刺されたの、昨夜だもん！

心の中でキッパリ否定する典之。だがその隣で志摩子が一縷《いちる》の望みを託すように、

「そうよ。まだ死んだとは……」

「ええ、決め付けられません！　もちろんですよ、叔母さん。まだ希望はあります」

典之は一瞬で態度を翻《ひるがえ》すと、目の前の柵を両手で握りながらいった。「くそッ、窓からは中に入れない。やはり玄関に回るしかないみたいだな」

こうして三人は再び離れの玄関へと回った。志摩子が自ら鍵を使って玄関扉の施錠を解く。だが——「駄目よ、開かないわ。きっと中からカンヌキが掛かっているんだ

わ」

「畜生、なんてこったい！」再び自慢の演技力を発揮する典之は、両手で自らの頭を抱えながら、「これじゃあ俺たち、一歩も中に入れないじゃないか。——どうする、俊之？」

「仕方ないね。事態は一刻を争う。ここは奥の手を使うしかないんじゃないかな」

冷静にいった俊之は、ひとり玄関を離れる。向かった先は、離れに隣接する物置小屋だ。中には庭いじりに必要な道具類が収まっている。扉を開けて小屋の中を覗き込んだ俊之が、両手で取り出したのは大きな斧《おの》だ。彼はそれを持って再び離れの玄関に舞い戻ると、

「これで扉を壊そう。——いいですね、叔母さん？」

「ええ、やってちょうだい。さあ、早く！」

「頼むぞ、俊之！」

二人の声援を背中に受けながら、斧を手にした俊之が木製の扉の前に立つ。大きく振りかぶって、まずは最初の一撃。ちょうどカンヌキの位置するあたりに、斧の刃が突き刺さる。続けて同じ場所に打撃を繰り返す俊之。そうするうちに木製の扉が、ついに音を上げたようにギイッと軋《きし》みながら開いた。俊之と典之は相前後して中へと飛び込んだ。

短い廊下の先にある扉を開けると、その向こうが居室だ。ベッドがありテーブルがあり、ひとり掛けの椅子がある簡素な部屋。そのほぼ中央に変わり果てた徳次郎が『く』の字の恰好で横たわっている。「――叔父貴！」「叔父さん！」

典之と俊之、二人は揃《そろ》って叔父のもとへと駆け寄った。もちろん徳次郎に息はない。判りきったことを、さもたったいま知ったかのように、典之は悲痛な叫び声を発した。

「ああッ、駄目だぁ！　叔父貴の身体は、もうすっかり冷たくなっているぅ！」

すると彼の背後で「そ、そんな……」という力のない声。振り向く彼の視線の先には、最悪の事態を前にして顔面蒼白《そうはく》となった志摩子の姿。そして次の瞬間、彼女の身体はまるでスローモーションのように膝から床にくずおれていった――

4

どうやら激しいショックに耐えきれず、志摩子は気を失ったらしい。とりあえず典之と俊之の二人は、力を合わせて彼女の身体を抱え上げ、それを徳次郎のベッドに寝かせる。

それから二人は床に転がる叔父の遺体を、あらためて確認した。

「やっぱり死んでいるね、兄さん」

「ああ、間違いないな。ナイフが腹に刺さってやがる」

「これが致命傷らしいね。だけど、いったいどうしてこんなことに？」

「さあ、俺にも判らん。だが、そんなことはともかく……」といって無益な会話を切り上げた典之は、自分のスマートフォンを取り出すと、「まずは警察を呼ぶのが先決だ。救急車はもはや呼んでも意味がないだろうしな」

そういって画面上に指を滑らせる典之。だが彼の指が『一一〇』の番号を呼び出そうとする寸前、「――待って、兄さん！」

狭い室内に響いたのは俊之の声だ。典之は指の動きを止めて、「ん、どうした、俊之？」

「ちょっと待ってよ、兄さん。――これって自殺じゃないの？」

「そうかもな」典之は何食わぬ顔でいった。「うん、状況からいって、そう思える」

「そうだよね。玄関扉は中から鍵が掛かっていた。窓は柵で覆われていて、誰も通ることはできない。この状況で叔父さんが腹から血を流して死んでいるってことは、自分でナイフを持って腹を刺したとしか思えない。少なくとも警察はそう判断するはず」

「そういうことだ」だから警察の疑いの目が、こちらに向くことはない。安心して一一〇番通報できるというわけだ。いったい何が問題だというのか。意味が判らない典之は、あらためてスマホ画面に指を走らせながら、「じゃあ呼ぶぞ、警察……」

「駄目だよ！」

「なぜだよ？」

「だって、保険金が……」

「はぁ、保険金って……」

「自殺じゃあ保険金が下りないじゃないか」

「え……？」

「自殺じゃあ、保険金が下りないんだよ！」

「…………」典之は思わずキョトンだ。「おまえ、何いってんの？」

「だからぁ、自殺だとぉ、保険金がぁ、下りないん……」

「判ってるよッ、同じことを何度もいわなくたって、俺、耳はいいから！」典之は声を荒らげて、目の前の弟を見据えた。「そうじゃなくって、いったい何の話なんだよ、保険金って？　俺そんな話、いっぺんも聞いたことないぞ。叔父貴は何か保険に入っていたのか」

「そう、生命保険だよ。死亡した際の保険金は五千万円。受取人は僕と兄さんだ」

「え、マジ!?」典之は咄嗟《とっさ》に自分の耳を疑った。「えーっと、それって、つまり……

俺が二千五百万円で俊之が二千五百万円で、合わせて五千万円ってこと……？」

「違うよ。僕が五千万円で兄さんも五千万円だよ」

「じゃあ合わせて一億円かよ！」典之の声が興奮のあまり裏返った。「凄《すげ》ぇじゃんか。一億円っていやぁ、年末ジャンボ宝くじの一等賞金の七分の一だぜ」

「うん、そのとおりだけど……兄さん、その喩《たと》えじゃあ全然凄さが伝わらないよ」

「それもそっか」どうやら喩え方を間違えたらしい。「いずれにしても、とにかく大金に違いない。やったな、兄弟！」

偽らざる本音が典之の口を衝いて飛び出す。だが俊之は残念そうに首を横に振った。

「でも駄目だよ、兄さん。どうやら叔父さんは自殺したらしい。まあ、それも無理ないよね。会社の業績はこのところ右肩下がり。社員の士気は低く、経営陣は僕以外に頼りにならず、おまけに後継者と見込んだ甥っ子は、まるで期待ハズレじゃあ、さすがに社長としてはお先真っ暗。腹を切って死にたくなるのも、なんだか判る気がするよ」

「そ、そうか……」だが、ちょっと待て、弟よ。その『期待ハズレの甥っ子』っていうのは、ひょっとして俺のことか。随分と辛辣《しんらつ》だな、おい！

ムッとする典之の前で、辛口な弟はさらに続けた。「でも、だからといって自殺されちゃ、こっちが困るんだよ。叔父さんがその保険に加入したのは、一年ほど前のことだと聞いている。だとすると、このタイミングで叔父さんが自殺したとして、死亡保険金は一円も下りないはずなんだ」

「だろうな。でも、それならそれで仕方がないじゃないか。実際、叔父貴は自殺したんだから」――いや、違った。実際には叔父貴は自殺したわけじゃない。殺されたんだった。

だが殺した張本人である典之には、もちろん本当のことなど口にできるはずもない。ほんの一瞬考えて、典之は口を開いた。「やっぱり、ここは普通に警察を呼ぶしか……」

「いや、待ってよ、兄さん。僕に考えがある！」

「…………」考えるなよ、馬鹿！　ここはもう自殺ってことでいいじゃんか！

心の中で懸命に訴える典之。その目の前で俊之は不穏な考えを口にした。

「これは単なる自殺なんかじゃない。叔父さんは密室の中で殺されたんだ。――そう、これは、いわゆる密室殺人事件なんだよ！」

うん、実際そのとおりだけどよ――とウッカリ頷きそうになって、典之は慌てて首を左右に振った。「馬鹿馬鹿、何いってんだ！　密室殺人事件なんかじゃない。これは密室自殺事件だ。要するに普通の自殺なんだよ」――頼むから話を難しくしないでくれ、弟よ！

典之は懇願するような目で訴える。だが俊之は、ふと疑念の入り混じった視線を自分の兄に向けると、怪訝そうな声でいった。

「なーんか変だなぁ、兄さん」

「ん、変って何が……？」

「兄さんは五千万円の保険金が欲しくないの？　普段の兄さんは、僕よりも遥《はる》かに強欲でカネとオンナが大好きなモラル低めの駄目男じゃない。そんな兄さんが目の前にぶら下がっている五千万円をアッサリ諦めようとするなんて……なんか変じゃない？」

「べ、べつに変ってことはないだろ」ていうか、誰が『モラル低め』だい！　むしろモラル低めなことを喋《しゃべ》ってるのは、主におまえのほうだからな！　典之は口の悪い弟を見やりながら、小さく肩をすくめた。「そりゃあ俺だって五千万円は欲しいさ。だが仕方ないじゃないか。自殺は自殺。それを殺人事件にはできないだろ」

「いや、できると思う」

俊之はベッドで眠り続ける志摩子を見やりながらいった。「幸いにして、叔母さんはロクに現場を見ないうちに気を失った。いましばらくは意識を取り戻しそうにない。この隙に乗じて僕らがほんの少し、この現場に細工を施せば、叔父さんの自殺を密室殺人のように見せかけることができる。——そう思わないか、兄さん？」

「そ、それは可能かもしれんが」でも、それって俺の努力を完全に無にする行為だぞ！

納得いかない典之の前で、俊之はひとり行動に移った。まずは窓辺へと歩み寄って、窓とクレセント錠を確認。指紋を残さないように気を付けながら、窓を開け放つ。目の前に現れたのは木製の柵だ。その柵の間隔を指で測りながら、「ふーむ、なるほど……」

小さく頷いた俊之は窓を閉めると、再び遺体の傍《そば》にしゃがみ込む。そして、その腹部に刺さったナイフの柄《え》の部分をシゲシゲと見詰めていった。「なるほど。これは、まさにおあつらえ向きってやつだな……」

「……………」おいおい、『おあつらえ向き』って、何の話だよ？

何やら悪い予感を覚える典之。その目の前で俊之が突然すっくと立ち上がりながら、

「ねえ、兄さんは知ってるかい？　この家のすぐ隣に竹藪《たけやぶ》があることを。槍みたいな長い竹がニョキニョキと生えた竹藪なんだけど……」

文字どおり藪から棒にいいだす。典之は悪い予感が的中したことを確信した。

「こらこらこらッ、なに考えてるんだ、おまえ！」

「うん、実はこの状況にピッタリの上手いトリックを思いついたんだ。――といっても、子供のころに読んだ探偵小説の中に出てきた古典的なトリックなんだけどね」

「………」こいつ、俺と同じ探偵小説、読んでやがる……

典之は眩暈《めまい》がする思いだった。だが、それは充分考えられることだ。なにせ兄弟なのだから、読書体験が似ることもあるだろう。そのように理解した典之は、ゴホンとひとつ咳払《せきばら》い。そして素知らぬ顔でいった。「えーっと、俺はその探偵小説を読んでいないから、よく判らないんだが……そのトリックを使うと、密室で人殺しができるのかな？」

「うん、まさしく、この離れの状況にピッタリだよ……って、ん!?」ふと何かに思い至った様子で、俊之が眉をひそめる。そして、まあまあ大きな声で独り言を始めた。

「いや、待てよ。何だかピッタリすぎるな……ひょっとして叔父さんって、実際そういうトリックで突き殺されたんじゃ……」

「そそそ、そんなことはあるまいよ」典之は弟の独り言に無理やり割って入った。

「叔父貴が探偵小説に出てくるようなトリックで殺されたなんて、そんなまさか。そもそも小説の中のトリックを実際にやる奴なんて、滅多にいないだろ」

「まあ、それもそうだね。兄さんのいうとおりだ。そんな馬鹿、いるわけない」

「………」いるよ！　おまえの前に『そんな馬鹿』が約一名な！

妙な屈辱を感じて典之の肩が小刻みに震える。それをよそに俊之はさらに続けた。

「でも実際いなくても構わないんだよ。要は、殺人事件っぽく見えさえすれば、それでいい。自殺だと断定されなければ、保険金は僕らに支払われるんだから」

「なるほど」こいつ、正真正銘の詐欺師だな。「で、具体的には何をどうやるんだ？」

「まずは竹藪から適当な長さの竹を切り出す。その先端を加工して、ナイフの柄を挟めるようにするんだ……」

俊之はトリックについての解説を長々と語った。その説明が、典之には実によく判る。ほとんど耳を傾ける必要がないほどに。「で、その加工した竹竿を、どうするんだ？」

「それらしい場所に隠すんだ。いや、正確にいうと、見つかりやすい場所に隠すんだ。やがて警察がきて、その竹竿を発見する。勘のいい刑事ならそれを見て、きっとこう考えるだろう。『この竹竿の先端にナイフを挟めば、恰好の槍ができあがる。それを用いれば、窓の柵越しに室内の被害者を突き殺せるはずだ――』ってね」

「つまり警察は『自殺説』を捨てて『密室殺人説』に傾くってわけだ。なるほど、それは結構。だが、ひとつ問題がある。いいか、よく聞け、弟よ。もし、これを殺人事件に偽装した場合――」いや、『偽装』っていうか実際、殺人そのものなのだが――「その場合、叔父貴殺しの最大の容疑者は、俺たち二人ってことにならないか。だって、そうだろ。俺たちはこの週末、叔父貴の別荘に泊まりにきていた。もちろん偶然だ。だが警察は、そう思わないかもしれない。そして何より俺たちには、保険金目当てという充分な動機がある。俺は保険金の件について、いままで何も知らされていなかったが、これもやはり警察は疑ってかかるだろう。警察の疑惑の目が俺たちに注がれることは、火を見るよりも明らかだ」

「で、間違って僕らを殺人犯として逮捕するってかい？」そういって俊之は楽天的な笑みを浮かべた。「はははッ、その心配はないんじゃないの？　だって日本の警察は優秀だって聞くよ。冤罪《えんざい》事件なんて、そう滅多に起こりゃしないって」

「…………」馬鹿ッ、冤罪じゃねーんだよ！　事実、俺が殺したんだってーの！

真実を告白する言葉がウッカリ口を衝いて飛び出しそうになる。典之はぐっと奥歯を噛み締めて、失言を堪《こら》えた。「た、確かに冤罪で捕まる危険は少ないだろう。だが、そうだとしても、やはり警察から疑いの目で見られるのは避けたいところだ。だって俺たち二人は仮にも『大前田製菓』の取締役に名を連ねる立場だぞ。世間体ってもんがあるし、社内での評判も気になるところだ。万が一にも『社長殺しの悪徳兄弟』なんて噂が立ったら、俺たちお仕舞いなんだからな」

「なるほど。確かに兄さんのいうとおりだね」

顎に手を当てた俊之は、ふいにナイスなアイデアを思いついたとばかりに顔を上げた。「だったら、その証拠となる竹竿に志摩子さんの指紋でも付けておこうか。ちょうどいまなら彼女、気を失ってるし……」

「なるほど、なるほど。ぐっすり眠っている志摩子さんの両手に、こっそり竹竿を握らせて、そこに彼女の指紋をペタペタペタペタペタ……って、馬鹿ッ、んな真似できるかぁ！」

典之は渾身《こんしん》のノリツッコミを披露。すると俊之は「シーッ」といって人差し指を唇に当てながら、「そんな大声出したら、志摩子さんが起きちゃうじゃない。そうなったら僕の計画も全部パー、保険金は永遠に手に入らないんだよ。それでもいいの、兄さん？」

「………」いや、良くはない。良くはないが――にしても知らなかったぜ。俺の弟が、こんな最低最悪の〇〇〇〇〇野郎だったなんて！

弟の真の姿に密《ひそ》かにドン引きしながら、典之はブルブルと首を横に振った。

「とにかく駄目だ。叔母さんに罪をなすり付けるなんて、あまりに酷《ひど》い。それに、結局それだと大前田一族の評判がガタ落ちになることは、避けられないわけだしな」

「それもそうか」俊之はいったん自説を引っ込めて、典之のほうを向いた。「そういう兄さんには、何か上手い考えはないの？」

「はぁ、俺に考えなんて……」そもそも考える必要なんてないのだ。せっかく自殺に見せかけて殺したものを、また殺人のように見せかける必要なんて、どこにもない。だいいち、そんなことしたら自分で自分の首を絞めるだけじゃないか！

そう感じる典之だったが、いまやすっかり悪党としての本性を露呈《ろてい》した弟のことを、理詰めで説得する自信はない。もちろん自分が殺人犯であることを悟られるわけにもいかない。それに正直なところ、五千万円の保険金だって欲しいのだ。もはや典之は何をどう考えればいいのか、サッパリ訳が判らなかった。と、そのとき――

彼の視界に飛び込んできたのは、壁際に転がる黒い棒状の物体。それは一本のサインペンだった。昨夜、死に際の徳次郎が一瞬だけ握り締めた黒のサインペン。それを見た瞬間、典之の身体に電流が流れ、脳裏に稲妻が走った。「――おい、見ろ、俊之、ペンだ」

「ん、ああ、そうだね。黒のサインペンだ。きっとテーブルの上から落ちたんだろ」

「たぶん、そうだ。このペンには叔父貴の指紋が付いているはず」

「だろうね。叔父さんのペンだもの。――それが、どうかした？」

俊之は訳が判らない様子で問い掛ける。典之は自信を持った口調でいった。

「このペンを使おう。――任せとけ、俺にいい考えがあるんだ！」

5

「……なるほど、そうですか。遺体発見時の様子については、よく判りました」

背広姿の冴《さ》えない中年男性が離れの玄関先で頷く。その背後に立つ若い男は、真っ二つに折れたカンヌキを眠そうな目で見やりながら、「ふーん、それで玄関の扉が、こんなふうに叩《たた》き壊されているんですねえ」といって手帳に何やら書き込む仕草。大前田典之と俊之の兄弟は声を揃えて「ええ、そうなんですよ、刑事さん」としっかり頷いた。

二人は烏賊川署の刑事課に所属する捜査員。典之の一一〇番通報によって、この現場へと駆けつけたのだ。中年刑事は砂川《すながわ》という男で、階級は警部。その部下である若い男は志木《しき》刑事というらしい。典之たちは離れの玄関先で、刑事たちを前にしながら、遺体発見に至る詳細について説明したところである。

ひと通り話を聞き終えた砂川警部は、「では中へ……」といって兄弟を室内へと誘った。

徳次郎の遺体はすでに運び出されていて、居室の中はガランとしている。先ほどまでベッドの上で気を失っていた志摩子も、とうとう目を覚ますことのないまま救急車で病院へと運ばれていった。結果、現場で目につくものといえば、遺体の倒れた位置を示す白線と乾いた血痕、そして黒い線で書かれた一個の文字とサインペンだけだ。それは白線によって描かれた頭部の真横に位置している。警部はその文字を指差しながら、

「これは遺体発見時から、あったのでしょうね」

この問いに典之は深々と頷きながら、「ええ、もちろんです」とキッパリ嘘《うそ》をついた。

隣で俊之も「ええ、間違いありません」と同様の嘘をついて涼しい顔だ。

実際には、そのような文字は遺体発見時にはなかった。後から典之が黒のサインペンで書き加えたものである。だが何も知らない砂川警部は、文字を捏造《ねつぞう》した張本人に向かって真顔でいった。「この文字、『A』と読めますね。アルファベットの『A』だ」

「私にもそう読めます。そうとしか読めません」

「ふむ、これを書いたのが徳次郎氏だとすると、これはダイイング・メッセージということになりそうですが……」

「ええ、私もそう思います」といって典之は筋書きどおりの台詞を澱《よど》みなく口にした。「きっと、叔父貴は死ぬ間際に最後の力を振り絞って、犯人の名前を書き残した

のでしょう。ああ、そのときの叔父貴の無念は、いかばかりだったでしょうか……」

「ふーむ、犯人の名前ねぇ」といって砂川警部は渋い表情だ。「そういいますが、あなたがた二人の話が事実だとするなら、遺体発見時この離れは誰も出入りできない、いわば密室状態にあった。その密室の中で徳次郎氏は腹にナイフが刺さった状態で死んでいたわけですよね。ということは、これは普通に考えて自殺では……」

「自殺じゃありませんよ」と横から口を挟んだのは、俊之だ。どうしても五千万円を手に入れたい弟は、臆することなく目の前の刑事に立ち向かった。「どう見たって、これは殺人でしょう。叔父さんは殺されたんです。だって自殺者がダイイング・メッセージなんて残すわけがない。——ねえ、兄さん？」

「まあ、普通そうだろうな。逆に考えるなら、ダイイング・メッセージが残されているという事実は、叔父貴は何者かに殺されたということを意味する。ああ、間違いない」

　そのように考えたからこそ、典之は自らの手で遺体の傍に『A』の文字を書き加えたのだ。したがって、『A』の文字そのものに意味はない。べつに『B』や『C』でも良かったし、片仮名の『ア』でも良かった。大事なことはこれが正真正銘、徳次郎の残したダイイング・メッセージであると、警察に信じ込ませることだ。だが当然ながら事はそう簡単には進まない。想像したとおり、刑事たちはその『A』の文字に疑いの目を向けた。

「そういいますがね、我々の経験からいって、ダイイング・メッセージほどアテにならない手掛かりはない。――そうだろ、志木？」

「ええ、警部のいうとおり。そもそもダイイング・メッセージには捏造や改竄《かいざん》が付きものですからね。特に烏賊川市のような犯罪都市では、せいぜい眉にツバを付けてからないと。犯罪者の思う壺《つぼ》です」

「では刑事さんは、これが偽物だと？」実際、偽物であることを誰よりよく知る典之が、素知らぬ顔で志木刑事に問い掛けた。「この『A』の文字は、警察を騙《だま》すために犯人が用意した罠《わな》であるというのですか？」

「ええ、その可能性は否定できませんね」

「そうですか。じゃあ犯人がいるんですね。すなわち殺人ということですね？」

典之が畳み掛けると、たちまち志木刑事は「ん……」と言葉に詰まった。「そうですね、ええ、確かにこれは殺人かも……」

「おい、待て、志木」と砂川警部が部下にいった。「殺人だとすると、今度は密室の問題がネックとなるんだぞ。その点は、どう考えればいいんだ……ん、何だ、どうした？」

砂川警部がふいに入口を見やる。居室に駆け込んできたのは、別の男性刑事だ。彼は砂川警部に何やら耳打ち。その口許が『タケザオ……』と動くのを、典之は見逃さなかった。

「なにッ、本当か！」砂川警部は緊張した声を発すると、「よし、私に見せてみろ」といって、鉄砲玉のような勢いで部屋を出ていく。すると志木刑事も「ちょっと、警部ぅ、事情聴取の途中ですよぉ」といいながら、上司の背中を追いかける。

取り残された恰好の兄弟二人はニンマリとした笑みを浮かべながら、互いに目配せ。ひとつ大きく頷き合うと、阿吽《あうん》の呼吸で刑事たちの後へと続いた。

再び玄関先に出てみると、そこに砂川警部の姿。その両手には物干し竿のような長い竹の棒が握られている。――良かった。ちゃんと探し出してくれたらしいな！

ホッと安堵の息を吐く典之は、サッパリ意味が判らないフリで尋ねた。

「な、なーんですか、刑事さん、そーんな竹竿なんか持ってぇ！　その竹竿がこの事件と何か関係があるとでもいうんですかぁ？　いやぁ、僕には想像もつかないなぁ……」

やはり俺の演技力は完璧だぜ――と典之は自らの自然すぎる振る舞いを自画自賛。隣で俊之は苦い表情だ。そんな兄弟に対して、砂川警部がいった。

「この竹竿は庭の片隅――というか隣接する竹藪に近いあたりで見つかったそうで

す。一見すると、何の変哲もない竹の棒に見えますよね」

「ええ、見えます、見えますッ。どこの庭にも転がっているような竹竿だ」

「いや、『どこの庭にも……』ってことは、ないと思いますがね」砂川警部は苦笑いを浮かべながら、「しかしまあ、隣に竹藪があるのだから、この庭に竹竿の一本ぐらい転がっていても、べつに不思議とはいえないでしょう。ただし――」

といって砂川警部は竹竿の一方の端を指差しながら続けた。

「よく見てください。この竹竿は、ただ竹を切り出したものではない。先端に細工が施してあって、何かを挟めるようにしてある。――そう、例えばナイフの柄なんかをね」

「柄!? 柄えぇぇーッ、柄ですってぇ!?」

表面上は極端な驚きを露《あらわ》にしつつ、典之は内心ニヤリ。そんな彼のリアクションに満足した様子の砂川警部は、隣の部下に命じた。「おい、志木、凶器のナイフを持ってこい」

はい――と応えて、いったん玄関先を離れた志木刑事は、間もなく透明なビニール袋を持って戻ってきた。袋の中身はナイフだ。すでに血糊《ちのり》は拭われており、銀色の刃が輝きを放っている。砂川警部は袋の中からナイフを取り出すと、その柄の部分を持って、竹竿の先端へと押し込んだ。ナイフはまるで専用ケースに収まるように、竹竿

の先に収まった。長い竹の棒は、たちまち一本の槍のようになった。典之は無理して目を丸くしながら、

「な、なーんですか、刑事さん！　それじゃあまるで、その竹竿が長い槍のようじゃありませんかぁ」

「さよう。まさしく、これは槍です」

砂川警部は我が意を得たりとばかりに頷く。そんな警部に志木刑事が尋ねた。

「ひょっとして犯人はその槍を使って窓の外から徳次郎氏の腹部を……？」

「うむ、柵越しにひと突きしたんだろう。そうした後に犯人が竹竿を手前に引けば、どうなるか。おそらくナイフは竹竿の先端から外れて、徳次郎氏の身体に刺さったまま残るだろう。結果、竹竿だけが柵の外へと回収される。密室の中では、徳次郎氏がナイフでもって自分の腹を刺したと、そう思えるような状況ができあがるというわけだ」

「な、なるほどッ、さすが刑事さんだ」

典之は嬉《うれ》しさのあまり思わず手を叩いた。「じゃあ、これは殺人ってことで！」

「うむ、間違いないようですな。これは自殺を装った密室殺人事件です」

「ありがとうございます！」

「……感謝される意味が判りませんが？」砂川警部は一瞬キョトンとした表情。そし

て持っていた竹竿を部下に手渡しながら、「実をいうと、これと同様のトリックを用いた探偵小説を昔、読んだ記憶がありましてね。お陰で、このような真相にたどり着けたというわけなのですよ」

「そ、そーなんですかぁ」

「た、探偵小説ですかぁ」

典之と俊之はドキリとした表情を浮かべると、揃ってアサッテの方角を見やった。

「ど、どんな小説なんでしょうねぇ……」

「ぼ、僕も読んでみたいなぁ、それ……」

しばし奇妙な沈黙があたりを支配する。その静けさを打ち破ったのは志木刑事だった。

「ん、待ってくださいよ、警部。仮に警部がいったようなトリックが用いられたとしましょう。その密室トリックは当然、殺人を自殺に見せかけるためのものですよね？」

「もちろん、そうだ。自殺に見せかけることによって、犯人は警察の追及から逃れようとしたんだろうな」

「ところが刺された徳次郎氏は最後の力を振り絞ってダイイング・メッセージを書き残した。あの『A』という文字を、たまたま転がっていたサインペンで」

「そういうことだ」

「窓の外にいる犯人にとって、それは想定外のことだったはず。しかし犯人にはもう、どうすることもできませんよね。密室の外にいる犯人は、室内の被害者に、もう指一本触れることさえできないんだから」

「そうだな。もはや『A』の文字を消すことも、何か別の文字を付け加えることも、いっさい不可能だったろう。――ん、そうか」ようやく部下のいわんとするところを理解して、砂川警部はパチンと指を弾《はじ》いた。「つまり、これが密室殺人だとするなら、あの『A』の文字は間違いなく被害者によって書かれたもの。捏造も改竄もされていないはず。すなわち『A』の文字は、まさしく犯人のことを示している。例えば頭文字が『A』だとか……」

「あるいは『エース』と呼ばれる人物かもしれませんね……」

砂川警部と志木刑事は目の前の容疑者をそっちのけにして、『A』の文字の意味するところを考えはじめる。その様子を見やりながら、典之は密かな笑みを浮かべた。

――よしよし、計画は大成功だぞ！

刑事たちは徳次郎の死を密室殺人と考え、なおかつダイイング・メッセージを本物であると見なしている。これこそが典之の目論《もくろ》んだ展開だった。そのために彼は自らサインペンを持ち、遺体の傍に『A』の文字を書いた。その一方で、いかにもそれっぽい加工を施した竹竿を、庭の片隅にわざとバレやすいように放置したのだ。

すべては典之の計算どおりだった。——これで五千万円の保険金と次期社長の椅子、その両方が自分のもとに転がり込んでくるってわけだ！

だが勝利を確信した彼が密かに快哉を叫んだ、ちょうどそのとき、

「——警部！」また新たな捜査員が玄関を出てきたかと思うと、砂川警部に何やら耳打ち。その口許は、今度は『シモン……』と動いたようだ。

すると砂川警部は、「なに、本当か」と再び緊張した声。「よし、私に見せてみろ」といって建物の中へと駆け込んでいく。それを見た志木刑事は、「ちょっと、警部、どうしちゃったんですかー」といって上司の後を追う。が、両手で持った長い竹竿が玄関に引っ掛かって「——ぐえッ」。呻き声をあげた志木刑事は、あえなく転倒。結果、バッタリ横たわった彼の身体を跨ぐ恰好で、典之と俊之の二人が玄関へと飛び込んだ。

短い廊下の途中で立ち止まった俊之が、奥の居室へと呼び掛ける。

「どうしたんですかー、刑事さん、何か見つかったんですかー」

その一方で典之は胸の鼓動が高まるのを感じた。——『シモン』って何だ？　ひょっとして『指紋《ひもん》』のことか？　でも指紋がどうした？

典之は首を捻るばかりだった。もちろん現場には指紋ぐらいあるだろう。典之の指

紋も俊之の指紋も、調べれば山ほど出てくるに違いない。第一発見者なのだから当然のことだ。だが警察に疑いを持たれるような不自然な場所に、指紋を残した覚えはない。では先ほどの砂川警部の慌てようは、いったい何なのか。

サッパリ見当がつかない典之の前で、居室に通じる扉が中から押し開かれる。現れたのは砂川警部だ。先ほどとは一転、その表情は実に落ち着いている。

「どうしました、刑事さん？　また何か見つかりましたか」

典之が前のめりになって尋ねると、砂川警部は頷きながら、

「ええ、重大なものが見つかりました」

そういって典之のことを正面から見据える。そして低い声でズバリといった。

「徳次郎氏を殺害した犯人は、典之さん、あなただったんですね」

6

「…………」砂川警部の唐突すぎる指名を受けて、典之はポカンと口を開けた。なるほど、確かに自分は徳次郎を殺害した犯人だ。砂川警部は間違ってはいない。だからといって、『はい、そうです』と白旗を掲げることなど、彼には到底できなかった。

「なぜですか、刑事さん！　なぜ、あなたはこの僕が叔父貴殺しの犯人だなんて、そ

んな突拍子もないことがいえるんですか。そう考える確かな根拠でも、あるというんですか！」

「もちろん根拠はあります。——指紋です」

「…………」やはり、それか！　一瞬怯《ひる》んだものの、典之は即座に反論へと移った。「指紋ですって⁉　指紋が見つかったからといって、それが何だというんですか。僕は事件の第一発見者だし、過去にこの離れを訪れたことだって何度もある。部屋に僕の指紋が残っていたからといって、それは僕が犯人であるという証拠にはならないでしょう」

「もちろん、おっしゃるとおり」頷いた砂川警部の口から意外な事実が告げられた。「見つかったのは、あなたの指紋ではありません」

「え、僕のじゃないって……⁉」キョトンとした典之は、背後に立つ弟を指差しながら、「じゃあ、こいつの指紋⁉」

「違います」砂川警部は静かにいった。「見つかったのは徳次郎氏の指紋です」

「はぁ⁉」予想外の名前を耳にして、典之は両目をパチパチ。そして烈火のごとく怒りを露にした。「な、何をいってるんですか、刑事さん！　叔父貴はこの離れで寝泊まりしていたんですよ。叔父貴の指紋が残っているなんて当たり前じゃありませんか。むしろ残ってなかったら、おかしいってもんだ！」

「ええ、それも、あなたのおっしゃるとおり……ですが、その……何というか……」

何やら説明に困った様子の砂川警部は、「まあいい。口で説明するより、実物を見てもらったほうが早いでしょう」といって自ら居室へと二人を誘う。咄嗟に典之は俊之と不安げな顔を見合わせる。そして意を決して、奥の部屋へと足を踏み入れていった。

「どこです、刑事さん？　問題の指紋というのは……」

主にガラス窓の周辺をキョロキョロと見回しながら、典之が尋ねる。だが中年刑事は窓辺には見向きもせずに、自分の足許の床を指差していった。「――これです」

砂川警部の指差す先にあるもの。それは『A』の文字だ。典之は首を傾げるしかない。

「それは指紋じゃない。叔父貴が残したダイイング・メッセージでしょう！」

「ええ、そうです。ダイイング・メッセージです。徳次郎氏が残した本物の――」

「ほ、本物の……」思わずゴクリと喉が鳴る。典之は恐る恐る床に顔を近づけた。そこに見えるのは、典之が自らサインペンで書いた『A』の文字。だが、そのすぐ隣に、もうひとつ文字らしきものが見える。粉を吹きつけたような床の表面に、平仮名らしき文字が縦に二つ。ひとつ目は『の』で、その次が『り』――典之を示す『のり』の二文字だ。

「な、何だよ、これは……」

愕然《がくぜん》とする典之に、砂川警部がいった。

「ダイイング・メッセージですよ。死に際の徳次郎氏が、自分の中指の指紋をズラッと数十個も並べて書いた犯人の名前です」

「指紋を……並べて……」

啞然《あぜん》とする典之の脳裏に、ふと蘇《よみがえ》った光景。それは昨夜、この場所で刺されて床に倒れた徳次郎の姿だ。あのとき彼の右手はダイイング・メッセージを残そうとして筆記具を探しているようだった。少なくとも典之の目には、そう映った。実際、徳次郎の伸ばした手の先にはサインペンが転がっていたから、なおさらそうとしか見えなかったのだ。

だが事実はそうではなかった。床の上に虚しく円を描いているだけのように思えた徳次郎の右手。まさしく、その瞬間に彼はダイイング・メッセージを残していたのだ。数十個の指紋による『の』と『り』の文字を、床の上に。やがて現場を訪れるであろう鑑識班がアルミニウムの粉をふりかけた瞬間に、そのメッセージが浮かび上がることを信じて――

「う、嘘だ……こ、こんなの捏造だ……偽物に決まってる！」

「捏造!? いやいや、そんな馬鹿な」砂川警部はひらひらと片手を振った。「ダイイング・メッセージを二つ残す被害者はいない。もちろん二つ捏造する犯人もいないでしょう。ならば片方が本物で、もう片方は偽物であるはず。では、このサインペンで書かれた『A』の文字と、徳次郎氏の指紋によって書かれた『のり』の文字。果たして、どちらが徳次郎氏の残した本物か。——そんなの常識的に考えて明らかですよね」

確かに砂川警部のいうとおりだ。自らの敗北を悟って典之はガックリと膝を屈した。

——くそッ、叔父貴め、余計なことしやがって！

そんな兄の背後から首を伸ばすようにして、俊之が問題の二文字を見詰める。典之が犯人であることを告発する『の』と『り』の文字。それを見て、ようやく事の真相に気付いたのだろう。俊之はいまさらのように驚きの声をあげた。

「なんだ、そっか。じゃあ、これって最初から殺人事件だったんだ！」

その不自然すぎる言葉を聞き逃すことなく、砂川警部が即座に問いただした。

「ん、『最初から』とは、どういう意味です、俊之さん……？」

悪霊退散手羽元サムゲタン風スープ事件

結城真一郎

Message From Author

本作は、雑誌「小説すばる」で連載していた「ゴーストレストラン」シリーズ、その第五話にあたるお話です。いちおうコース料理という立て付けになっておりますが、単品でも問題なく味わっていただけるはずなので、ぜひ一度、この機会にご賞味いただければ幸いです。もしフルコースをご所望の方がいらっしゃいましたら、『難問の多い料理店』（集英社）をお手に取ってみてください。

この度は栄えある『本格王2024』に選出いただき、ありがとうございました。また、他社から出る最新刊の告知を掲載してくださる講談社さんの懐の深さにも、心より感謝申し上げます。

結城真一郎（ゆうき・しんいちろう）
1991年、神奈川県生まれ。東京大学卒。2018年『名もなき星の哀歌』で新潮ミステリー大賞を受賞しデビュー。21年「＃拡散希望」で日本推理作家協会賞短編部門を受賞。同作収録の『＃真相をお話しします』が22年のミステリランキングを席巻、本屋大賞にもノミネートされた。他の著書に『プロジェクト・インソムニア』『救国ゲーム』。

いつもと同じ、それこそ何百回と目にしてきたはずの光景だった。まっすぐに延びるマンションの外廊下。右手には手摺壁《てすりかべ》の向こうに見飽きた夜の住宅街が広がり、左手には面格子やら、メーターボックス扉やら、玄関扉やらが無機質に並んでいる。二〇一号室から二〇四号室までの計四部屋。生活音が聞こえてくるわけでもなく、住人たちは息を殺すように鳴りを潜めている。

まっさきに「おかしい」と察知したのは嗅覚だった。

油っぽいというか、香ばしいというか……これはそう、あれだ。ニンニクだ。仕事終わりの疲弊しきった心身に、この香りはなかなかそそられるものがある。が、住み始めてかれこれ三年半。ここまで強烈な臭気を嗅ぎ取ったのは初めてのこと。住人の誰かがやおら料理に目覚めたのだろうか。

そうやって想像を巡らせつつ、自室である二〇四号室へと歩みを進めていく。二〇一号室、二〇二号室の前を通り過ぎるが、やはり人の気配はしない。面格子越しに微《かす》かな室内灯の灯《あか》りが漏れているので、おそらく在室はしているのだろうけれど、自炊に励んでいる様子はない。

違和感が確信に変わったのは、二〇二号室の前を通り抜けた直後だった。

「ん？」

そのすぐ奥――二〇三号室のドアノブに、ポリ袋が一つ掛けられていたのだ。側面に某有名餃子屋のロゴが視認できる。臭いの元はこれだろう。

足を止め、まじまじと袋を見つめる。

誤配だろうか？

なぜって、二〇三号室はここ一か月ほど空室になっているはずだから。

「まあ、いいか」

放置したところで支障があるわけではないし、自室に入ってしまえば臭いが気になることもあるまい。むろん、二〇二号室の住人に「もしや誤配では……」と声をかけてもいいのだけど、そこまでするのはお節介だろう。仮にそうだとしたら、いつまでも商品が届かないことに勝手に痺《しび》れを切らすはずだ。

しかし。

「は？」

明くる日の朝、外廊下へ出てみると、例のポリ袋は二〇三号室のドアノブに掛けられたままだった。

しかも。

「なんで？」

その数は二つに増えていたのだ。

1

「ホーンテッドマンションです」

俺がそう口にした瞬間、冷凍庫に肉の塊を突っ込んでいた男の動きが止まった。ここまではなにを告げてもまるで手応えがなく、ほとんど〝ダダスベり〟と呼んでもいいくらいの惨状だったのだけど、ようやく琴線に触れることができたみたいだ。

冷凍庫の扉に手をかけたまま、男は顔だけこちらに向き直る。

「それは、某テーマパークのアトラクションのこと？」

「違います。なんの変哲もない、ただの集合住宅です」

「ほう」と片眉が上がり、その手が冷凍庫の扉から離れる。

続けたまえ、という意味だろう。

「住人不在の部屋に、立て続けに置き配が届いたんです」

「それのどこが〝ホーンテッド〟なんだ？」

たしかに。

ややや言葉足らずだったな――と反省しつつ、いったいこの奇妙なシチュエーションはなんだろうと苦笑を噛《か》み殺す。まるでコントじゃないか。それもかなりシュールで、客には伝わりづらい部類の。もし仮に俺が探偵事務所の助手で、目の前の男がその事務所の主だとすれば、割とすんなり呑《の》み込んでもらえるのだろうけど。

「実は、かつてそのマンションで孤独死があったようなんです」

こう補足しつつ、辺りを見渡す。

向かって右手には金魚鉢が載った棚、左手奥の窓際には縦型の巨大な業務用冷凍・冷蔵庫、正面には四口コンロ・巨大な鉄板・二槽シンク・コールドテーブルなどが並ぶ広大な調理スペース、天井には飲食店の厨房などによくあるご立派な排煙・排気ダクト。

そう、ここはレストランなのだ。それも、ちょっとばかし……いや、そうとう変わり種で、もしかするとかなりグレーな商法の。

そして、俺はというと、ビーバーイーツの配達員としてこの〝店〟に頻繁に出入りする、ただの売れないお笑い芸人だ。

冷凍庫の扉を閉めると、男は――白いコック帽に白いコック服、紺のチノパンという出《い》で立ちのこの、〝店〟のオーナーは、いまだ得心のいっていない様子で「それが？」と首を傾《かし》げた。

いや、その……と肩を竦《すく》めつつ、こう続ける。

「依頼主は『一種の呪いなんじゃないか』という疑念を持たれているようで」

「バカな」耳に心地よい澄み切った声で一刀両断しつつ、そのまま歩み寄ってくると、俺の対面に腰を下ろす。

「まあでも、とりあえず話を続けて」

事の概要はこうだ。

いまから三か月前、四月某日。品川区西五反田のマンション『パレス五反田』にて、空き部屋に置き配が届くという奇妙な事態が頻発するようになった。

「今回の依頼主は、その隣室──二〇四号室に住まわれる東田《ひがしだ》さんという方でして」

曰く、最初に届いたのは某有名餃子屋の餃子セットだったという。ドアノブに掛けられたポリ袋、むんむんと立ち込めるニンニクの香り。それが何日か続き、やがてドアノブに掛けきれなくなったポリ袋は玄関前の廊下に置かれ始め、みるみるうちに山積みになっていったのだとか。

「もちろん、通行の妨げになるという意味でも迷惑なのですが──」

──それ以上に気味が悪くないですか？

──だって、誰も住んでいない部屋なんですよ？

つい先ほど、依頼主の東田さんはこう言って渋面を作っていた。一度や二度ならまだしも、玄関前に山積みになるほど注文が続くのはさすがに常軌を逸している。耐えかねた東田さんは二つ隣の二〇二号室を訪ね、住人の女性にそれとなく確認してみたが、やはりそんなものを頼んだ覚えはないとのこと。そうして相談の末、東田さんから大家へと連絡を入れることになったという。

――「まあ、望み薄でしょうね」と彼女は愚痴っていましたけど。

――で、いざ連絡してみると、予想通り反応は鈍くて。

いくら状況を伝えても、「たしかに妙な話ではあるものの、こちらで勝手に廃棄してしまっていいものなんですかね」「ひとまず、今後もときおり防犯カメラの映像をチェックしてみますよ」という生返事が寄越されるばかり。

――ただ、廃棄に関しては私も悩みました。

なぜなら、それはどこかの誰かさんが金銭を支払い購入した、正真正銘の商品であるはずだから。不気味なことこのうえないし、通行の邪魔になるとはいえ、むやみに処分したらそれはそれでなんらかのトラブルを引き起こしかねない。

「が、そうこうしているうちに配達物が変わり始めたそうです」

瞬間、オーナーの目に鋭い光が差す。

「具体的に」

「ボールペン一本とか、消しゴム一つとか」

「は？」

「いわゆる、生活雑貨の類いです」

他のデリバリーサービスではどうなのか知らないけれど、少なくともビーバーイーツでは食品以外のものを注文することもできる。事実、俺もこれまでに何度か週刊誌や漫画雑誌をコンビニで受領し、客先に届けたことがある。

とはいったものの。

「いま、ボールペン一本と言ったか？」

やはり、違和感を覚える点は同じようだ。

もし仮に――まったくもって想像もつかないけれど、とにかくのっぴきならぬ事情からボールペン一本が入り用な状況だったとする。が、そうだとしても、そのためだけにデリバリーサービスを利用するとはさすがに考えにくい。なぜって、道を挟んだマンションのすぐ正面が二十四時間営業のコンビニなのだ。いくらか重い腰を上げ、ほんのわずかに足を延ばせば済む話である。しかし、東田さんによると、そうした生活雑貨はその後も折に触れて届き続けたとのこと。つまり、その都度配送料がかかっているわけだ。たったボールペン一本、たかが消しゴム一つのために。

しかもですね、と俺は前のめりになる。

「話はこれで終わらないんです」

というのも、ある日を境に似たようなことが別の階でも起こり始めたのだとか。

「最初は二〇三号室だけだったのに、いつからか四〇三号室でも」

そして、先の〝ボーンテッドマンション〟という発言はここに繋《つな》がってくる。

「かつて住人が孤独死した部屋というのが、四〇四号室だったんです」

——見方によっては、近づいていっていってませんか？

悪霊が聞き耳を立てているといけないので——といわんばかりに声を潜めつつ、東田さんは表情をこわばらせていた。見た感じ、おそらく歳《とし》の頃は四十代半ば。そんな大のオトナが「呪い」だとか「心霊」だとか勘繰《かんぐ》り始めるのはいささか滑稽でもあったけれど、そうやって鼻で笑えるのは俺が部外者だからなのだろう。実際そのマンションに住んでいて、しかもそれが〝曰く付き〟の物件となれば、そんなふうに想像してしまうのも無理はないかもしれない。というか、そうじゃないとしたらまったくもって意図がわからない。

「さらに、その四〇三号室に届いた物品も奇妙でして」

「というと？」

「香典袋です」

「なんだと？」

「今度は一転、一度に十袋とか不自然なほど大量に」

「なんだそりゃ」

一言一句、俺も同じ気持ちだ。

が、ここにきて東田さんの言葉がにわかに信憑《しんぴょう》性を帯び始めているようにも思えてしまうのは事実だった。かつて孤独死のあったいわゆる〝事故物件〟。そんな部屋の隣に死を連想させる物品が届き始める。それははたして呪いか、あるいは――

「ただ、ここで気になる点がもう一つあります」

「ほう」

「二〇三号室と違い、四〇三号室は空室じゃなかったんです」

「どういう意味だ？」

――どうやら長期の海外出張で、一か月ほど不在にしていたようなんです。

――で、ちょうどそのタイミングに事態が起こった。

――偶然にしては出来すぎじゃないですか？

「とまあ、以上です」

そう宣言し、オーナーの見解を待つ。

怜悧《れいり》な上がり眉に、浮世の不条理を知り尽くしたかのごとく涼やかな目元、そしてシャープな顎のライン。どこの二枚目俳優だよとツッコみたくなるような一分の隙もない容姿だけど、中でも異彩を放っているのはその瞳だった。無機質で無感情。すべてを見透かすようでありながら、こちらからは何の感情も窺《うかが》い知ることができない。言うなれば、天然のマジックミラーだ。

そのマジックミラーに、怪異やオカルトの類いが映り込む余地はない。どうにかこうにか理屈をつけ、無事解決へと導いてくれるはずだ。

ちなみに、とオーナーはコック帽を脱ぎ、とんとテーブルに置いた。

「いまもそれは続いているのか?」

おっと、その点をまだ説明していなかった。

「いえ、いまはもう収束したそうです」

というのも、さすがに事態を重く見た大家が業者に頼み、エントランスをオートロック仕様に変えたからだ。こうなるといままでのように誰彼構わずマンション内に立ち入ることはできないし、謎の置き配も発生しえない。

——ただ、やっぱり気になって仕方がないんです。

——現に、四〇四号室の住人は気を病んだのか、先月末に退去してしまいました。

——これをもって、本当に事態は収まったと言えるんでしょうか?

「というわけで、なんらかの解釈が欲しいんだそうです」

かくかくしかじかの理由により件《くだん》の置き配は発生していたのだという、いくらかでも腹落ちのする説明が。

「なるほど」

頷《うなず》くと、オーナーは天井を振り仰ぎ、じっと睨《にら》み始めた。

むろん、東田さんの懸念するような超常現象の類いであるわけがない。悪霊だか地縛霊だか知らないけれど、そんな連中がご丁寧にもアプリから注文するなんて、そんなバカな話などありえない。それはきっと、東田さんだって百も承知しているはずだ。が、そうかといって単なる愉快犯の仕業であるという結論を出しても――仮にそれが事の真相だったとしても、東田さんの寝覚めは悪いままだろう。

不意に「似て非なる」と思った。

なにと?

俺たちの芸風と、だ。

主戦場はコント。当たり前の日常に巻き起こる異常事態と、突如としてそこに放り込まれる小市民。でも、どうしてそんな状況に陥ったのかとか、その背後に誰のどんな思惑が潜んでいるのかとか、登場人物たちは東田さんのように頭を抱えたりしない。所与のものと受け入れ、あくまで淡々とやりとりを続けるだけ。むろん、最後に「こういうことでした」みたいな客に対するネタバラシもない。いかようにでも解釈できるし、そのための余白をあえて残している。それこそが他のコンビにはない、俺たちだけの味わいになるはずだと――そう信じて走り続け、かれこれもう十年になる。

十年。

振り返ってみれば、本当にあっという間だった。

そうやって勝手に感傷に浸る俺をよそに、オーナーは「とりあえず」とコック帽を被《かぶ》り直す。

「三日後にまた来てくれ」

つまり、〝宿題〟が課されるということだ。まあ、それはそれで収入が増えるので、俺としては好都合ではあるのだけど。

「時間は、夜の九時で」

「承知しました」

瞬間、ぴろりん、と調理スペースに置かれたタブレット端末が鳴る。

「あっ」と俺が目を向けたときには既に、彼は端末のほうへと歩みを進めていた。

「注文ですか？」

「そのようだね」

「メニューは？」

「例のアレだよ」

〝例のアレ〟——すなわち、ナッツ盛り合わせ、雑煮、トムヤムクン、きな粉餅。通常では考えられない、地獄のような食べ合わせとしか言いようがないものの、だからこそ、これらのメニューをあえて注文する客には一つの共通点がある。

調理スペースに立つと、オーナーはすこぶる気怠《けだる》そうにフライパンを手にした。

「さて、またどこかの誰かさんがお困りのようだ」

2

阿佐谷の自宅に帰り着く頃には、既に時刻は深夜三時を回っていた。六本木からチャリでおよそ一時間——とはいえ朝から予定がある日なんてほとんどないし、連日腐るほどの時間を持て余しているので苦に感じたことはない。

築六十年、木造二階建て、敷金・礼金なし、家賃三万円、風呂なしの六畳一間。実際はもう少しグレードの高い部屋にも引っ越せるのだけど、それはお笑いで身を立てられるようになってからと決めている。ある種の願掛けというか、ハングリー精神を失わないための〝枷《かせ》〟である。むろん、それがいつになるのか、いまのところまったく先は見えないのだけれど。

部屋に入ると、やたらと前歯の大きいコミカルなビーバーが描かれた配達バッグを玄関に放り出し、まっさきにキッチンへ向かう。本当は近所のスーパー銭湯にでも行って汗を流したいところだけど、なんとなく面倒で気乗りしない。狭苦しい台所に立ち、使い古したカップ焼きそばの空容器へと水道水を溜めていく。湯切り口を通して頭から浴びると、ちょっとしたシャワー気分が味わえるからだ。

洗い流した——というかほぼ湿らせただけの頭をタオルで拭いもせず、そのまま万年床にぶっ倒れるとスマホの画面に指を這《は》わせる。節約のために部屋の灯りはつけていない。無機質なブルーライトがやたらと目に眩《まぶ》しい。

『とりあえず、しばし時間をくれ』

『了解』

三日前、相方の堺《さかい》と最後に交わしたメッセージのやりとりだ。

基本的にネタ作りはすべて堺が担当し、俺はただただ完成を待つだけ。それを不満に思ったことはないし、これが俺たちのベストな役割分担だとも理解している。俺にはそういう類いのセンスはないし、堺にはそういう類いのセンスがある。同期の誰よりも。いや、数多《あまた》の先輩芸人たちと比べても。

俺は——俺だけが、ひたすら「ある」と信じている。

堺との出会いは、竹梅《ちくばい》芸能の養成所だった。

高校を卒業し、親の反対を押し切って上京し、入所して一か月が経った頃、不意に廊下で声をかけられたのだ。

——なあ、ちょっと。

起き抜けのままと思《おぼ》しきぼさぼさ頭、血色の悪い肌、ノーブランドのスウェット、そして素足にサンダル。ひょろりと縦に長い痩身で、顔の造りも悪くはないけれど、醸《かも》し出される雰囲気はどこか退廃的で、あまり清潔感はない。

——おまえ、『あばよ』好きなの？

『あばよ』というのは、いまをときめく『あばよ在りし日の光』というお笑いコンビの略称だ。いちおう竹梅芸能の先輩にあたるのだけど、いまはいろいろあって独立し、個人事務所を立ち上げている。堺の言う通り、俺はそんな『あばよ』の大ファンで、だからこそ竹梅を選んだという面も多分にある。

——そのTシャツ、この前の単独ライブのやつっしょ？

白状すると、この時点での堺という男の印象は、必ずしもいいものではなかった。なんとなく斜に構えた感じがして、お前らとはセンスが違うんだみたいな尖《とが》った空気をいつも纏《まと》っていて、ネタ見せの授業でもいっさい笑みを見せなくて。嫌われ者とまではいかないけれど、ちょっと距離を置かれているというか、どこか遠巻きに見られているタイプのやつだった。

——あの公演の二本目、すげえよな。

が、いざ話してみると案外普通のやつだということがわかった。

——視点というか、切り口がさ。

堺が言っているのは、とあるクリーニング屋を舞台にした十分ほどのコントだった。ワイシャツの仕上げに自信がある店で、売り文句は「驚愕《きょうがく》の白さ」なのだけど、実際は客が渡してきたワイシャツと同じ型・同じサイズの新品を購入し、それを返却していただけだったということが判明する——というネタで、一ファンとして腹を抱えて笑ったのを覚えている。と同時に、よくこんな発想が出てくるな、と感心したことも。

——あれこそ、まさにセンスだよな。

——まあ、別にああいうネタをやりたいわけじゃないけど。

こういう余計なひと言を付言してくるあたり、やはり多かれ少なかれ捻《ひね》くれてはいるのだけど、どこか馬が合ったのも事実で、そのおよそ一年後、なんやかんやコンビを組むことになった。コンビ名は『ソイカウボーイ』——微笑《ほほえ》みの国・タイでもっとも有名なストリートの名称である。特に深い理由はない。その直前に養成所の同期たちと貧乏旅行で訪れたからという、ただそれだけの話だ。

とはいえ、そのときのことは鮮明に覚えている。

羽田発の格安深夜便で、いざ空港まで行ってみると国内線の運航はすべて終わっており、どこか閑散《かんさん》としたターミナルのディストピアめいた雰囲気にわくわくしたものだった。現地の宿は治安の悪そうな通りに佇《たたず》むぼろ屋で、タクシーの運ちゃんには幾度となく高値をふっかけられ、同期の一人が途中で財布をすられ——かなりのドタバタ旅行ではあったけれど、それでも、アジア特有の熱気と雑多な空気を胸いっぱいに吸い込んだ俺はこう実感したのだ。どこか自分と重なる部分があるな、と。まだまだ発展途上なところとか、野心とエネルギーに満ち溢《あふ》れているところとか——

——いいんじゃないか？

——語感もいいし、口に馴染《なじ》みやすいし。

その旅行に堺はいなかったのだけど、コンビ名というものに執着がないのか、特に反論もなくすんなりと決定した。

——海外？　行ったことないな。

——行きたいと思ったことも特にない。

聞けば、堺の半生は想像以上に凄絶なものだった。

幼い頃に一家が離散し、しばらく家なき子状態になりつつも、数年後になぜか再集合。それでも相変わらず父親は働きに出ないフーテンで、母親はパチンコ狂い。料金滞納で家のライフラインはしょっちゅう止まり、窓外の信号の灯りを頼りに道で拾った漫画雑誌を読んだこともしばしば。兄は中学の担任が願書を出しそびれて中卒になり、姉は高校を中退してなぜか水墨画家を目指し始めた——などなど。こう言っては大変失礼だけど、まるでギャグ漫画である。

そんな幼き日の堺の楽しみは毎晩寝床でこっそり聴くラジオで、中でも特にお笑い番組が好きだったという。

——正直、救われたんだ。

——芸人たちは、自分の不幸で大勢を笑顔にしてる。

——めちゃくちゃエコじゃんってな。

それを「エコ」と呼ぶべきかはさておくとして、俺も想いは同じだった。不仲の両親のせいですこぶる居心地の悪い我が家。ガキ大将が幅を利かせており隅のほうで縮こまるしかない学校の教室。そうやっていつも窮屈に身体《からだ》を折り畳み、殻に籠り続ける俺が唯一心の関節をほぐせたのは、毎晩ラジオを聴いているときだけ。堺と同じく好んで視聴していたのはお笑い番組で、いつの日か自分もこうやって誰かの心の支えになれたら——なんて折に触れて夢想したものだった。

そんな堺の編み出すネタは、正直、最初は理解に苦しんだ。

火事になって周囲が火の海なのに延々と将棋を指し続ける老人二人だったり、場末のSMクラブで「Lは？」と尋ね続ける客とそれに応対する店員だったり、頻繁にサメが襲来するラブホテル〝床ジョーズ〟が舞台だったり。日常と非日常。奇想天外な状況を所与のものとして受け入れ、なぜか淡々と――「もっと他に気にすべきことがあるだろ！」と思わずツッコみたくなるようなやりとりをし続ける登場人物たち。キラーワードで刺しに行くわけでも、大袈裟な挙動で笑いを誘うわけでもない。ジャンルでいうと、おそらくシュールに属するだろう。

本音を言えば、もっとオーソドックスな路線でもよかった。サンパチマイク一本で殴り合うような王道スタイルでもよかった。かの偉大なるピカソだって、初めからゲルニカみたいな絵を描いていたわけではない。揺るぎない基礎があるからこそ、初めてそれを崩すことができるのだ。

が、気付けば俺は〝堺ワールド〟の虜《とりこ》になっていた。緊張と緩和が交互に訪れるのではなく、それらが常に同時並行で走る世界観に嵌《は》まってしまっていた。そこに、他のコンビにはない俺たちだけの〝味〟があると確信した。売れるのと引き換えに魂を安売りするくらいなら、別に売れなくたっていい――というのは言いすぎかもしれないけれど、若手ならそれくらいの気概を持ち合わせているべきだろうと思ったのだ。

当然、なかなか日の目を見ることはなかった。

事務所のライブではいつもランキングの底辺付近をうろうろとさまよい、時にはアンケートで「意味不明」「理解に苦しむ」といった辛辣《しんらつ》な言葉が飛んで来もした。

ようやく芽が出かけたのは二年前、ゴッド・オブ・コントの準決勝に進出したときのこと。結果は敗退だったけれど、このときの『陽バイト』（むろん、闇バイトの逆だ）というコントは、いまでも俺たちの鉄板ネタの一つになっている。

しかし、そこから先が続かなかった。

テレビにもラジオにも呼ばれず、いままで通りの緩慢な日常が当たり前みたいな顔して連綿と繰り返されるだけだった。

そうしていまだ「コアなお笑いファンの中に名前を知ってくれている人もいる」という中途半端な立ち位置から脱却できないでいる。


スマホを枕元に放り、瞼《まぶた》を閉じる。

——俺も、ネタ作ろうか？

かつて一度、こう提案したことがある。二人でネタを量産し、それらをライブにかけて客の反応を見たほうが、先々のことを考えるといいのでは、と。

しかし、堺は断固として受け入れなかった。だってお前のネタ、凡じゃん、と突っぱねた。そして、そう言われてしまうと返す言葉はなかった。俺の書くネタは良くも悪くもオーソドックスで、フッて、ボケて、ツッコむという基本に忠実だ。客には伝わりやすいけれど、周囲から頭一つ抜きん出るほどの〝なにか〟があるわけじゃない。

が、それと同時に「伝わらなきゃ意味がない」と思う自分がいるのも事実だった。堺の口癖に「『ウケていない』と『スベッている』は違う」というものがある。前者は客に伝わっていないだけで、面白いことをしてはいる。後者はそもそも面白くない。自分たちは前者なんだ、と。

ずっと、そう信じてきた。理解できない客が悪いとまでは言わないけれど、少なくとも俺たち自身は面白いことをし続けていると思ってきた。

その確信が、最近揺らぎつつある。

本当にそうなのだろうか。

本当は、そもそも面白くないんじゃないだろうか。

だけど、いまさら客に歩み寄ろうという踏ん切りもつけられない。そうするには、いささか俺たちは自分たちのスタイルというものを貫きすぎた。

とはいえ、もっと堺は外の世界に出ていくべきだとも思っている。別に「海外に行ってみろ」とは言わないし、「酒と女遊びは芸の肥やし」みたいな前時代じみたことを口にするつもりもないけれど、にしても、さすがに堺は内に籠りすぎだ。例えば、『あばよ』のネタ担当である森林《もりばやし》さんは「大衆居酒屋で他の客が注文した料理が誤って自分たちの卓に届いた」というただそれだけの出来事からネタを思いついたとラジオで語っていた。そして、そのネタで彼らはゴッド・オブ・コント準優勝という実績を残しているのだ。日常はネタの宝庫。広くアンテナを張るに越したことはない。それが俺の持論だ。

もちろん、一か所に滞留することで突飛な発想が熟成される面もないわけじゃないとは思う。ひたすら家に籠って、ノートを前にうんうんと唸《うな》って、そうやって腐敗臭を纏い始めたその先に、狂気と紙一重のネタが生まれることもある。そのことは否定しない。

だけどやっぱり、堺は度が過ぎている。我が家と似たり寄ったりの四畳半で、全六室のうち入居者は堺以外に二人だけで、外出と呼べるのは近所のコンビニに飯を買いに行く瞬間くらいで——しかも、それだって三日に一度とか四日に一度とからしい。らしい、というのは、別に俺が自分の目で見たことはないからだ。コンビ仲が悪いわけではないけれど、かといって仲良しこよしというわけでもない。仕事で顔を合わせる以外は、基本的にメッセージアプリでやりとりするだけ。そうして堺はひたすら頭を抱え、いっぽうの俺はというと堺の発明を待ちつつ、様々なバイトを転々としながら漫然と日銭を稼いでいるわけだ。

そんな俺があの〝店〟に出会ったのは、いまから半年ほど前のこと。

少し前にビーバーの配達員を始め、しかしなんとなくその日は気乗りせず、空の配達バッグを背にぶらぶら街を流していたら六本木界隈まで出張っており、すると不意に、アプリがオーダーを受注したのだ。段差を越えたときの衝撃のせいだろうか、気付かぬうちに起動してしまっていたらしい。

『餃子の飛車角』――「王将」ではなくあえての「飛車角」というところにいくらかの慎ましさを感じつつ、これもなにかの縁と受注し、アプリに指示された住所まで行ってみると、待ち受けていたのは何の変哲もない雑居ビル、そして奇妙な立て看板だった。

『配達員の皆さま　以下のお店は、すべてこちらの3Fまでお越しください』

そこに並んだ夥しい店名の数々――『タイ料理専門店　ワットポー』『カレー専門店　コリアンダー』『本格中華　珍満菜家』『元祖串カツ　かつかわ』などなど。目当ての『飛車角』とやらも、たしかにそこへ名を連ねている。

なるほど、とすぐに理解した。

これはいわゆる〝ゴーストレストラン〟というやつだ。客席を持たず、デリバリーのみで料理を提供する飲食店。アプリ上には様々な店名があたかも別個の店であるかのように掲載されているけれど、実際はすべて同一の調理場で作られたもの。フードデリバリーサービスの隆盛と共に現れた、新たな営業形態の一つである。

エレベーターで三階まで昇り、壁の『配達員の方はこちらへ←』という張り紙を横目に眺めつつ廊下の先にある扉をくぐると、予想通り、現れたのは調理設備が併設された貸スタジオだった。入ってすぐのところに椅子とテーブルが置かれ、その向こうには広々とした調理スペース、左手の奥には業務用の冷凍・冷蔵庫、右手には金魚鉢の載った棚。そして、調理スペースに立ち、計量スプーンでなにかを測る男が一人。白いコック帽に白いコック服、紺のチノパン。他に従業員らしき人影はない。彼一人で回しているのだろう。

——あんた、新顔だね。

ありきたりな比喩にはなってしまうけれど、それはもう、少女漫画に出てくるような美青年だった。顔のパーツも、発する声も、佇まいそのものも、すべてにおいて寸分の狂いもなく、「絶世の」という陳腐な修飾語がこれ以上ないほど似つかわしいのだ。まったくもって年齢は推測不能。さすがに自分の親世代ではないはずだけど、それ以上の範囲の絞り込みはできない。

——注文の品ならできてるから。

見ると、目の前のテーブルの上に白色無地のポリ袋が一つ。おそらく、これのことを指しているのだろう。

――あと、お願いがあるんだけど。

スプーンの中身を鍋に放り込み、軽く両手を水洗いすると、男は戸惑う俺の元へ歩み寄ってくる。そのままやおら差し出される右手――反射的に受け取ってみると、なんてことはない、ただのＵＳＢメモリだった。

――これを、いまから言う住所までついでに届けてほしいんだよね。

――報酬は、即金で一万円。

瞬時に「やばい」と察した。

これは『陽バイト』ではなく、疑う余地なき『闇バイト』だと。

――もちろん、受領証をもらってここに戻ってくることが条件だけど。

が、咄嗟《とっさ》に断れない自分がいるのも事実だった。

いまだ日の目を見ることなく地下に潜む無名芸人、絵に描いたようなあばら屋で貧乏暮らし。ひどいときにはお笑い関係の月給が千円に満たないこともある。別に、金欲しさから芸人を目指したわけではないけれど、それでも、ないよりはあったほうがいい。

気付けば、やります、と頷いていた。

そして、頷きつつも脳裏にふと閃《ひらめ》いたことがあった。

例えば、ゴーストレストランという設定はどうだろう。

うん、悪くない。

いける気がする。

なんなら、ちょっと捻りを利かせて店主は本物の幽霊で……いや、むしろ配達員のほうを自分が死んでいることに気付いていない不成仏霊にするのもありか――とかなんとか勝手な妄想を膨らませていると、例の男は「お見通しだ」といわんばかりの〝間〟で、こう言い添えてきた。

――ちなみに、この話は絶対口外しないように。

――もし口外したら……

命はないと思って。い、い、い、い。

そう告げる男の目は少女漫画から一転、ホラー漫画と化していた。

我に返るとともに、ぞくり、と背筋を走り抜ける悪寒。

小学生の脅し文句かよ――と鼻で笑いつつも、念のためいまのアイデアは「没」のフォルダへ格納することにする。それに、俺から提案したところで、きっと堺は受け入れないだろうし。

なんにせよ、乗り掛かった船だ。

いけるところまでいってみよう。

それは図らずも俺の身に降りかかってきた、俺たちのコント以上にシュールな非日常だった。

以来、俺はこの〝店〟に入り浸るようになった。

〝店〟の開いている夜の十時から翌朝の五時までは、基本的に周辺を徘徊し、オーダーが入り次第すかさず受注する。すると、折に触れて〝追加ミッション〟が課される。これをどこどこまで届けてほしい。どこどこまで行って物を受け取ってほしい。それをこなすだけで毎度即金一万円。ううむ、やっぱりどこからどう見ても闇バイトだ。いかがわしいことこのうえない。が、そうして出入りを繰り返しているうちに、段々とこの〝店〟の仕組みは詳《つまび》らかになっていった。

その仕組みというのが、次の通りだ。

基本的には通常のテイクアウト専門店と同様、注文が入ったらすぐにそれを作り、配達員が客先に届ける。ただ、それだけ。

変わっているのは、特定の商品群をオーダーすることが、〝店〟に対する〝ある依頼〟の意思表示となること。その一つが、先の「ナッツ盛り合わせ、雑煮、トムヤムクン、きな粉餅」という地獄の組み合わせだった。

これらの四品が意味するのは〝謎解き〟——つまり、探偵業務の依頼になるわけだ。このオーダーが入ると、それを受注した配達員には「その場で相談内容を聴取してくる」という〝追加ミッション〟が課されることになる。言うまでもなく、先の東田さんからの依頼もこれに該当する。そうして根掘り葉掘り訊《き》き終えたら、その足で〝店〟まで舞い戻り、オーナーへ顚末《てんまつ》を報告するというのが一連の流れだ。報酬は即払い三万円。これだけで一か月分の家賃が賄えてしまう。

いずれにせよ、これこそが〝店〟の真の姿であり、俺が何度も秘密裏に遂行してきた謎の〝お使い〟は、依頼者に報告資料を届けたり、追加資料を貰いに行ったり、そうした真っ当な目的あってのものだったわけだ。まあ、これを「真っ当」と呼ぶべきかについては諸説ありそうな気もするけれど、少なくとも「闇バイト」から「影バイト」くらいには明度が上がったのは間違いないだろう。

そんなわけで、いまではそれなりの実入りを毎月確保できている。かつての堺家のようにライフラインが止まることもなければ、一日一食カップラーメンだけで食い繋ぐ必要もない。

が、だからといってやはり、この現状に甘んじているわけではない。

笑い一本で売れたい。

俺たちのスタイルで、世の中を揺るがせたい。

それでいくと、この〝店〟を題材にしたコントなんてまさしく俺たちにうってつけのような気もするのだけど、そのたびにあの日のオーナーの〝洞《うろ》のような目〟が眼前に立ちはだかるのだ。

——ちなみに、この話は絶対口外しないように。

——もし口外したら……

だから、俺はただひたすら堺を待つしかない。延々と沈黙を貫き、チャリで日々走り続けるしかない。

そして、そんな自分に微かなもどかしさと苛立《いらだ》ちを覚えている。

枕元のスマホを手に取り、再びメッセージアプリを開く。

例年通りのスケジュール感なら、そろそろゴッド・オブ・コントのエントリーが開始される頃合いだ。今年こそ、今年こそ——と石の上で念じ続けること早十年。石も温まるどころか、もはや足は痺れて、ほとんど感覚がなくなりつつある。

『とりあえず、しばし時間をくれ』

『了解』

それなのに、トーク画面は先ほどから一ミリたりとも動いていない。

3

「まずは、前提条件のおさらいから」

前回と同じく、俺の正面に腰を下ろすと、オーナーはそう口を切った。

三日後の夜九時過ぎ。指示された通り、再び俺は〝店〟を訪れている。

「問題の『パレス五反田』は築三十年、四階建て、全十六室の賃貸マンション。JR五反田駅から徒歩十分という好立地も相俟《あいま》ってか、この築年数にもかかわらず人気は上々。事実、例の事態が起こり始めた時点で空室は二〇三号室のみで、いま現在はすべての部屋が埋まっている」

「はい」

一点付け加えるなら、現在四〇四号室に入居している住民は〝事件〟当時の住民とは別人である、ということくらいか。

——現に、四〇四号室の住人は気を病んだのか、先月末に退去してしまいました。

そうして空室になるや否や、すぐさま次の入居者が決まったわけだ。なるほど、たしかに「人気物件」の看板に偽りはない。

さて、とオーナーは続ける。

「事態が最初に発覚したのは、いまから三か月前の四月某日。二〇四号室の住人である東田が仕事帰り、二〇三号室のドアノブに掛けられていた餃子屋のポリ袋——つまりは置き配に気付いた。そしてそれは、誰からも回収されることなくその数を増やしていき、ついには廊下に溢れ返るほどにまでなった」

「はい」

「さらに、届けられる内容物は途中で生活雑貨類――ボールペン一本や消しゴム一つといったとうてい、、、、、、、、、デリバリーサービスに頼る必要のない、、、、、商品へと変わり、最終的に、、、似たような事態が四〇三号室でも起こり始める。が、四〇三号室は二〇三号室と違い、かねてから空室だったわけではない」

そのうえ、四〇三号室に届けられたのは大量の香典袋であり、その隣室――四〇四号室ではかつて孤独死があった。だからこそ、東田さんは呪いの実在をにわかに疑い始めているのだ。

「さて、ここからはこの三日のうちにとある筋から得た情報だ」

来たぞ。

ごくりと生唾を呑み、姿勢を正す。

「まず、かつて四〇四号室で起こった孤独死についてだが、これに関してはほぼ事件性なしと考えていいだろう。四年前の十二月下旬。亡くなったのは八十二歳の独居老人で、しばらく連絡がつかないことを心配した親族からの申し出を受け、大家が部屋に踏み込み事態発覚。特殊清掃が必要なくらい汚損がひどかったらしいが、これ自体はよくある類いの話だ」

その死に疑問を持つ何者かが、あらためてこの件に目を向けさせるために――という筋書きを考えなかったわけではないけれど、だとしたらやり方が迂遠《うえん》すぎるし、間に二〇三号室を一度挟む理由もない。

「なるほど」

「また、件の大家に依頼し、かねてよりエントランスに設置されていた防犯カメラの映像を確認させてもらったところ、注文者――つまり本件における〝犯人〟は、おそらく近くに住む者だというところまで断定できた」

「え?」

「より正確には、マンション事情を把握できる距離感の人間、というべきか」

どういう意味だ?

なんか、いくつか論理が飛んだ気もするのだけど。

つまりだな、とオーナーは頬杖をつく。

「エントランスがオートロックに変わったのは五月の下旬のこと。だがそれ以来、エントランス前で途方に暮れている配達員の姿は一度も映っていないんだ」

「ああ……」

そういうことか、と納得する。

いままではエントランスがフリーパス状態だったので、配達員はなんの障害もなく二〇三号室、あるいは四〇三号室まで辿《たど》り着くことができた。が、現在は行く手にオートロックが立ち塞がるため、もし仮に住人不在の部屋に物品を届けるとなると、エントランスで足止めを食うはずなのだ。

しかし、現実にはそうした配達員の姿は映っていなかった。

ここで、本件の〝犯人〟を遠方に住む人間だと仮定してみる。目的はなんでもい い。ただの愉快犯でも、あるいは既に二〇三号室から退去しているという事実を知らないまま一種の仕送り的に食事や生活雑貨の融通を利かせている親族でも。いずれにせよ、彼らはオートロックが設置されたという事実を認知できないので、いままで通りに注文をするだろう。すると、その注文物を届けに来た配達員はエントランスで住人不在の部屋番号をコールし、しばし途方に暮れるはずだ。

「ところが、オートロックになった途端、そうした配達員がマンションに来ることはなくなった。つまり、例の珍妙な事態が起こらなくなったのは『エントランスがオートロックになったから』ではない。正しくは『〝犯人〟がオートロックになったのを知り、注文そのものをしなくなったから』だ」

「なるほど……」

凄い、と舌を巻くしかなかった。

が、いったいぜんたい、その〝とある筋〟とはどこの何者なんだ？　とんでもない情報収集力と機動力を兼ね備えている気がするのだけど。

「そこで、今回の〝宿題〟だが――」

束の間の静寂。

張り巡らされる緊張の糸。

「二〇四号室の東田に、思い出せる限り詳細な時系列を聞き出してほしい」

「はい？」

「最初に届き始めたのはいつか、二〇二号室の住人と相談したのはいつか、大家に申し出たのはいつか、そして商品が生活雑貨に変わり始めたのはいつか、などなど」

「はあ……」

たしかに、初回の聴取ではそこまで精緻な情報を仕入れたわけではないけど、それにしても「たったそれだけ？」と思えてしまう。

「もう一つは、マンションそのものに関して」

「……というのは？」

「どんな住人がいるのか。特に、問題の二階と四階に関して。印象でもなんでもいい。とにかく思っていること、感じていることをすべて引き出してくるんだ」

「それはつまり……」

住民が〝犯人〟ということだろうか？

なんとなくその可能性は濃厚な気もしていたのだけど、だとしてもやはり疑問は尽きない。なぜそんなことをする必要があったのか、その目的はなにか──

「というわけで、よろしく頼むよ」

そうして淡々と、事務的に、今後の動きが決まった。

むろん、向かうべきは今回の依頼者・二〇四号室の東田さんの元だ。

4

「いやはや、物騒な時代ですよね」

テーブルの上に麦茶の入ったグラスを並べつつ、東田さんは独り言のように漏らした。

明くる日の夜十時過ぎ。オーナーの指示に従い、俺は『パレス五反田』二〇四号室を訪れている。前回の聴取時に「もし追加でお伺いしたいことが出てきた場合は？」と尋ねたところ、平日の夜九時半以降なら基本的に在宅とのことだったからだ。

部屋の中は、不潔ではないけれど乱雑ではあった。

ごく一般的なワンルームで、床のそこかしこに脱ぎっぱなしの衣類が放置され、仕事関係と思しき書類や書籍が無造作に積み上がっている。まあ、それでも俺の住まいよりはだいぶマシと言えるだろうけど。

「物騒な時代？」

「四か月ほど前、近所で何件か押し込み強盗があったんです。狙われたのは一人暮らしの女性で、しかも、犯人はまだ捕まっていないとか――」

「そうなんですか」

恥ずかしながら、そんな事件があったなんてまるで知らなかった。

五反田と言えば都内有数の歓楽街だし、なんとなくいかがわしい雰囲気がないわけではないものの、そういう治安の悪さはあまりイメージにそぐわない。どちらかというと酔っぱらい同士が路上で喧嘩したり、風俗店への強引な客引きが横行したり、せいぜいその程度の印象だ。

「――で、追加のご質問というのは？」

俺の正面に腰を落ち着けると、麦茶を一口含みつつ、東田さんは小首を傾げた。仕事から帰ったばかりなのか、髪は七三分け、服装はノーネクタイのワイシャツ姿。こざっぱりとした清潔感はあるものの、どこか印象に残りづらい顔立ちというか、「実はあなたこそが幽霊なんじゃないですか？」と指摘したくなる影の薄さがある。

ああ、えっと……と尋ねるべき内容を整理し、順序だてる。

「まずは、詳細な時系列をお伺いしたく」

そのままオーナーの指示通り、どのレベルでの具体性が必要なのかを告げると、東田さんは困惑げに眉を寄せつつ、取り出したスマホの画面に目を落とした。

「幸い、なにかあったときに備えて——それこそ、警察沙汰とか裁判とかに万が一なった場合に備えて、ある程度メモしています」

曰く、最初に置き配を発見したのは、四月十二日・水曜日の夜とのこと。

「で、その後の経過はだいたいこんな感じです」

まとめると、概《おおむ》ね次のようになる。
①四月十二日・夜　最初の置き配を確認
②四月十三日・朝　二件目の置き配を確認
③四月十六日・昼　二〇二号室の住人に問い合わせ
④四月十六日・夕　大家に事態報告
⑤四月十七日・朝　置き配の内容物が生活雑貨に変化
⑥四月下旬（詳細不明）四〇三号室にも置き配を確認
⑦五月上旬（詳細不明）再度大家に問い合わせ
⑧五月下旬（詳細不明）オートロック設置により事態収束
スマホの画面から顔を上げると、東田さんはこう補足する。

「この間、基本的に数日おきに、二〇三号室には置き配が届き続けた感じです。多い日は一日に複数回ということもありましたし、逆に、なんの音沙汰もない日もありました。規則性みたいなものは、たぶんなかったはずですが——強いて挙げるなら、雨の日は配達がなかったような気もします」

「雨の日？」

「ちゃんとは覚えていないですけど」

配達員の身の上を慮《おもんぱか》ってのことだろうか？

いずれにせよ、わけがわからない。

「四〇三号室のほうは？」

目先を変えるべくこう尋ねてみると、東田さんは恐縮そうに肩を竦めた。

「階が違うので詳細はわかりませんが、おそらくそれほど相違ないのでは、と思います」

「なるほど」

ダメだ。

まったくもって、なにがヒントになりうるのかわからない。

そもそも大した情報量でもないし、前回の聴取事項からなにかが進んだ気もしない。

「——すみません、あまり大した情報がなく」

俺の落胆を気配から察したのか、東田さんは恐縮至極といった様子で首を垂《こうべ》れた。

「いえ、助かります」

適当にお茶を濁《にご》しつつあらためて室内を見渡すと、ふと、壁に掛けられたTシャツの一枚に目が留まった。他の衣類は床へ乱雑に放られている中、ずいぶんと好待遇だ。が、それもまあ、当然だろう。

「東田さん、『あばよ』好きなんですか？」

「え？　ああ、はい」

俺の視線を追うように顔を向けると、東田さんははにかんだように笑い、打って変わって意気揚々と語り始めた。

「昔からお笑いが好きでしてね。中でも『あばよ』は最高です。一度ライブに行っただけのにわかファンなんですけど」

「僕も同じTシャツ、持ってます」

「え、それは偶然！」

同好の士に出会えた喜び――と同時に、〝お笑い好き〟を自称する彼が俺を目の前にしても『ソイカウボーイ』の片割れだと気付かない寂しさ。

若干緊張がほぐれ、上機嫌になったのか、東田さんは「他にもなにかお役に立てることは？」と鼻息を荒くする。まあ、好きな芸人をきっかけに距離が縮まるのなら、それはそれで俺としても好都合なわけだけど。

「ああ、もう一つはですね――」

――どんな住人がいるのか。

――印象でもなんでもいい。

――とにかく思っていること、感じていることをすべて引き出してくるんだ。

オーナーの指示を思い返しつつ内容を伝えると、一転、東田さんの表情にどこか後ろ暗い影が落ちた。

「あまり接点がないので、よくわからないというのが正直なところですが……」

二〇一号室は中年男性で、出不精なのかほとんど姿を見たことはない。かなりの肥満体形で、乱れた生活ぶりが窺える。

二〇二号室は若い女性で、言葉を交わしたのは先の③のときが初めて。何度かカジュアルスーツ姿を目にしたことがあるため、おそらくＯＬと思われる。

四〇一号室、四〇二号室はまったく素性不明。

四〇三号室は、同い年くらいの独身サラリーマンで、苗字は山根《やまね》。以前、休日にゴミ出しをした際に二言三言会話を交わしたことがある。先の⑦のときに大家から「どうやら海外出張中を狙われたようだ」という情報提供あり。

四〇四号室（当時）は、これまた同い年くらいの中年男性なのだが――

「ちょっと変わった人というか、なんというか……」

にわかにその語り口が不穏さを帯び始めた。

黙って頷き、先を促す。

「いわゆる、クレーマー的な人だったんです。エントランスの掲示板に『騒音で夜眠れない。次は警察を呼ぶ』と勝手に張り紙をしたり、各階の住人を訪ねて『同じような被害に遭っていないか？』と確認して回ったり」

まあ、そういう〝迷惑系住民〟自体はさほど珍しい話でもない。

あれですかね、と東田さんは続ける。

「こういう言い方はよくないと思うんですけど……ほら、四〇四号室っていうと例の――」

「孤独死があった部屋」

口にするのがいささか憚《はばか》られる様子だったので、先んじてそう言ってみると、東田さんは「ええ」と顎を引いた。

「だから、家賃も相場よりだいぶ安かったみたいなんです」

「まあ、でしょうね」

これもまた、ありえる話だ。

「自分で言うのもなんですが、このマンションの家賃はそれほど安くないんです。築年数は経っていますけど、立地はいいし、そのお陰で割と人気ですし。まあ、もう少し共用部分とかリノベーションしてくれよ、という思いもありますが、大家さんはそこらへん、てんで頓着《とんちゃく》しない人なので――」

「あ、どうりで」と思わず口を滑らせ、慌てて訂正しようとするが、既に後の祭りだった。

やっぱりね、と東田さんは苦笑する。

「気付かれました？　いや、前から何度か申し出てはいたんですよ。もう少しいろいろ、なんとかなりませんかねって。まあ、ようやく遅ればせながらオートロックは設置されたわけですが――」

たしかに言われてみると、このマンションは各所に経年劣化が滲《にじ》んでいるような気はした。手摺の塗装が剝げていたり、雨漏りらしき染みが外廊下にあったり。エントランスこそ最近オートロックに変えたばかりということもあってか小奇麗だったものの、全体的には傷みのほうが目立つきらいはある。

「話を戻すと、やっぱり、住民の質は家賃相応になるってことなんでしょうね」

そのひと言が、予期せぬ角度から俺の胸に突き刺さる。

築六十年、木造二階建て、敷金・礼金なし、家賃三万円、風呂なしの六畳一間――そこに住む俺は、しょせんその程度の〝質〟なのだろうか。未来永劫、あのあばら屋でいつまでも摑《つか》めない夢を空想し続ける、しょうもない男なのだろうか。

「他にも、なにか必要ですか？」

そう問われ、我に返る。

「あ、いや……」

これで十分だとはとうてい思えないけれど、かといってどこまで踏み込めば十分なのかもわからない。

「とりあえずは、いったんこれで持ち帰ります」

そう頭を下げつつ、去り際にもう一度、例のTシャツに視線を送る。

赤地に白抜きの文字、ド派手なロゴ、憧れの単独ライブ。

いつか、俺にも来るのだろうか。

この煮え切らない日々に「あばよ」と別れを告げ、〝在りし日の光〟として懐かしむような、そんな日が。

5

「探偵さんかなにかですか？」

四〇三号室の住人・山根さんはテーブルで向かい合うや否や、興味津々といった様子で尋ねてきた。

「まあ、それに近い感じです」

本当は「お笑い芸人です」と答えたいところだし、なんなら「どこかで見たことあるような気がします」と指摘されたい気持ちもあるけれど、ここはぐっと堪《こら》える。

さらに数日後の時刻は夜の九時過ぎ。

東田さんの取り計らいにより、俺は『パレス五反田』の四〇三号室を訪れている。

――もし必要なら、四〇三号室の山根さんにも話を通しておきますけど。

――置き配の件、彼も当事者の一人ですし。

去り際にこう提案された俺はもちろん二つ返事でお願いし、東田さんと連絡先を交換することにした。そしてそのまま六本木へと舞い戻り、意気揚々とオーナーにその旨を伝えたところ、

――好都合だ。

とのこと。

もう少し「よくやった」とか「でかした」とか、そういう感じの反応が欲しいところではあるけれど、あの男にそんな〝人間らしさ〟を期待しても無駄だろう。

そして昨夜、東田さんから『山根さん快諾』という連絡をもらったわけだ。

「なんにせよ、頼もしい限りです」

「いえ……僕自身は、別にそんな」

そう肩を竦めてみせつつ、そのいっぽうで、今日の自分はどこか上の空であることも自覚していた。いや、「上の空」というか「怒髪天《どはってん》を衝《つ》く」だろうか。

というのも、ついさきほど相方の堺に怒鳴り散らしたばかりだからだ。

『その後、ネタはどうだ？』

痺れを切らしてこう送りつけたのが一昨日《おととい》のこと。

しかし延々と既読は付かず、今日の夕方になってようやく返ってきたのは、こんなひと言だった。

『もう少し泰然と構えられないのか？』

瞬間、ぷつり、とこめかみの血管が切れる音がした。

視界は狭まり、動悸が速まっていく。

こいつ……。

即座に電話をかけ、十コールほど待たされた後にようやく通話に応じた堺に、気付いたら俺は烈火《れっか》のごとく怒って捲《まく》し立てていた。

――お前、いまの俺たちの状況わかってんのか!?

――そんな余裕ないだろ!!

予想通り、ゴッド・オブ・コントのエントリーは既に数日前に解禁されている。にもかかわらず、俺たちの手元に新ネタと呼べるものはない。ネタ合わせをして、ブラッシュアップを繰り返して、そうやって着々と動き始めていなきゃならない時期だというのに、俺たちときたら――

――「黙って待ってろ」って言うなら、俺を黙らせるだけの必死さを見せろよ！

――っていうかお前、やる気あんのか!?

――本当は、ただ家に籠って惰眠を貪《むさぼ》ってんじゃないのか!?

堺から応答はない。

――いい加減、我慢の限界だ。

――いつまでもずっとこんな感じなんだとしたら……。

そこまで言いかけて、はたと口を噤《つぐ》む。

だとしたら――なんなんだ？　解散するのか？　それとも芸人を辞めるのか？　高卒で就職もせず、運転免許すら持ち合わせていないこの俺が、辞めたとしてこの先どうなるんだ？

――正直、救われたんだ。

――芸人たちは、自分の不幸で大勢を笑顔にしてる。

――めちゃくちゃエコじゃんってな。

俺はいま、自分の不幸でただただ自分の笑顔だけを奪われている。余裕を失い、ひたすら苛立ち、エコどころか負の永久機関と化している。

謝罪のひと言も反論の一つもなく、堺はそのまま通話を切った。そしてそれは、たぶんやつなりの配慮なんだろうとも思った。

堺にも言い分はあるし、俺にももっとぶつけてやりたい思いの丈は山ほどある。けれど、いまこの状況でそれらを勢い任せに投げつけあったら、もはや引き返せないところまで行ってしまうかもしれない。時にはそういう衝突も必要なのだろうけど、いまはそのときじゃないと——そう察知したに違いない。浮世離れしたみょうちきりんな男ではあるけれど、そのへんの嗅覚もきちんと持ち合わせているということを、長年の付き合いの中で俺は知っている。とはいえ、堺の言う通り「泰然と構える」なんて叶うはずもなく、いまだ胸の内ではぐつぐつと煮え湯が沸き立っているわけだ。

「——で、なにからお話しすればいい感じでしょう？」

そんな俺とは対照的に、山根さんはどこかクールで、理知的な雰囲気の人だった。そう感じるのはスマートな話し方のせいか、あるいは鼻の上に鎮座している縁なし眼鏡のせいか。なんとなく、自己啓発本ばかり読んでいて、お笑いとかまるで興味なさそうな人だなと思った。

えっと、と居住まいを正す。

「お隣の四〇四号室に住まわれていたのは、どんな方だったんでしょうか？」

ああ、と苦笑いすると、山根さんは眼鏡を一度押し上げた。

「東田さんからお聞きの通りですよ。厄介で、迷惑で——とはいえ、なにかしらの違法行為をするわけでもないので、正直手に負えなくて」

退去してせいせいしました、とはさすがに口にしなかったけれど、そう言いたげだ。

「山根さんが不在にされていたのは、いつからいつまでですか？」

「四月二十五日から五月三十日まで、およそ一か月。ベトナムのホーチミンです」

「なるほど」

この部屋に置き配が届き始めたのは、それとちょうど同じタイミングである。

なんというか、と山根さんは声のトーンを落とす。

「気持ち悪いですよね。私自身、特に実害があったわけではないですけど、海外出張で不在にすることは誰にも言っていないですし、それに、届いたのが香典袋っていうのも不穏ですし」

その点については俺も引っ掛かっていた。目的はさておき、届けられる商品が時期に応じて変容していることは、たぶん注目すべきポイントの一つだろう。ただの気まぐれで片づけるべきではない、なにかしらの明確な意図が感じられる。

「四〇一号室と四〇二号室は、それぞれどのような方なのでしょうか？」

「いたって普通ですよ。四〇一号室はファミリーで、お子さんはたぶんまだ幼稚園くらいですかね。四〇二号室はカップルが同棲しています」

「そうですか……」

まるで突破口が見えてこない。

すべてが八方塞がりにしか思えない。

結局、特に会話は盛り上がらないまま、辞去することになった。

せっかく東田さんが助太刀してくれたのに、誠に申し訳ない。

しかし——

「——ご苦労さん。これで全部揃ったね」

〝店〟に舞い戻り、項垂《うなだ》れながら「なんの成果もあげられませんでした」と報告するや否や、あの男は表情一つ変えずにそう言ってのけたのだ。

「は？　マジすか？」

「うん、マジ」

あんぐり口を開ける俺のことなどどこ吹く風といった調子のオーナーは、「てなわけで」と続ける。

「商品ラインナップにも追加しておかないと」

なんにせよ、いよいよ〝最後のステップ〟——依頼主への報告だ。

実は、このときに備えて、初回の往訪時に〝合言葉〟を決めることになっている。特になんでもいいのだけど、東田さんは「はて？」と目を白黒させていたので、俺から「どうせなら景気のいい言葉にしましょう」と促したところ、

――〝悪霊退散〟とかどうですかね？

――『あばよ』にも同名のネタがありますし。

とのこと。

そうしていま、夥《おびただ》しい店名の中の一つ――『汁物　まこと』という店の商品ラインナップに、その〝合言葉〟を冠したメニューが追加されようとしている。たぶん「悪霊退散豚汁」とか「悪霊退散ポトフ」とか、そんな類いの何かが。そして、その料金がそのまま本件の〝成功報酬〟となるわけだ。依頼者が解答を知るには、それを注文する以外に手はない。それが、いかに法外な値段であったとしても。

汁物まこと、つまり、真相を知る者だ。

「存外に楽しませてもらったし、今回は五万円程度にまけておこうか」

聞き捨てならない台詞《せりふ》に、思わず訊き返す。

「楽しませてもらった？」

「我ながら〝いい解釈〟をこしらえられた気がして、気分がいいんだ」

「どういう意味ですか？」

しばしの沈黙。

聞こえてくるのは、ぐあんぐあんと唸る換気扇の音だけ。

やがてコック帽を被り直すと、オーナーは飄々《ひょうひょう》とこう言った。

「今日は時間もあるし、説明しようか」

6

「よう」と頭上から聞き慣れた声が降ってきて、スマホの画面から顔を上げる。

寝癖まみれのぼさぼさ頭に、相変わらず血色の悪い顔、よれよれになった上下のスウェット、そして素足にサンダル履き。チェーンのファミレスとはいえ、外出するならもう少し外見に気を遣ったほうがいい。

呼びかけに応じ、俺も「おう」とだけ返す。

むろん、先日の〝大激怒〟の件にあえて触れはしない。殊勝に「すまなかった、熱くなりすぎた」と頭を下げるにはまだ早いし、かといって、ここでその話をぶり返しても先には進めない。

俺の正面に腰を落ち着けると、店員にアイスコーヒーを一つだけ頼み、堺はやおらこう切り出してきた。

「ついにネタができた」

「そうか」

ゴッド・オブ・コントのエントリー〆切まであと三日。

ようやく、堺が動く。

「どんなネタなんだ？」

「いまから説明する」

そう言いながら、表紙がボロボロになった大学ノートを卓上に広げる堺——その一連の動作を眺めつつ、ふと、俺の意識はあの日に飛ばされる。

あの日、ラインナップに追加された『悪霊退散手羽元サムゲタン風スープ』はすぐにオーダーされ、そのままラインナップから静かに姿を消した。そんなふざけた商品が一瞬とはいえメニューに並んでいたことを知る者は、この世にほとんどいない。

結局、それを東田さんの元へ届けたのは、俺ではなく他の配達員だった。可能ならエンドロールまで一部始終を見届けたかったのだけど、誰が受注できるかはアプリの差配次第なので、こればかりは諦めるしかない。

報告資料に目を通した彼は、どう感じたのだろうか。

胸をなでおろし、無事に〝悪霊〟を追い払うことができたのだろうか。

堺の説明に耳を傾けながら、いま一度、俺はあの日の顛末を思い返す。

「今日は時間もあるし、説明しようか」

俺の対面に腰を下ろしたオーナーは、続けてこう断言してみせた。

「結論から言うと、犯人は二〇二号室の女性だ」

「は？」

むろん、住民の誰かが犯人なのでは——と薄ら予感していなかったわけではない。というか、客観的に見てその他の可能性はありえないだろう。とはいえ、あくまで勘にすぎないし、その事実を証明するだけの〝手札〟はなに一つ揃っていないように思えてしまう。

が、オーナーは飄々とこう続ける。

「彼女は、自身の住むマンションにオートロックを設置させたかったんだ」

「なんですって？」

予想外すぎる理由だ。

でも、たしかに言われてみると——

「なぜならその頃、近所で押し込み強盗が頻発していたから」

——いやはや、物騒な時代ですよね。

——近所で何件か押し込み強盗があったんです。

——狙われたのは一人暮らしの女性で、しかも、犯人はまだ捕まっていないとか。

なるほど、と納得がいく部分もあった。

「二〇二号室に住んでいるのは同じく一人暮らしの女性、なおかつ犯人は逃走中で、自身の住まいはおそらくその犯人にとって好都合な物件。せめてオートロックくらい完備してほしいと思うのは当然のなりゆきだろう」

「たしかに」

それはその通りだろう。

ところが、とオーナーの目に鋭い光が差す。

「依頼主の東田曰く、大家はそこらへんに頓着なく、動きの鈍い人間とのこと」

「ああ、そういえば……」

——前から何度か申し出てはいたんですよ。

——もう少しいろいろ、なんとかなりませんかねって。

あの日の些細《ささい》な会話が、次々と一本の線に繋がり始める。

「そして、大家がそういう人間だということを彼女は知っていたんだ。もしかすると、既に何度か掛け合ったことがあったのかもしれないな」

「え、どうしてそこまで……」

しかし、この疑問もすぐに氷解する。

「だって、四月十六日の昼に、玄関先で東田にこう漏らしたんだろ？」

「なんでしたっけ？」

「『望み薄でしょうね』って」

「あ！」思わず膝を打ってしまう。

――「まあ、望み薄でしょうね」と彼女は愚痴っていましたけど。

――で、いざ連絡してみると、予想通り反応は鈍くて。

たしかに、この発言にはオーナーの推測を裏付けるような諦念の類いが滲んでいる気がしてくる。いや、というかもはやそうとしか思えない。

「そんなわけで、彼女は知恵を絞ったんだ。真っ当に声を上げて主張しても大家の耳には届かない。さて、どうしたもんか――ってな」

そうして辿り着いたのが、空き部屋に置き配を届けるという奥の手だったのだ。

「肝心なのは、それ自体は別に違法行為でもなんでもないということ」

これもまた清々しいほどにその通りだった。

違法行為ではないけれど、すこぶる薄気味悪い。そうかといって勝手に廃棄するのは憚られるし、実際、量が増えてくるとそれはそれで迷惑でもある。デリバリーサービスの〝抜け穴〟を利用した、まさに秘策中の秘策と言える。

が、ここで一つ反論を試みるとしよう。

「たしかに、彼女にはそうするだけの理由はありそうですが……」

他の住民という可能性もあるのでは？

例えば、二〇一号室とか別の階とか。

しかし、オーナーの牙城は微塵《みじん》も揺らがない。

「いや、十中八九、犯人は二〇二号室の住民だ」

「どうして？」

「東田が彼女の元を訪ねた翌日から、配達物の内容が変わり始めたから」

「あっ」

思い出すべきは、もちろん例の時系列だ。
③四月十六日・昼　二〇二号室の住人に問い合わせ
④四月十六日・夕　大家に事態報告
⑤四月十七日・朝　置き配の内容物が生活雑貨に変化
「東田が訪ねてきたことで、彼女は確信したんだ。マンションの他の住民も事態を把握してくれたってな」

そして、とオーナーは澱《よど》みなく続ける。

「だからこそ、その日を境に注文物の内容を変えたんだ。これまでのように臭いや大きさで注意を惹く必要がなくなったから」

これにはもはや、ぐうの音も出なかった。筋は通っているし、ただただ感心するばかりだ。

「で、そうなってしまえば、あとは『意図不明の置き配が届き続けている』という状況さえ維持すればいい。毎回食料品を頼むのはさすがに値も張るが、ボールペン一本、消しゴム一つなら大した金額にはならない」

配送料は概ね距離に応じて決まり、最安値で五十円程度。そして、本件においてはおそらくその最安値が適用されていたとみてまず間違いないだろう。なぜって、マンションのすぐ正面がコンビニなのだから。そこを購入指定場所に設定すればいいだけの話だ。

「また、一日に何度も届く日とまるで届かない日とがあったのは、配送料の変動――つまり天候によるものだ」

――規則性みたいなものは、たぶんなかったはずですが。

――強いて挙げるなら、雨の日は配達がなかったような気もします。

配送料が変動するもう一つの要素が需給バランス――例えば、注文が殺到する夕飯時や、配達員の数が減りがちな悪天候時は、通常より配送料が高くなる傾向にある。つまり、晴れの日であればボールペン一本百円＋配送料五十円で済むところ、雨天時だと余計に配送料が嵩《かさ》むわけだ。

なるほど、理に適《かな》っている。

理に適っているし、それに——

「わざわざオートロック完備の物件へ引っ越すべく業者に依頼するよりは、結果的に安上がりで済むはずだ」

いやはや、なんということでしょう。

あんなにも意味不明だった事態にこうもそれらしい理屈が付けられるとは——と感嘆しきりだったのは事実だけど、だとしてもまだ完全には解決を見ていない。むしろん、置き去りなのは四〇三号室の件だ。

「それもまた、彼女の仕業なのでしょうか？」

たしかに彼女の目的はわかったけれど、だとしたら四〇三号室にまで手を広げるのはいささかやりすぎな気もするし、それに、香典袋を一度に十袋も頼むというのは、先の〝経済合理性〟からもやや逸脱しているように思える。

しかし。

「面白いのは、ここからだ」

そう言いながら、オーナーはふっと鼻を鳴らした。

「はい？」

「四〇三号室の犯人は別にいる」

「えっ？」

予想外の展開に頭が真っ白になる。

別にいる、だと？

つまり、例の置き配は二人の人間が行っていたということか？

「じゃあ、それは誰なのか？」

射貫くような視線。

ニヒルに歪《ゆが》んだ唇。

「誰ですか？」

おずおずと尋ねると、オーナーは平然とこう言い放った。

「大家だよ」

「は？」

「大家は彼女とまったく別の目的から、四〇三号室へ配達を依頼していたんだ」

「別の目的？」

「四〇四号室の住民を追い出すためさ」

瞬間、いくつもの会話が脳裏にフラッシュバックする。

――いわゆる、クレーマー的な人だったんです。

こう歯切れ悪く語った東田さん。

――東田さんからお聞きの通りですよ。

――厄介で、迷惑で。

なにかしらの違法行為をするわけでもないので、正直手に負えなくて。

せいせいしたとでも言いたげだった山根さん。

つまりだな、とオーナーはコック帽を脱いだ。

「基本的に、賃借人の地位は法律で堅牢《けんろう》に守られているため、ちょっとやそっとのことで追い出すことはできない。むろん、本件においてもそれは同様で、仮に訴訟に持ち込んだとしても『大家との信頼関係が破壊されていた』『契約解除もやむなし』との判断が下されるような行為を、四〇四号室の住人はいっさいしていない」

しかも、と説明は続く。

「それとは関係なく、大家には大家だけの、是が非でも四〇四号室の住人を追い出したい理由がある」

「というと？」

「家賃」

「ああ！」

これもまた、東田さんが言っていたではないか。

――家賃も相場よりだいぶ安かったみたいなんです。

「いささか乱暴に言うと、いわゆる〝事故物件〟であることの告知義務は、直後に契約する住人にしか発生しない。つまり、この次の住人には正規の家賃を適用できる可能性が高い」

しかも、件の『パレス五反田』は人気物件。現に、いまではもうすべての部屋が埋まっているという。となると、相場より安い家賃で住み続ける人間には、一刻も早く出て行ってもらったほうが大家にとっては利益になる。

「というわけで、大家は思い付いたんだ」

東田さんから相談を受けた例の件を自分も利用できるのでは、と。

その証拠に、とオーナーは髪を掻《か》き上げた。

「四〇三号室の山根は、海外出張で家を空けることを誰にも言っていなかった。が、そのいっぽうで、東田は大家から『海外出張中を狙われたようだ』という情報提供を受けている」

これまた、完膚なきまでにおっしゃる通りだった。

例の⑦のときに大家から「どうやら海外出張中を狙われたようだ」という情報提供があったと東田さんは語っていたが、いっぽうの山根さん曰く、

――気持ち悪いですよね。

――海外出張で不在にすることは誰にも言っていないですし。

とのこと。

では、なぜ大家は知っていたかというと――

「防犯カメラの映像だ」

そう断言するオーナーを前に、俺はもう、ただただ笑うしかなかった。なんせ、東田さんが事態報告をした際、大家はこう口にしたというではないか。

――ひとまず、今後もときおり防犯カメラの映像をチェックしてみますよ。

そうしてカメラのチェックをしていたからこそ、大家は山根さんの海外出張を知ることができたわけだ。

が、ここでまた疑問が生じてしまう。

「でも、さすがに海外出張とまでは断言できないのでは？」

もちろん、巨大なキャリーケースを手にエントランスを出ていく姿を見れば、出張だろうとの予想は付く。また、審査の際に職業なども確認しているはずだから、職種や社名から「海外出張が多そうだ」みたいな予測も立てられるかもしれない。が、だからといってやはり断言まではできない気がするのだけど。まさか、パスポートを手に持った状態で家を出たとも思えないし――

「いや、できる」

「なぜ？」

「時間」

「は？」

小首を傾げてみせると、オーナーは「察しが悪いな」とでも言いたげに、極めてつまらなそうにこう続けた。

「深夜発の飛行機は、基本的に国際線だ」

「あ――」

たしかにそうだ。

事実、かつて芸人仲間とタイへ飛んだ際、国内線の運航は終わっていた。

まさか、あのときの経験がこんな形で活きてくるとは。

「むろん、例外がないわけじゃないが、国内線は基本的に夜の十時頃が最終便だ。仮にそれ以降の便があったとしても期間限定キャンペーンがほとんどで、そうしょっちゅう飛んでいるものではない。だとすれば、家を出る時間からおおよそ深夜発の国際線に搭乗予定なのだろうという察しは付く」

しかも、とオーナーは椅子の背もたれにふんぞり返った。

「すこぶる腰の重い大家がオートロックを設置したのは、五月下旬のこと」

「ええ、そうでしたね」
⑧五月下旬（詳細不明）オートロック設置により事態収束と、たしかに東田さんの

話を聞きながらそうメモをした。

「そして、四〇四号室のクレーマーが退去したのは先月末——つまり六月末だ」

「だから？」

「一般的に退去連絡は一か月前と定められていることが多い。よって、四〇四号室の某クレーマー男がその旨を申し出たのは、五月末付近のはず」

「ああ……」

　そういうことか。

　本日何度目かの感嘆の吐息が漏れ出る。

「その申し出を受けたから、ようやく重い腰を上げ、大家はオートロックを設置することにしたのさ」

　なぜって、四〇四号室の住人が退去を申し出た途端に配達が止んだら、それはそれで不自然だから。そうではなく、あくまで〝外的な要因〟——オートロックが設置されたことにより配達員がむやみやたらに敷地内へ立ち入れなくなった、という形で事態の収束を図る必要があったのだ。

「まとめると、本件の謎の置き配は『真っ当に声を上げられない者たちの苦肉の策』とでもなるかな」

　オートロックを設置してほしいけど、聞き入れてもらえない。

できれば退去してほしいけど、その法的根拠がない。

そんな二人が編み出した苦肉の策。

とはいえ、とオーナーはコック帽を被り直す。

「これは一つの〝解釈〟にすぎない。余詰めを排した絶対不可侵の真相ではないし、単なる愉快犯の可能性だって当然に残されている」

でも。

「東田にとって大切なのは、真実ではない」

彼が求めているのは、かくかくしかじかの理由により件の置き配は発生していたのだという、いくらかでも腹落ちのする説明なのである。

「以上、これにて〝悪霊退散〟だ」

いやはや、誠に天晴としか言いようがない。

オーナーの指摘した通り、もちろんこれが真相だとは限らないし、他の可能性が完全に否定されたわけではない。

それでも、筋は通っている。

そんなわけないだろ——と鼻で笑い飛ばせないだけの〝迫真〟がこの仮説にはある。

そして。

真っ当に声を上げられない者たちの苦肉の策。

この台詞が、とある〝気付き〟を俺にもたらしてくれたのも事実で――

「――肝心のネタの中身だが」

堺のそのひと言で我に返る。

「あ、うん」

しばしもったいぶるように口を噤むと、やがて堺はこう言った。

「誰も住んでいないはずの空き部屋に、置き配が届き続けるっていうのはどうだ？」

店内から音が消える。

堺の口にした言葉の意味を、あらためて咀嚼《そしやく》する。

偶然ではない。

突然、天から啓示が舞い降りたわけではない。

「ほう？」

なにやら面白そうじゃんか――みたいな顔をこしらえつつ、やっぱりね、と内心ではほくそ笑んでしまう。

きっと、堺は目にしてくれたのだろう。コンビニに飯を買いに行こうと外廊下に出てみたら、空き部屋であるはずの隣室の扉に置き配を見つけたのだろう。

誰が、なんのために？

決まっている。

「で、俺たちはその両隣の部屋の住人という設定で――」

俺の反応に手応えを感じたのか堺の語り口は熱を帯び始め、俺は俺で、適当に相槌《あいづち》を打ちつつそこはかとない満足感に浸っていた。

なんなら俺もネタを書こうか――と提案すれば断られるし、だったらさっさとネタを書き上げろよ――と発破をかければ喧嘩になる。また、堺はめったに外出せず、するとしても週に数回のコンビニへの買い出しくらい。もっと外の世界に出ていけばネタの種も転がっているはずだけど、やつは頑《かたく》なにそうしない。

だからこそ、逆にそこを狙うことにしたのだ。俺から堺に、アイデアのきっかけをそれとなく授けることにしたのだ。

あの〝店〟で、あの事件に携わったおかげだ。最後の最後に、オーナーのあのひと言で気付いたのだ。これもまた、俺にとっての〝苦肉の策〟になりえるな、と。

「――で、その置き配をきっかけに、俺たちはてんで関係のない言い合いを始める」

「なるほど」

頷くと同時に、世界は俺たち二人だけになる。俺たち二人だけになり、その二人だけの世界で、世の中を「あっ」と言わせるべく密かに企んでいく。

そうだな、と堺は天を仰ぐ。

「例えば、口論の内容は――」

「うん」

今年のゴッド・オブ・コントは、なんだか楽しくなりそうだ。

未完成月光　Unfinished moonshine

北山猛邦

Message From Author

　この小説はエドガー・アラン・ポオの未発表原稿を題材にしています。ポオの死については依然として謎に包まれており、おそらく今後も解き明かされることはないでしょう。今回はその謎を追求するものではありませんが、偉大なる先駆者が残した「ミステリー」がなければ、この小説は存在し得なかったと断言できます。この小説をポオに捧げます。

北山猛邦（きたやま・たけくに）
1979年生まれ。2002年『「クロック城」殺人事件』でメフィスト賞を受賞しデビュー。11年に『私たちが星座を盗んだ理由』が斯界で絶賛。15年に『オルゴーリェンヌ』が、22年に『月灯館殺人事件』が各種ミステリランキング入りする。他の著書に『千年図書館』『天の川の舟乗り　名探偵音野順の事件簿』などがある。

1

久しぶりの故郷は、何処かの軒先で焚かれた迎え火の燻《くすぶ》るにおいがした。夏の夕暮れ。薄紫色の帳《とばり》が、村を囲う山々の向こうに降り始めている。束の間、夜のように頭上を暗く染めたのは、鴉の大群だった。今となってはもう、この村に親類縁者のいない私を、彼らだけが出迎えてくれているようだった。

石段を上って、物寂しい山道へと入る。真夏でも涼しい土地柄だが、傾斜の厳しい道のりに、懐かしい汗をかく。もはやひと気はない。やがて人家もまばらになっていく。

坂道の途中に古い鳥居があり、薄闇がかった参道が奥へと続いていた。いつもこの時期になると、赤々としたぼんぼりが掲げられ、夏祭りの出店が並んでいたものだが――神社の掲示板には『新型コロナウィルス感染拡大に伴い、盆祭りを中止致します』という張り紙があった。

神社の前を素通りして、さらに石段を上り、坂道をいくつも越えていく。気づけば周囲は登山道然として、木々が迫り、アスファルトも途絶えた。そうして森の中を進んでいくと、ようやく友人の屋敷が見えてきた。

藤堂《とうどう》家の屋敷――瓦屋根に、広々とした土間のある玄関、松の庭園を望む縁側といった、和風の豪邸だ。しかし幼少の頃から、私はこの屋敷が怖かった。これといって恐怖をかき立てるような象徴は何処にも見当たらないのだが――たとえば障子《しょうじ》がおどろおどろしく破れていたり、壁がひび割れていたり、白んだ玄関照明がちかちかと瞬いていたり――何故だか私はこの屋敷に近寄り難さを感じていた。あるいは屋敷の背後に迫る森が、建物のシルエットを深緑色《ふかみどり》で象《かたど》っていたせいかもしれない。遠目に見れば、それは巨大な怪物と変わりないのだ。

かくして私は、数十年ぶりに藤堂家を訪れることになった。

きっかけは藤堂からの電話だった。長年音信不通だった彼から、なんの前触れもなく連絡がきたこと自体、不穏な出来事ではあったが、その内容も奇妙なものだった。

どうしても会って話がしたい。

詳しい内容は直接会わないと伝えられない。

理由を問い質しても、彼はそれ以上のことを喋ろうとはしなかった。いくら昔馴染みとはいえ、そんなとりとめもない話には付き合えない。私は適当にやり過ごそうと思ったが、しかし電話越しに聞く彼の声に、何か病的な陰鬱《いんうつ》さを感じて、通話を切ることさえためらわれた。何より――今もしここで彼を突き放したら、その瞬間、彼は灰になって消えてしまうのではないか。そんなふうに思えるほど、彼の声には生気がなかった。

彼の要求がなんであれ――疎遠になっていた年月が、彼をどんなふうに変えてしまったのか、私の興味はそこにあった。私の知る藤堂は、才能に溢れ、行動力があり、周囲から頼りにされるような人間だった。欲しいと思ったものは手に入れなければ気が済まない性質で、たゆまぬ努力でそのすべてを手に入れてきた。私から見れば彼は完璧だった。少なくとも私を頼るような人間ではなかった――

藤堂家の屋敷は、昔と比べて何も変化がないように見えた。その玄関先に立つと、頭上で鴉が一鳴きして、屋根から飛び去っていった。

呼び鈴を鳴らす。

やがて引き戸が開き、そこにやつれた男が青ざめた顔を覗かせた。

藤堂だ。

彼は私を認めるなり、にわかに笑顔を取り繕った。しかしすぐに、怯えた様子で私の背後に視線をさまよわせ、首を引っ込めた。

「さあ、入ってくれ」藤堂は私を急《せ》かすように云った。「彼らが見てる」

「彼ら？」

私は振り返ったが、当然そこには誰もいなかった。

藤堂は無言のまま私を促す。

私が家の中に入ると、彼はすぐに内鍵をかけて、客室へと私を導いた。懐かしい他人の家のにおいがする。屋敷の中は夕闇に沈み、薄暗いままだった。

「遠いところ、わざわざ来てくれてありがとう。なんと云ったらいいか——本当に感謝してる」

藤堂は伏し目がちに云って、部屋の照明をつけた。蛍光灯の下で、彼の顔はますます青白く見える。私たちは黒檀《こくたん》のテーブルを挟んで座布団に座った。

私は用意してきた土産を差し出そうとしたが、ふとその手を止めた。藤堂が酒好きなことを知っていたので、手土産に日本酒を選んだのだが、失敗だったかもしれない。というのも、藤堂の全身から、すでにアルコールのにおいが立ち昇っていたからだ。はたしていつから飲んでいるのだろう。昼間から？　それとも朝から？

「こうして直接会うのは十年ぶりくらいか」

藤堂はテーブルの上で指を組んで、何かのリズムを取るように人差し指を動かしていた。視線はずっとその指に落ちていた。

「確か出版社のパーティだったね」

私は応じる。

藤堂が小説家としてデビューしたのは今から十年ほど前。二十五歳の時。以来、現代の社会問題をテーマにした幻想小説を多く執筆している。いつの頃からか、日本を出て、海外に拠点を移したと聞いていたが――

「去年、親父が死んでね。コロナの影響もあったし、そのまま日本に留まることにしたんだ。ここを空き家にするわけにもいかないし――栞《しおり》の療養にちょうどいいと思って」

「具合、良くないのか？」

「ああ、まあ……」

栞というのは、彼の妻だ。

いつかの教室。その窓辺で、きらきらとした笑顔を浮かべていた彼女のことを思い出す。彼女もまた、私たちと同じように、この土地で生まれ育った。高校を卒業するまで私たちはいつも一緒だった。私の記憶の中の彼女は、今でもセーラー服のままだ。

彼らが結婚すると聞いて、私は別に驚かなかった。そもそも二人の仲を取り持ったのは私だ。二人が気まずい状況になった時には、いつも私が間に入って、解決に奔走《ほんそう》したものだ。

「もしかして――会って話したいことというのは、栞さんのことか？」

私は声をひそめる。彼女がすぐ隣の部屋で寝ているかもしれない。

「いや――」藤堂は痙攣《けいれん》じみたしぐさで首を横に振る。「すまない、ここまで呼びつけておきながら、未だに君に話すべきかどうか迷ってるんだ。もし話せば、君を巻き込んでしまうことになるから……」

「何を今さら」

私は強がって鼻で笑ってみせる。

藤堂はようやく顔を上げ、私を正面から見返した。

そして長い沈黙のあとで、ゆっくりと口を開く。

「君は――今でも探偵小説を読むのか？」

「えっ？」

思いがけない問いに声が上擦る。

「高校時代に君からクリスティとかクイーンとか……あとチャンドラーとかブラッドベリなんかも借りて読んだのを覚えている。君は海外文学が好きで、大学も英文科を選んだ。今では学生に英文学を教えている――そうだね？」

「非常勤講師だけど」

「英語の文章は読めるよな？」

私は肯いた。

藤堂はそれを確認すると、ゆっくりと立ち上がった。

「少し待っててくれ」

そう云い置いて、部屋を出ていった。

取り残された私は、殺風景な和室を見回した。空っぽの花瓶、竹林が描かれた日本画、古めかしい振り子時計——どれも栞の趣味とは思えない。

私は無意識のうちに、栞の影を探していた。彼女は今、この屋敷の何処かにいるのだろうか。それとも病院？　人づてに聞いた話だと、彼女はカタレプシーと呼ばれる一種の神経障害を患っており、発作が出ると、昏倒したかのように身動きできなくなってしまうという。

もしも彼女がいるなら、挨拶くらいしていこうかと思っていたが——

藤堂が部屋に戻ってきた。

彼は麦茶の入ったコップを私の前に差し出した。

「気が利かなくて悪いな」

それから、脇に抱えていたファイルを置いた。何処にでもあるような事務用のブック型クリアファイルだ。

「まずはこれを見てくれ」

私に向けてそれを押しやる。その手が小刻みに震えていたのを、私は見逃さなかった。

私は特に身構えることもなく、その表紙を開いた。

Ａ４サイズの透明なポケットに、淡い青色の紙が一枚、入れられている。ファイルのサイズに対して紙の方が一回り小さい。その紙面には、手書きによると思われる英文が記されていた。紙のシミやヤケ具合からみて、かなり古いもののようだ。

そんな紙片が、一つのポケットに一枚ずつ、十数ページにわたってファイリングされている。

「これは……？」

「エ、ド、ガ、ー・ア、ラ、ン・ポ、オ、の、直、筆、原、稿、だ」

「ポオの――」

私は思わず息を飲んだ。

探偵小説の始祖として知られる十九世紀アメリカの作家だ。文学史においては、ミステリに限らず、ＳＦやゴシックホラー、幻想文学など、あらゆるジャンルにおける先駆者として、後世に与えた影響が大きいことでも知られている。

死後百七十年以上が過ぎた現在、ポオの原稿や書簡などの多くは、貴重な文化資産としてアメリカの図書館や大学などに収蔵されている。一方で、個人コレクターが所有している例もあり、オークションで売買されることも珍しくない。私が覚えている限り、ある詩の原稿には三十万ドルの値がつけられていた。

「海外で手に入れたのか？」私はクリアファイル越しに、紙片の文字列を指でなぞる。「この書き出しは……記憶にないな。小説のようだが、タイトルは？」

「タイトルはついていない。ほら、冒頭に少しだけ余白があるだろう。おそらく、あとでそこにタイトルを挿入するつもりだったんだろう」

「タイトルがない？」私は慄然《りつぜん》として云う。「それじゃ、この原稿は――」

「未完成だ。正真正銘、エドガー・アラン・ポオの未完成にして未発表の原稿だよ」

「こんなもの、どうやって？」

「それについては、あまり大きな声では云えないんだが――君だから正直に話そう。僕はここに帰ってくる前、五年ほどニューヨークに住んでいたんだ。ある日、日課の散歩をしていると、道の途中で古い家を解体している現場に出くわした。普段なら気にも留めないような光景だが、現場から出された廃材の中に、紙の束が紛れているのを見つけた。そう、これだよ。もっとも、僕がポオの信奉者でなければ単なるゴミにしか見えなかっただろう。解体現場で作業していた彼らがそうだったようにね。しかし僕はこの紙の色――まるで死人の顔のように青ざめたこの色を見た瞬間、ピンときたんだよ。一八四九年、ポオが死んだ年に書いていた、もう一つの未完成原稿である『灯台』も、これとまったく同じ紙を使って書かれているんだ！　モーガン図書館に展示されていたそれをこの目で見たんだから間違いない。ああ、察しの通りだ。僕はそれが何十万ドルという価値のあるものかもしれないとわかっていて、ゴミの山からこっそり持ち出したんだ」

「しかし君が持ち出さなきゃ、ゴミとして燃やされていたかもしれない」

「そう云ってくれると助かるよ。だが罪は罪だ。僕ごとき矮小《わいしょう》な小説家が背負うには、あまりにも重すぎる」

藤堂はテーブルに突っ伏すようにして、両手で頭を抱えた。

なるほど、歴史的な大作家の直筆原稿を盗み出したという罪にさいなまれて、たまらず私に打ち明けたといったところか。

しかし日本のこんな片田舎に、ポオの直筆原稿が存在するという現実を、私はまだ受け止め切れていなかった。いや、それどころか藤堂の話を真に受けてすらいなかった。

「君はこれが本物だと信じているようだが、誰かに鑑定してもらったわけじゃないんだろう？　見たところ署名もないし、そもそもどうしてポオの原稿だと云えるんだ？」

「これはあとで知ったことだが——その解体された建物というのが、ポオの遺産管財人であるルーファス・グリスウォルドが一時期住んでいた家だったんだ。君も聞いたことがあるかもしれないが、グリスウォルドという悪名高き男は、ポオの死後、書簡を偽造してまで小説家ポオの悪評を広め、デタラメな伝記を記したことでも知られている。当然、遺産の管理も雑だった。そういう事情を考えると、彼の家から忘れ去られたポオの遺産がひょっこり出てきたとしても、何もおかしくはないだろう？」

「うーん……」

「証拠なら君の目の前にあるじゃないか。その紙はもとより、筆跡は間違いなく彼のものだ。それに内容も——読めばわかるよ。紛う方なきエドガー・アラン・ポオの小説だ」

その時、外で鴉たちの喚く声が聞こえてきた。昔からこの辺りには鴉の棲み処があるらしく、朝と日暮れには、大量の鴉が飛び交う。

気づけばもう夜が始まろうとしている。

ふと藤堂の方を見ると、両耳を塞ぐようにして、がたがたと肩を震わせていた。

「おい、どうした。大丈夫か？」

思わず声をかける。

しかし耳を塞いでいるせいか私の声は届かない。

彼はしばらくの間、恐怖に耐えるように背中を丸めて、歯を食いしばっていた。

「すまない……」まるで嗚咽《おえつ》を漏らすかのようにそう云って、よろよろと立ち上がる。「気分が悪くて……」

「いや、こちらこそ遅い時間に訪ねて悪かった。また明日、出直すことにするよ。次はもっと早く来られるはずだから」

「待ってくれ」藤堂は追いすがるように云った。「一刻も早く君に、あの原稿を読んでもらいたいんだ」

「もうこんな時間だし、日を変えた方が――」

「頼むよ、行かないでくれ。このままだと僕は正気を失ってしまうかもしれない。すべてはこの原稿のせいなんだ。この原稿は呪われているんだ。ああ、ほらまた、彼らが騒いでる。やめてくれ――やめてくれ！」

「お、おい！」私は彼の肩を摑んで、揺さぶった。「しっかりしろ、藤堂！」

「ああ……」

彼は放心したように宙を見つめる。

「『彼ら』って？　私たちの他に誰かいるのか？」

「『預言者にして悪しきもの！』『その目は夢見る悪魔のよう』『夜の海岸からさまよい現れたぞっとするほど厳めしい太古の大鴉』――彼らが僕に囁くんだ。『続きを書け《write more》』『続きを書け』『続きを書け』！」

「続きを書け？　どういう意味だ？」

「『大鴉』だよ。鴉はまさに預言者だった。死を告げる大鴉を前に、絶望で悲嘆する男とはまさに、ポオ自身だったんだ。何故って、誰が彼の突然の死を予想しただろう？　一八四九年ボルチモア。彼に不慮の死が訪れた！　彼の最期は今も謎のままだし、これからも解き明かされることはないだろう。彼自身、唐突に現れた死の使いに戸惑ったはずだ。死はあまりにも謎めいていて、すべてを無にした。そして――もう二度とない《nevermore》！　僕たちが知っていることといえば、書きかけの原稿がこの世に残されてしまったということ。いうなれば、この原稿こそ、ポオの報われぬ魂を横たえた、早すぎる埋葬だったんだ。ああ、それなのに僕は棺の蓋を開け、彼を起こしてしまった！」

　藤堂はうつろな目で、しかしはっきりとした口調で、とりとめのない言葉を滔々《とうとう》と続けた。それが神経症状の一種なのか、アルコールの影響なのか、それとも彼の云う『呪い』のせいなのか――私にはわからなかった。

「落ち着いてくれ、藤堂」私は彼の腕をしっかりと摑んで云った。「この原稿をどうしたらいい？」

「まずは読んでくれ。そして僕を助けてくれ」

「助ける？」

「『続きを書け』――彼らはそう云っている。でも僕にはこの原稿の続きをどう書いたらいいのかわからないんだ。何か月も考えたが、書けなかった」

「書けない理由があるのか？」

「わからないんだよ」藤堂は取り乱した様子で云う。「物語の主人公は、森の中で奇妙な山小屋を見つけるんだ。けれどその建物は一晩のうちに跡形もなく消え去ってしまった！　原稿はそこで終わってる。解決編のない探偵小説みたいなものなんだ」

なるほど、私はようやく自分がここに呼ばれた理由に思い至った。英文を読むことができて、ポオや探偵小説に多少なりとも知識のある者。そして秘密を打ち明けやすい相手。

それがまさに私だったのだ。

ましてやポオの未発表原稿だとか、しかもそれが呪われているだとか、そんな常軌を逸した話をするのに、普通の相手では務まらない。そう考えた時に、彼の脳裏に私の姿がよぎったのだとすれば、私としては複雑な気分だが、反面嬉しくもあった。

「わかったよ、藤堂。とりあえずその原稿を読んでみよう」

私は覚悟を決めて、云った。

その時、遠くで鴉が鳴いた――

2

一八二二年八月――我が館の燃え落ちたその日を、わたしは生涯忘れることはないだろう。夏冷えをもたらした物憂い霧が、アパラチアの山々に広がる深緑《しんりょく》を、薄墨《うすずみ》色に染めた夜。轟音と共に館の屋根が崩れ、わたしの目の前で砕け散った。同時に鮮やかな火の粉が舞い上がり、致死的な熱を帯びた絶望となって、すべてを燃やし尽くそうとした。その時、まるで熱に浮かされ、恍惚《こうこつ》じみた顔で生家の末期を見つめていたわたしの存在に、誰が気づいたというのだろう。大人たちはみな、消火活動に奔走していたというのに。

アシュビルの大火——その悲劇は、のちにそう呼ばれることになる。しかしその大層な見出しが的確に事実を表しているとは云い難い。そもそも火が起こったのは、森の近くでひっそりと生活を営んでいた名もなき小さな村であり、アシュビルの家々にはさほど被害は出なかったという。伝聞が広がるうちに歪曲《わいきょく》されていったのだろう。結果的に、わたしの村は永遠にその名を知られることなく、灰と消えていったのだ。

当時、わたしは十二歳の少年であり、真っ黒な炭の城と化した我が家を目の前にして、途方に暮れるしかなかった。家族は全員、煙に巻かれて死んだ。身寄りのないわたしには行く当てもなく、住む場所もなかったので、館のかろうじて燃え残った部屋を寝床とするしかなかった。扉も天井もない、吹きさらしの環境で、世界は驚くほど広々として見えたが、いっそう孤独に胸が詰まる思いだった。わたしに手を差し伸べようとする者はいなかった。村人たちもみな、わたし同様に、家を失い、家族を失い、未来を失っていた。

彼らもまた、よるべのない生活を強いられ、ある者は村を出て何処かへ旅立ち、ある者は盲目の幽鬼のように村をさまよい続けた。今にして思えば、はたして彼らがこの辺境の村で、今まで一体どのように収入を得て、どのように生活をしていたのか、まったくの謎である。子供ながらに見て、この村には異様なところがあった。村人たちはいつも苦々しい顔で眉間に皺を寄せ、そうかと思えば広場で酒盛りをして陽気に歌い、ある時には何かに怯えた様子で誰も彼もが家に引きこもってしまう。そう、彼らはいつも何かに恐怖していた。森に？　山々に？　それとも常に人間たちを見下ろすように上空で不気味な声を上げている大鴉たちに？　それは確かにありそうだ。この辺りには大鴉の巣山があるのか、いつも夕暮れの空を黒く染めている。わたしは子供心に、彼らの存在が怖かった。

孤独な日々はあっという間に過ぎ去り、わたしは次第に自分を取り巻く状況に適応していった。廃墟となった館を拠点にして、日ごと夜ごと、ぼろぼろの衣服をまとい、生活の糸口を探すために森をさまよい歩いた。草木が豊かに育ち、野生動物が息づくその森は、わたしの心に深い慰めと、ささやかな食料を与えてくれた。だが、同時に森はいつも、ある種の不気味さをはらんでいた。

わたしは食料を求めて森の奥へと足を伸ばすことにした。頭上で大鴉が鳴くのを聞き、それを道標に歩くうちに、気づけば緑の深淵——静けさの果てにたどり着いていた。そこで見つけたのは、完全なる孤独などではなく——木々の間をさっとすり抜ける黒い影だった。わたしは思わず息をひそめ、音を立てないように木の陰に身を隠した。様子を窺う。

村の娘だった。長い赤毛が特徴的で、その燃え立つ炎のような美しさを忘れようはずもない。しかし会話を交わしたこともないので、彼女の名前はおろか、どんな声をしているのかもわからない。知っているのは、彼女が最近アシュビルから越してきたということくらいだ。

それにしても、どうしてこんなところに？

彼女は迷う様子もなく、森の奥へと進んでいく。

わたしはほんの好奇心から、彼女を追った。

やがて木々の向こうに、ひっそりと建つ山小屋が見えてきた。ほとんど廃屋と呼んでも差し支えない粗末な木造りの建物だが、屋根があるだけわたしの住み家よりずっとましかもしれない。全体的な大きさはわからないが、少なくとも正面に見える壁は十フィートほど（約三メートル）の幅があり、高さもそれくらいあるだろうか。

その建物のすぐ横に、石を積み上げて円筒形にしたものが見えた。

井戸だ。

もしかすると彼女は、火事で家を失い、こんな森深い山小屋に流れ着いたのかもしれない。建物に入っていく姿もやはり平然としていた。ろくに扉もなく、入り口はぽっかりと開いたままなのだが、薄闇のヴェールをかけたように中は暗くて、彼女の様子を窺うことはできなかった。目を凝らすと、建物の奥に大きな樽のようなものが見えたが、それ以外には何も見当たらない。

わたしはしばらく木の陰に隠れて、遠目に山小屋の様子を眺めていたが、どれだけ時間が過ぎても赤毛の彼女は中に入ったきり出てこなかった。さすがに声をかけにくいのはためらわれたので、わたしは山小屋に背を向けて歩き始めた。

その帰り道で、思わぬものを発見した。

それはこの土地がまだ先住民のチェロキー族に支配されていた頃、州兵が入植地を守るために築いた砦だった。ただし砦としてはすでに役目を終えているため、風化は激しく――あるいは敵の攻撃によって破壊されたのかもしれないが――そのほとんどが緑に覆われ、自然と一体化していた。唯一石造りの見張り塔だけが、かろうじて原型を留めている。それは小高い崖の上にあって、周囲を見回すのに適していた。

わたしは石段を上り、見張り塔のてっぺんに立ってみた。屋上のフロアはせいぜい三フィート（約一メートル）四方で、腰くらいまで高さのある胸壁《きょうへき》が備えられている。あたかも天に捧げられた石の箱のようだ。そこに立って、州兵さながら周囲を見回すと、森の木々も眼下に見えるのだった。

そうして日暮れの迫る夏の湿った風に吹かれながら、辺りを眺めていると、およそ百ヤード（約九十メートル）先の眼下に、例の山小屋を見つけた。粗末な屋根の横に、円形の井戸も見える。

すると山小屋の入り口から、ちょうど赤毛の彼女が出てくるのが見えた。わたしの位置からは、伸ばした手の指先にその姿が隠れるほど小さい。彼女は山小屋から飛び出すなり、ふらふらと覚束ない足取りで森へと消えていく。

どうも様子がおかしい。わたしは急いで見張り塔を下りて、彼女のもとへ駆け出した。砦から一歩森に入ると、たちまち周囲が暗くなる。少し先に見える木々の上で、大鴉が狂ったように喚いていた。わたしはそちらに走った。

赤毛の彼女は、白く骨ばった大樹の根本に、力尽きたように倒れていた。わたしは彼女のもとに駆け寄り、そのか細い肩を揺り動かしながら、声をかけた。

「大丈夫ですか？　何があったんですか？」

すると彼女はわずかに頭をもたげて、うつろな目を宙にさまよわせながら、ああ、と呻いた。顔面は蒼白で、汗によって赤毛が額に張りつき、浅い呼気から甘ったるい死の香りが漂っていた。不思議と首周りだけが赤らみ、何かただならぬ運命が彼女に襲い掛かっていることは明白だった。

「どうか——お救いを——」

彼女はわたしのいない方向に手を伸ばした。

それが初めて聞く声であり、最後の声でもあった。

「一体、何が——」

問いかけると、彼女はびくりと肩を震わせ、声の主を探すように首を巡らせた。しかしついには私の姿を認めることができないまま、喘ぐように息を継ぐと、それきり動かなくなってしまった。今までに家族の屍体を見た経験はあったが、人間の身体から魂が抜ける瞬間を見たのは、それが初めてだった。わたしは大いなる喪失感と同時に、説明しがたい高揚のようなものを感じていた。その感情をいっそう掻き立てようとするかのように、その時、木々の間から一筋の月光《moonshine》が降り注ぎ、彼女の死に顔を蒼白く染め上げたのだった。

わたしはもはや孤独ではなかった。世にも美しい屍体と一緒だった。彼女の死を誰かに知らせに行くという考えは、みじんも起きなかった。何故なら、それはわたしのものだったからだ！

そう、わたしのもの！

わたしは彼女の頭を抱き寄せ、胸いっぱいにその死の香りを嗅いだ。そして彼女を抱き起こし、両手で抱えて、月の示す道を引き返した。子供のわたしには、屍体を運ぶのは一苦労だったが、彼女の身体もけっして大きい方ではなかったので、どうにか可能だった。あるいは魂が抜けた分、体重が軽くなっていたのかもしれない。わたしは彼女を慎重に運んだ。

やがて行く先に砦の見張り塔が見えてきた。宵闇の中でも、頭上に突き出たそのシルエットを見逃しようはない。このまま夜の森を抜けるのは危険なので、今夜はその砦で一晩明かすことに決めた。

彼女と一緒に、見張り塔の最上階に上る。それはまさに月へと続く階段だった。わたしたちに降り注ぐ月の光《moonlight》を遮るものは、もはやこの世には存在しない。遠くで獣の遠吠えが聞こえたが、それさえ恐るるに足らず、天国めいた月夜と、わたしたちの出会いを讃える歌にさえ聞こえるのだった。

わたしは彼女を胸壁にもたれさせ、ようやく一息ついた。そして乱れた赤髪を整え、開きっ放しになっていた瞼《まぶた》を閉じてやった。その時ふと、真っ暗な森の方を見ると、ぽつんと明かりがついているのに気づいた。例の山小屋だ。彼女が消し忘れたのだろうか、山小屋の中で灯されたランプの明かりが、戸口から漏れ出しているのである。暗黒の海と化した森の中で、ぼんやりとだが確かに、山小屋の存在が確認できた。はたして彼女はあの建物の中で、一体何をしていたのだろうか。そして何故、彼女は死ななければならなかったのか。

その問題について、わたしは深く考えることを放棄した。重要なのは、今ここに、彼女がいるということ。わたしは彼女の隣に腰掛けて、その抜け殻となってなお柔らかくなまめかしい肩に、頭を乗せた。そうして休んでいるうちに、わたしはいつの間にか眠ってしまっていた。

――夢の中で、わたしは大鴉と戦っていた。大鴉たちは群れとなってわたしに襲い掛かり、ついにはわたしの四肢を食い千切り始めた。ああ、これが報いか。神は常に見ておられる。わたしは自分が骨になるまで、真っ黒なくちばしによってついばまれ続けた。永遠に《forevermore》、永遠に、永遠に――

はっと目を覚ますと、すぐ目の前に大鴉の顔があった。彼は胸壁の上に立ち、夜の森に似た色の瞳で、わたしと、隣にある獲物を狙っていた。頭上では無数の――まるでニュクスが夜をその鳥の形にして、わたしたちに贖罪を迫るかのように大群をもって――大鴉たちがときの声を上げながら旋回している。わたしは慌てて目の前の使者を追い払い、すぐに赤毛の彼女の様子を確かめた。

ああ、なんということだろう。痩せ細った白い腕に、鋭い刃物でえぐったような痕がいくつもついていた。もちろん昨日まではそんなものはなかった。大鴉たちだ。彼らがわたしのものを穢《けが》してしまった！　愛は綻《ほころ》んだ。わたしと彼女の間には永遠などなかった。わたしの恋は、わずか一晩の夜の夢だった――

わたしが次に考えたのは、この屍体をどうするべきかということだった。もはやこれはわたしのものではなくなってしまった。かといって親族に返すわけにもいかない。わたしと彼女の出会いについて、大人たちにうまく説明できるとは思えなかった。

どうしよう。陽はすでに中天高く、霧がかった空の向こうで、沈鬱とした光を滲《にじ》ませている。それを遮るように、大鴉たちが死の舞を踊っている。

わたしは立ち上がり、重々しい溜息を吐きながら、周囲を眺めた。その時、ようやく異変に気づいた。眼下に見えていた山小屋が消えているのだ。確かに夜にはその位置に建物が存在していたはずである。記憶違いや、あらぬ方向を見ているのではない。その証拠に、井戸だけはそのまま、元の位置に存在しているのだ。その隣にあったはずの山小屋だけが、幻のようにすっかり消失していた！

悪魔の所業か、それとも神の奇跡か。この距離からでは仔細には状況が把握できないが、建物があった場所は黒々と湿った更地になっている様子だ。はたしてあの山小屋は何処に行った？　わたしは見張り塔からぐるりと周囲を見回したが、それと思しきシルエットは何処にも見当たらなかった。

井戸――

そうだ、あの井戸だ。あの井戸こそ――

わたしは屍体を担ぎ上げると、もうわたしのものではなくなったそれを処理するために、見張り塔を下りて、井戸を目指した。そこへ近づくにつれ、甘い死の香りがわたしの正気を奪っていった。

3

蚊取り線香の灰がぽつりと落ちる音で、私は現実に引き戻された。

ようやく読み終えたファイルを閉じて、丸まった背筋を伸ばす。ふと天井を見上げると、古めかしい丸形蛍光灯がじりじりと妙な音を立てながら、青白い光を投げかけていた。

藤堂は私のために、縁側に面した座敷を用意してくれた。今日はここに泊まることになるだろう。しかしまともに眠れるとは思えなかった。縁側からは和風庭園が望めたが、夜も更けた今では、ほんの少し先までしか見通せない。だが私は知っている。その向こうには鬱蒼《うっそう》とした竹林が広がり、さらに奥には、夜風にうごめく不吉な森があることを。

原稿を読み終えた頃、ちょうど藤堂がコーヒーカップを片手に部屋に顔を見せた。コーヒーの香りに疲れた脳が刺激される。

「ブラックでいいか？」

私は肯いて、ありがたくそれを受け取った。

藤堂の様子を見る限り、この数時間でだいぶ落ち着きを取り戻したようだ。もしも私が彼の願いを聞き入れずに立ち去っていたらと思うと、想像するのも恐ろしい。しかし前よりも、彼の身体全体から立ち昇るアルコールのにおいがきつくなった気がする。結局、手土産を隠すわけにもいかないので、彼に渡してしまったが——

「もしかして、もう読み終わったのか？」

「ああ、うん。さすがに手書きの英文を読むのは慣れるまでが大変だったけど」

「それで、どう思う？　率直な意見を聞きたい」

藤堂はテーブルの向こう側に座った。

どうやらこの問題を避けては通れないらしい。彼を混乱に陥《おとしい》れたこの原稿に対して、わたしも立ち向かわなければならないようだ。

「まず、この原稿が本物かどうかって点についてだが……結論から云えば、私には判断できそうにない。まあ私ごときに真贋《しんがん》を判定できるなんて、君も最初から期待はしていないだろう。私は別にポオの専門家でもなんでもないし、読んだことがある原文は全作品のうちせいぜい半分程度、翻訳されたものさえ全部頭の中に入ってるわけじゃない。そのうえで、云わせてもらえば——ポオの書いたものにしては、表現が軽い気がしたな。執筆時期による違いもあるんだろうけど、ポオの文章はもうちょっと執《しつ》拗《よう》で――端的に云えばもっと読みづらかったと思う」

「それについては僕も同意見だよ」藤堂は疲れたような顔つきで肩を竦める。「ただし、ポオがこの原稿をそのまま本にするつもりだったかというと、そうではないと思うんだ。書き終えたあと推敲《すいこう》を重ねて修正していく予定だったはずだ。だからこれは下書きというか――草稿というべきものなのかもしれない。そう考えると、修辞の多《た》寡《か》はさほど参考にはならないだろう」

「まあ……確かに未完成であるという点を踏まえれば、私たちが手に取る作品とは読み味も違うのかもしれないが……」私はパラパラと手元のファイルをめくっていく。「何か違和感があるんだよな……なんというか、意図的にエドガー・アラン・ポオみたいに装っているというか……」

「たとえば？」

「終始『大鴉』が飛び回ってる印象だが、なんだかわざとらしく見えないか？　あえてポオ作品っぽく見せるためにやってるような気がしてならない。他にも、屋敷の崩壊だとか、美しい屍体だとか、幻想じみた山小屋の消失だとか、いかにもポオを模倣したテーマを取り揃えたみたいじゃないか」

「ポオは同じテーマを別作品として描くことも少なくない。たとえば『早すぎる埋葬』なんかそうだ。生きたまま閉じ込められるというシチュエーションは他の小説に何度も登場する。『黒猫』や『アッシャー家の崩壊』もそうだ。ポオが一貫して描く死、孤独、恐怖——そこにある種の美学を見出すのが、彼の作家性だ」

「その作家性が、この原稿にも表れていると?」

「僕はそう思う」

藤堂は迷う素振りさえなく、肯いた。

他にもまだ云いたいことはあったが、私はそれ以上追求しないことにした。そもそも彼は、この原稿が本物だという前提で私に見せているのだ。彼に考えを改めさせるのは簡単ではないだろう。

これはただのニセモノ——彼にそう思い直させることができれば、彼の精神を蝕《むしば》んでいる恐怖を打ち消すことができるかもしれない。私にはそういう魂胆もあったのだが、しかし残念ながら、ニセモノだと指摘できるほど、私には手持ちの札がなかった。

私は逡巡をごまかすように、コーヒーに口をつける。

カップを置いたら、話そう。

カップを置いたら——

「なあ、藤堂」私はカップを置いた。「私は君を心配しているんだ。だからはっきりさせておきたいんだが……もしこの原稿で一儲けしようと考えているんだとしたら、私は友人として忠告しておくよ。きっとろくなことにはならない」

「一儲けだって？」藤堂は上擦った声を漏らし、すぐに私を軽蔑するような目で続けた。「もしそんな話だったら、わざわざ君をここに呼ぶわけないだろう。ああ、そうか。僕を詐欺師だと思っているんだね。いかにもこの原稿を本物らしくみせて、君に高値で売りつけようとしていると」

「いや、私が被害者になるなんて思っちゃいないさ。むしろ君が被害者なんじゃないかと心配なんだよ。何か壮大な詐欺事件に巻き込まれているんじゃないか？過去に例がないわけじゃない。一人の青年がシェイクスピアの直筆原稿を偽造し、専門家たちの目を長年欺《あざむ》いてきたという事例だってあるんだ。一応、確認だけど、この原稿はいかがわしい連中から持ち込まれた代物ではないんだね？」

「僕がこれを見つけた時の話は、さっきした通りだ。これは詐欺とか、金儲けだとか、そういう次元の話じゃないんだよ。どうして信じてくれないんだ」

「信じろって方が無茶だ」私は憐《あわ》れみを誘うように、弱々しい声で云った。「エドガー・アラン・ポオの未発表原稿だぞ？　とても現実とは思えない」

「目の前に、それがあるのに？」

藤堂はファイルを指差す。

「わかったよ」私は観念して云う。「ひとまず、これは本物だとして話を進めよう」

「ありがとう」藤堂はふと、高校生の頃のような笑顔で笑った。「いかにも君らしいな」

「強情だって云いたいのか？」

「いや、やはり君に相談してよかった」

「で、本題だが――」私はファイルの最後のページをめくる。「『続きを書け』というのは、どういう意味だ？　そんなメッセージは何処にもないぞ」

「聞こえるんだよ」藤堂は片手でこめかみを押さえるようなしぐさをする。「この原稿を拾った日からずっと、得体の知れない影に命令されてる。ああ、そう云うと君は、精神的な病名を二つ三つ、ぴかぴかの札にして僕の首から下げようとするかもしれないが――これは本当のことなんだ」

「その影というのは？」

「エドガー・アラン・ポオ、その人だと思う」

「ポオの亡霊が、原稿の続きを書けと？　君に？」

「原稿には作家の魂が込められている。ましてや直筆原稿ともなれば――きっとこの原稿にも、彼の魂が染み込んでいるんだ」

「だからといって、何故君に『続きを書け』と命令する？」

「僕がポオを敬愛していたからかもしれない。小説家になったのも彼の影響だ。今にして思えば、僕がアメリカに渡ったのも、結局はこの原稿を救い出すためだったのではないかとさえ思える。僕はポオの亡霊に導かれていたんだ」

「死後百年以上過ぎて、縁もゆかりもない極東の島国に生まれた君を、ポオが導いたっていうのか？　なんの因縁があって？」

「そんなの僕にわかるわけないだろ」藤堂は神経質そうに眉をひそめた。「本当は誰でもよかったのかもしれない。たまたま僕だったというだけで――」

「それにしたって、ポオほどの小説家が自分の未完成の原稿を、見ず知らずの他人に補完してもらいたいと思うものなんだろうか」

「よほど無念だったんだと思う」藤堂は急に涙声になって云った。「君も知っているだろう？　彼の最期は悲惨なものだった。酒場の前でひどい泥酔状態になっているところを発見され、そのまま意識は戻らず死んでしまった。発見時に彼は何故か他人の服を着させられていたというが、その理由は今もって不明。一説には、酒に酔わせて前後不覚の状態にしたうえで、選挙で特定の候補者に投票させるという手口の被害にあったのではないかと考えられている。おそらくポオ自身にとっては、まったく予期せぬ死だったはずだ」

「だからといって亡霊になってまで、他人に自分の原稿を書かせようとするのか？

そんなに未完成原稿に執着があるのなら、もう一つの未完成作品である『灯台』はどうなんだ？　同じように誰かが呪われてなきゃおかしいだろう」

ポオが亡くなる直前まで書いていたとされる『灯台』——その内容は、灯台守が孤独な生活を日記形式で綴《つづ》ったものであり、たった四ページで途切れている。

「同じだよ。『灯台』にはポオの亡霊が棲みついている。その証拠に、すでに世界中の作家によって、続きが書かれている」

「なんだって？」

「少なくとも二十編以上——その続きが現代で活字になっているんだ。もちろんamazonで今すぐに取り寄せることも可能だよ」

「それは……知らなかった」

「彼らは何故『灯台』の続きを書いたのか？　僕にはその理由がわかる。その原稿を、い、い、い、読んでしまったからだ。その瞬間、彼らはポオに呪われたんだ」

「いや、しかし——」

私は次に続ける言葉を見つけることができなかった。オカルトじみた藤堂の説明に、説得されそうになっていた。

「ポオの小説には奇妙な不気味さがある。その恐怖の正体は共感——あるいは共振——をもたらす文章の魔力と云っていいだろう。そう、魔力だ。あるいは言語的な振動と呼ぶべきかもしれない。その振動周波数が読む者の大脳辺縁系の固有波形と重なった時、黒い影が目の前に姿を現す——それは時に人の形をしていたり、恐ろしい怪物の形をしていたり、あるいは大鴉の形をしていたり——」

藤堂はうつろな目で私に語りかける。

その顔は、私の知っている藤堂とはまったくの別人に見えた。

彼は小、中学生の頃は、本なんか読まないタイプだった。高校一年生のある日、私が探偵小説を貸した頃から、その世界にどっぷりはまるようになった。気づけば彼は小説家になっていた。

まさか、私のせいなのか——？

私はそれを否定するように、小さく首を横に振った。

「呪いだの魔力だの——」

「君の前には現れなかったのか？　影は」

「あいにく」私は肩を竦める。「呪術めいた殺人事件でも、デュパンは分析的精神で解き明かしてみせた。そうだろ？　私は呪いなんか信じない。たとえこの原稿が本物だったとしても」

「本物なんだよ」

藤堂はうんざりした様子で云う。

「この際、本物かどうかの議論は置いておこう。問題は、これの続きなんだろ？」

「続きを書いてくれるのか？」

「いや、私には文才なんかない。君が書くしかない」

「だから――書けないんだよ！　一体どうして山小屋が消え失せたんだ？　まったく想像も及ばない怪異だ。その謎が解けなければ、どうやったって僕にはとても……」

「落ち着け、藤堂。二人でゆっくり考えよう」

「ゆっくり？　朝になればまた『彼ら』が騒ぎ出すんだぞ！　『続きを書け』『続きを書け』『続きを書け』――」

「朝までに謎を解けばいいんだろ？」

私は云った。

「解けるのか？」

「やってみるしかないさ」

私は精一杯の虚勢を張る。

そうでもしなければ、藤堂よりも先に私の方が精神的な破滅を迎えてしまうような気がした。

「ありがとう――」藤堂はコーヒーカップを手に立ち上がった。「コーヒーを淹れ直してくる」

そう云って部屋を出ていった。
独りになると、急に静けさが襲い掛かってくる。
私は立ち上がって、身体を伸ばすついでに、何気なく縁側に面した障子戸を開けた。
夏の盆の、どろどろとした闇の中――
風に震えるように揺れる竹林。
そこに黒くぼんやりとした人影が立っていた。
はっと息を飲む。
誰だ？
目を凝らして暗闇を覗く。
しかしそこにはもう、影はいなかった。
あれは一体――
呆然と立ち尽くしていると、藤堂が戻ってきた。
「そんなところに立って、どうした？」
背後から声をかけられて、私はびくりと肩を震わせる。
「い、いや――」とっさにごまかす。「そういえば子供の頃、よくここで遊んだよな」
「覚えてるのか？」

「当たり前だろ」

古い記憶をたどる。小学生の頃から、藤堂といつも一緒だった。もちろん私たち二人のあとを、栞がいつもついてきて——

「確か竹林の向こうに蔵があったよな。よくそこに忍び込んでは、君の父親に怒鳴られたっけ」

私は障子戸を閉じて、原稿の前に戻った。

蔵——？

私の頭の中で、何かが囁《ささや》きかけてくる。

しかしその声は限りなく小さくて聞き取れない。

藤堂がコーヒーカップをテーブルに置く音で、私はふと我に返った。

やけどしそうなほど熱いコーヒーを一口飲む。

「それじゃあ謎解きを始めようか」

4

ポオの原稿を挟んで、私と藤堂は向かい合う。

「藤堂、まずは君の考えを聞きたい。いくらわからないといっても、この世で誰よりも長い時間、この謎に向き合ってきたはずだからね。君なりに見つけた答えがあるんだろう？」

「いや、僕には答えなんて――」

「なんでもいいから聞かせてくれ」

私が懇願すると、彼は気まずそうに視線を外して、しばらく黙り込んだ。

「本当に取るに足らない想像だけど」彼はそう前置きして、おずおずと喋り始めた。

「やはりこれはポオの作品であるという前提に立って、展開を考察するべきだと思う。つまり彼の作家性、テーマ、作品の時代性や傾向なんかを踏まえて、彼がどんな小説を書こうとしたのか分析することで、この続きが書けるんじゃないかと考えたんだ」

「うん、続けて」

「そこで僕が注目したのは、主人公が気にかけていた井戸だ。山小屋は跡形もなく消えたのに、何故かすぐ近くにある井戸は消えずにその場に残されていただろう？　このことからみても、井戸の存在が、山小屋の消失と関係あるのは間違いない――むしろ井戸そのものが、消失を引き起こした原因ではないか――」

「井戸が原因？」

「そう。ぽっかりと開いた井戸の穴――僕はそれを想像するうちに、ポオのいくつかの小説を思い出した。たとえば唯一の長編作品『ナンタケット島出身のアーサー・ゴードン・ピムの物語』、それから『壜の中の手記』『メエルシュトレエムに呑まれて』――これらの作品に共通するものが何か、君は知っているか？」

「海洋小説？」私はそう答えてから、すぐに思い至る。「いや――海の大渦巻――地球空洞説か！」

藤堂は小さく肯く。

「ポオの時代においては、一部の知識人の間で、地球の内部が空洞になっているという仮説がもっともらしく信じられていたという。ポオがその説を真に受けていたかどうかについては諸説あるが、少なくとも小説のネタとして何度か取り入れているのは事実だ。海の底には何か所か、ぽっかりと穴が開いていて、地球内部の空洞へ向かって滝のように海水が落ちているという。その際に巨大な大渦巻が発生するものとして描かれているんだ。その渦に吸い込まれると、どんなに大きな船でもこっぱみじんに砕けて散ってしまう――」

藤堂は慎重に言葉を選びながら、ゆっくりと続ける。彼の思い描いた物語が、私にもおぼろげに見えてきた。井戸、地球空洞説、そして大渦巻。

「もしもそんな大渦巻が海洋上ではなく、地上で起きたらどうなるか――そんな想像を膨らませて、ポオはこの原稿を書いたのではないだろうか。つまり例の井戸が、地球の内部空洞と繋がっていて、何かの拍子に内と外で気圧差が生じ、地上の空気を吸い込み始めた。そこに出現したのは、竜巻のごとき空気の大渦だ。近くに建っていた山小屋はひとたまりもない。粉々に破壊されて、井戸の中へ吸い込まれていった！」

藤堂は興奮気味に声を上げる。「これが僕の考えた『続き』だ」

「地球の空洞に吸い込まれて建物が消えた——発想としては面白いじゃないか。君がそれだけイメージできているなら、そのまま『続き』として書けるだろう？」

「いや、ダメなんだ」藤堂は急にテーブルに突っ伏して、頭を抱えた。「このアイデアは、原稿の『続き』としては正しくないんだ。何一つしっくりこない。ジグソーパズルで間違ったピースを強引にはめこんだような、据わりの悪さがある」

「正しくないって、何が？」

「説明できていないことが多すぎる。もっとも引っかかるのは、赤毛の娘の存在だ。彼女は主要登場人物の一人であり、問題の山小屋に立ち入った唯一の人物でもある。しかも彼女は死んでいる！　その死がなんの意味もなかったとは思えない。当然、山小屋消失の謎と関連しているはずなんだ」

「彼女の死は地球空洞説と結びつけられそうにないか……」

「僕はお手上げだ」

藤堂は突っ伏したまま両手を上げる。

「なるほど――行き詰まっている原因がなんとなくわかったよ。君は『山小屋が消えた』という現象にだけ、注目しすぎたんだな。その謎があまりにも印象的だったせいか、他の謎を検討することを忘れてしまっている」

「――他の謎？」

藤堂は顔を上げて、私の目を覗き込む。

「少なく見積もっても、この物語には五つの謎が隠されている」

「五つの謎――？」

「まずは問題を整理すること。そして丁寧に一つずつ、その問題を解決していくこと。そうやって謎を解き明かしていけば、きっとポオが求める『続き』にたどり着けるはずだ。まずは、その五つの謎を書き出してみよう。藤堂、メモ用紙とペンを頼む」

藤堂が差し出した紙に、私は次のように書いた。

・村の謎
・月明りの謎
・赤毛の娘の死の謎
・山小屋消失の謎

・大鴉の謎

「君は謎の答えが全部わかっているのか？」

　藤堂が尋ねる。

「いや、全然」私はそっけなく云う。「少し気取って『五つの謎』と銘打ったが、これらは私が直感的に違和感を覚えた箇所と云い換えてもいいだろう。その違和感の正体については、まだはっきりとイメージできていない。こうして君と話を擦り合わせていくうちに、解像度が上がっていくんじゃないかと期待しているんだ。だから君も一緒に考えてくれ、藤堂」

「もちろんだ」藤堂は私の書いたメモを指差す。「それにしても——『村の謎』って？　何か不審な点があったか？」

「はっきりと書いてあるだろう。ほら、ここだ」

『今にして思えば、はたして彼らがこの辺境の村で、今まで一体どのように収入を得て、どのように生活をしていたのか、まったくの謎である』

「確かに『謎』とは書いてあるが……」

「君は何も不審に感じなかったのか？　主人公の生まれ育った背景について」

「そういえば……主人公の少年が自分の住み家を『館』と呼んでいたのがちょっと気になったな。先住民と縄張りを争っていたような辺境の土地に『館』なんて存在したのか？」

「うん、私もその点が真っ先に気になった。そこに着目すると、物語の舞台となる村が、途端に不気味な存在に見えてこないか？　辺境の地には不似合いな館が建ち、どのように生活の糧を得ているかわからない住民たちが住んでいる——」

「確かに……なんだか急に霧が立ち込めてきたような印象だな」藤堂は小説家らしい表現で応じる。「今まで何度もこの原稿を読んできたのに……この村がこんなに霧深く感じたのは初めてだよ」

「なんらかの大きな収入源があったのは間違いないだろう。はたしてそれがなんなのか」

「十九世紀のアメリカといえば——ゴールドラッシュか？」藤堂はそう云って、すぐに否定するように首を横に振る。「いや、それは作中の時代よりもあとの話だ。それにアシュビルは西部じゃない」

「アシュビルという町は実在するのか？」

「ああ、調べたよ。ノースカロライナ州の比較的大きな都市だ。近くにはアパラチア山脈が横たわっている。作中の時代には、人口はせいぜい千人程度だっただろう。ちなみにこの時代に『大火』があったという資料は見つけられなかった。どうしてポオが特に馴染みもないこの町を舞台に選んだのかはわからない。そもそも主人公が住んでいたのは、アシュビルではなく、そこからさらに外れた土地だったようだが——そんな辺境でそれなりに金を稼ごうと思ったら、犯罪にでも手を染めるしかないんじゃないか？」

「犯罪——？」

私の頭の中で、何かが音を立てる。

「だってほら、村人たちの様子からみて、何か後ろ暗いことがありそうじゃないか。もしかしたら村ぐるみで、何か違法なことをして金を稼いでいたのかもしれない」

「そうか！」

私の瞼の裏で、青白い光がほとばしる。

すると今まで見えなかったものが、急に見えるようになってきた。さきほどから頭の中で聞こえていた音は、散らばっていたパズルのピースが、次々にはまっていく音だったのだ。

「そういうことだったのか——」

「何かわかったのか？」

「ああ。君の思いつきのおかげだよ。やはり謎解きに詰まったら、問題を共有して話し合うべきなんだ。藤堂、君はもっと早く私を呼ぶべきだった。『村の謎』について、ある可能性に思い至った瞬間、『月明りの謎』と『赤毛の娘の死の謎』に同時に光が差した。このまま推理を進めていけば、すべての謎が解けるかもしれない！」

「ちょ、ちょっと待ってくれ」藤堂が片手を上げて私を制する。「そもそも『月明りの謎』って？　そんな謎、あったか？」

「説明するよ」私はファイルをめくって該当箇所を探す。「この原稿の中で『月明り』を示す単語が使われている箇所が、二か所だけあるんだ」

『その感情をいっそう掻き立てようとするかのように、その時、木々の間から一筋の月光《moonshine》が降り注ぎ、彼女の死に顔を青白く染め上げたのだった』

『わたしたちに降り注ぐ月の光《moonlight》を遮るものは、もはやこの世には存在しない』

「他にも月について書かれた場所はあるが、『月明り』を示す単語はここだけだ。どちらも動詞は pours down――『降り注ぐ』という意味だが、前者は『月明り』を moonshine と書き、後者は moonlight と書いている。この違いが妙に気になっていたんだが、やはり意図的な使い分けだったとみるべきだろう」

「moonshine と moonlight――? そういえばアメリカに住んでいて、moonshine なんて言葉は聞いたことがないな……」

「実は moonshine という言葉には、まったく別の意味があるんだよ」

「別の意味?」

「密造酒だ」

「はぁ?」

藤堂は混乱した様子で首を傾げる。

「多くの場合、密造酒は月明りの下でこっそりと作られることから、その名で呼ばれるようになったと云われている」

「いや、仮にそういうスラングがあったとして――それがこの物語になんの関係があるというんだ?」

「もう一度、該当箇所を読んでごらん。赤毛の娘の死に顔を描写した部分だ。『一筋の月光が降り注ぎ、彼女の死に顔を青白く染め上げ』――月光はダブルミーニングだったんだよ。要するに赤毛の娘は、密造酒による急性アルコール中毒で死んだということを示している。あらためて彼女の死に際の様子を観察してみると、いかにも覚束ない足取りで、銘酊《めいてい》状態だったのがわかる。異様な発汗と紅潮。一方で呼吸困難のため顔はみるみる青ざめていく。主人公が『甘ったるい死の香り』と呼んでいたそれは、アルコールのにおいだったんじゃないだろうか。さらにいえば、どうも彼女は死に際に視力を失っていたような書き方がされている。質の悪い中途半端な密造酒にはメタノールが混入し、その中毒作用で視神経にダメージが及ぶというから、彼女が直前に密造酒を飲んでいたことは間違いないだろう。さしずめ未完成の月光がもたらした悲劇といったところかな」

「密造酒による中毒死だって——？」藤堂はうろたえた様子で云った。「なんだか僕が想像していた物語とは、まるで様相が変わってきたぞ……」

「けれど次第に真実に近づいている。村を覆っていた霧も晴れ、月明りの下に本当の姿がさらされ始めている——いまやこの『村の謎』も明らかだ。おそらく主人公の住んでいた村は、密造酒の製造で潤っていたのだろう。村人たちが何かに怯えていたのは、摘発を恐れていたからだ」

「それじゃあまさか、森の奥にひっそりと建っていた山小屋は——」

「まさに密造酒を製造するのにふさわしい場所だと思わないか？」

「赤毛の娘は、一人で山小屋を訪れて何をしていたんだ？」

「密造酒を作りに来ていたのか、それとも——村が火事に遭った直後で、酒造りどころではなかったことを考えると、こっそり酒を飲みに忍び込んだ可能性もあるな。彼女もまた、火事で家や家族を失っていたかもしれない。そんな現実を忘れるために、アルコールに逃避しようとしたとしても、その気持ちはわからなくもない。結果的に粗悪品に手をつけて、中毒死してしまったが……」

私は喋り疲れて、小休止のついでにコーヒーに手を伸ばした。すでに冷めきったそれで喉を潤す。

「ここまではどうかな？　藤堂」

「頭の中で絡まっていた糸が少しずつ解《ほど》けていく感じがするよ」藤堂は複雑そうに笑う。「それにしても僕はポオの信奉者としては失格だな。彼が緻密に仕組んだ構造に気づかずに今まで読み飛ばしていたんだから。本当に君に相談してよかった」

「謎解きはまだ終わってないぞ。この原稿には、最大の謎が残されている」

「『山小屋消失の謎』か――」

「最大の謎とは云っても、現象として派手だっただけで、実は根っこは一緒なんだ。この件にも、もちろん密造酒が関係している」

「どういうことだ？」

「まずは山小屋の構造について確認してみよう。建物はかなり粗末な木造で、出入口には扉さえなかった。密造酒さえ作れればそれでいい、といった建物だろう。おそらく柱も梁《はり》も最低限、壁や天井もその辺から木材を寄せ集めて組み上げただけ――いわゆるバラックってやつだ。建物の大きさは確認できた範囲だけで幅十フィート、高さも同じくらい。けっして小さくはない。主人公が中を覗いたところ、奥には大きな樽が見えたという」

「なるほど、その樽に密造酒が入っていたのか」

「どうかな……完成した酒は、商品として売るために運ぶ必要があるわけだから、そんなに大きな樽には詰めないだろう。少年が見た樽の大きさは具体的には明示されていないが、かなり大きかったのだろうと私は考えている」

「その樽には何が入っているんだ？」

「酒造りにおいて、大量に必要なものといえば——発酵の原料だ。たとえばウイスキーなら麦芽《ばくが》に水や酵母を足したもの。これを火にかけて、蒸留することでアルコールを精製することができる」

「蒸留酒の作り方なら、僕も知らないわけじゃないが——それになんの関係がある？まさか密造酒の精製過程で、うっかりアルコールに火がついて、建物ごと吹っ飛んだと云うんじゃないだろう？」

「悪くない発想だけど、なんらかのうっかりがあったとしても建物を吹っ飛ばすエネルギーは発生し得ないと思う。仮に爆発があったとしたら、飛び散った木片なんかが、そこら中に散らばってしまうだろう？　しかし少年はそういったものを目撃していない。『建物があった場所は黒々と湿った更地になっている様子だ』と説明している」

「爆発事故でないとしたら……密造酒の摘発を恐れた村人たちが、一晩かけて建物を解体し、何事もなかったように持ち去ったとか？」

「それは私も考えたけど、わざわざ建物を解体する意味があるとは思えないんだよ。もしも証拠隠滅が目的なのだとしたら、火を投げ入れた方が早い」

「ああ、火か！　物語の冒頭で語られた『大火』は、この伏線だったんじゃないか？」

「いや、もし本当に燃やしていたら、現場に焼け跡が残るだろう？」

「あ、そうか――」藤堂は肩を落として、疲れたように目を閉じる。「やはりダメだ、僕には見当もつかない」

「それならもう一度、本文に立ち返ろう。建物が消えたあとは『黒々と湿った更地』になっていたと書かれている。藤堂、何か気にならないか？」

「黒々と湿った――？」彼ははっとして私を見返す。「何故湿っている？　雨でも降ったのか？」

「雨の描写はなかった」

「それなら何故だ？」

「おそらく建物の中にあった『あるもの』の影響だろう。黒々とした液体——それが、建物を破壊するだけのエネルギーを持ったものだったとしたら——」

「そんな液体がこの世に存在するのか？」

「あるんだよ」

　砂糖を精製するさいに副産物として生じるドロドロとした液体。発酵の材料とされることもあり、密造酒の原料としても利用されてきた。

　それは——

「糖蜜だ」私は確信を込めて云う。「あの建物の中では、大量の糖蜜を貯蔵していたんじゃないだろうか。例の大きな樽の中身だよ。しかし村で起きた火事の影響か、管理がずさんになっていたんだ。その結果、貯蔵樽の強度を超える糖蜜が詰め込まれることになった。それが崩壊の引き金となったんだ」

「崩壊？　まさか本当に、ただの糖蜜が山小屋を粉々に破壊したというのか？」

「そうだよ。問題は密度なんだ。糖蜜の比重は一・四——同じ大きさの樽に詰め込むにしても、水と糖蜜では、一・四倍も重量に差があるということだ。つまり、重い。そんな糖蜜を樽に目いっぱい詰め込んで、いくつも並べておいたとしたら——」

「それなりに重量はあっただろうね。でもそれがどういうきっかけで、山小屋を破壊するに至るんだ？」

「原因はいくつか考えられるが――糖蜜の自然発酵によって、樽の内部にガスが充満したことが大きな要因だろう。ただでさえ重量のある液体を詰め込まれた樽が、さらにガス圧でぱんぱんになる。もう結果は見えているね。樽は耐えきれずに破裂し、大量の糖蜜が溢れ出す！　一気に溢れ出した重量級の高粘度の液体は、悪魔じみた津波となって、他の樽を次々に破壊した。臨界突破だ。連鎖する重量、スピード、破壊力――もはや手のつけようがない。そしてすべての樽が崩壊した時、そこから溢れ出した糖蜜は巨大なエネルギーの塊となって周囲のものすべてを押し流した。粗末なバラックはあえなく倒壊し、柱も梁も互いに衝突し合って粉々になった――すべては夜の束の間、少年が寝ている間に起こった出来事だ」

「ほ、本当にそんなことが起こり得るのか？」

藤堂は目を白黒させている。

「まあ少しだけ大げさに云ってみたけど、実はこの手の『貯蔵タンク崩壊事例』ってのは世界中で無数に起こっているんだ。中でも甚大な被害を生んだのが、ボストン糖蜜災害――奇しくも今回の件と同じように、糖蜜を貯蔵していたタンクが崩壊した事故だ。流出した糖蜜はおぞましい津波となって家々を押し流し、街の一角を更地に変えたという。もしもタンクの中身がただの水だったら、そこまで被害は出なかっただろう。比重の大きな糖蜜だったからこそ、破壊力を伴った津波となったんだ」

「君はなんでも知ってるんだな」

藤堂は呆れ半分の顔で云う。

「たまたま何かの本で読んだだけだよ。とにかく、こうして『山小屋消失の謎』は解決した。もう思い悩む必要はないだろう。なあ、藤堂。そもそも呪いなんて——」

「まだ全然解決してないじゃないか！」藤堂は身を乗り出して云った。「糖蜜が山小屋を崩壊させたのはいいとしよう。だがその場に残された残骸はどうなる？　すべての残骸がきれいさっぱり押し流されたとでもいうのか？　さすがにそれはあり得ないだろう？」

「そうだね——いよいよこれが最後の問題だ。君の云う通り、木っ端みじんになった山小屋の残骸が、少なからずその場に残されていなければおかしい。だけどそんな些細な疑問に対する答えは、常に私たちの前に提示され続けていたんだ」

「答えが提示されていた？」

「それこそ、君の云うポオの作家性——実にエドガー・アラン・ポオらしい答えなんだ」

「どういう意味だ？」

「ポオは動物を核心的な要素として使う。君ならその意味がわかるだろう？　空を舞う大鴉の大群——彼らが甘い蜜を見逃すわけがない。森の中、地上に散らばった無数の餌を、彼らはくちばしで持ち運び、安全な場所で食べようとした。だがすぐに気づいたはずだ。これは食べ物じゃない、と。そう、それは元々、山小屋だったもの。彼らはそれと知らず、山小屋消失の手伝いをさせられていたんだよ。これが――『大鴉の謎』の答え」

5

そのあとも深夜まで私と藤堂の議論は続いた。

けれど彼はすでに、それまで抱えていた焦燥感のようなものから解放されているように見えた。私がもたらした真実を受け入れたことによって、精神が落ち着いたのかもしれない。

真実――そう呼ぶには粗い部分もあったかもしれない。けれど私は誠実に、この原稿に向き合ったつもりだ。依然として、私はこれがポオの直筆原稿であるとは信じてはいなかったが、少なからず『ポオらしさ』を目指して書かれたものであるのは間違いないと思う。いつかその真相が暴かれる日が来るだろうか――

夜も更けて、藤堂は私のために布団を用意してくれた。私は疲れ切っていて、五分とかからず眠りについた。

翌朝、私は藤堂の屋敷を発つことにした。

「君のおかげで、今朝は『彼ら』の声が聞こえなかった。でも僕は、あの続きを書こうと思う。誰に見せるつもりもないけど、それで少しでもポオの魂が安らぐなら――」

玄関先で、別れ際に藤堂は云った。

「応援してるよ。君にとって、きっといい経験になると思う」私は靴を履きながら云った。「それじゃ、また。今度はうちに来なよ。栞さんを連れて」

「ああ」

私は屋敷を出た。

私の背後で、玄関の鍵がかかる音がした。

屋敷から離れようと歩き出した時――

ふと庭の方に人影を見つけた。

竹林の手前。

そこに立ち尽くす影。

その影はセーラー服を着ていた。

「栞――さん？」

ひんやりとする風が一吹きして、竹林を揺らすと、その瞬間に影はもう掻き消えていた。暑くもないのに、汗が私の頬を一筋、流れていった。

私は庭を横切り、彼女がいた場所に向かう。

誰もいない。

そういえばこの竹林の奥に、大きな蔵があったはずだ。土蔵というのだろうか。子供心にそれは、得体の知れない館のように見えたものだ。

館——？

竹林の中を縫うように駆け出す。

やがて土蔵が見えてきた。しかしそれは思い出の中にある姿とは明らかに変わっていた。白い壁は黒く煤け、屋根は朽ちて抜け落ち、無残な廃墟と化していた。見たところ火災に見舞われたようだが——

ふと顔を上げると、木々の間を、黒い影がさっとすり抜けていく。

「栞！」

影を追って、森の奥へ走る。

深い深い森の奥へ。

昼間でも夜のように暗い場所。

私はそこで古い井戸を見つけた。

木漏れ日がまるで月光のように井戸に降り注いでいた。苔《こけ》むした石積みの囲いの上には、格子状の鉄の蓋がしてある。蓋には真新しい南京錠がかけられ、開けられないようになっていた。

私は格子の隙間から、おそるおそる井戸の中を覗いてみた。しかし暗くて何も見えない。そこには地球の中心まで続いているのではないかと思えるような闇が広がっていた——


それから数か月後。

新年の挨拶の折に、知人から伝え聞いた話によると、去年の夏頃から行方不明になっていた藤堂が、屋敷の近くにある井戸の中で、遺体となって発見されたという。神社で遊んでいた子供が森に迷って、たまたま発見したらしい。遺体の腐敗が激しく、死亡時期については判明しなかった。

さらに井戸の中から、女性の白骨屍体も発見されたという。現在身元を確認中である。

後日、形見分けとして藤堂の遺品が私のもとに届いた。

淡い青色をした、何も書かれていない紙の束だった。

人魚裁判

青崎有吾

Message From Author

「人魚裁判」は、『アンデッドガール・マーダーファルス』というシリーズの過去編にあたる短編である。時系列は１巻よりも前で、主人公である探偵たちと、アニー・ケルベルという新聞記者の出会いの経緯が描かれる。事件としては独立しているので、シリーズ未読の方でも、「怪物や創作上の人物が実在する19世紀の話」という設定だけ把握しておけば、問題なく楽しめると思う。

１巻（2015年発売）でも探偵たちの経歴について「人魚にかけられた殺人容疑を晴らした」という記述があり、７年近く前からネタを温めていたことがわかる。書いてみて思ったことは、法廷劇はやはり面白い、ということだ。

青崎有吾（あおさき・ゆうご）
1991年、神奈川県生まれ。明治大学文学部卒業。2012年『体育館の殺人』で鮎川哲也賞を受賞しデビュー。14年に本格ミステリ大賞候補。17年、20年、21年には日本推理作家協会賞候補となり、24年に『地雷グリコ』で本格ミステリ大賞、日本推理作家協会賞を受賞。近著に『11文字の檻　青崎有吾短編集成』『アンデッドガール・マーダーファルス4』など。

1

吸い込んだ風はかすかに潮の香りがし、吐き出した息はほのかに白い。暦は九月下旬だが、街はすでに冬の気配をまとっている。世界の果てから流れてくる無情な大気に撫でられて、旅人の頰は林檎《りんご》色に染まっていた。北へ来たのだ、とアニー・ケルベルは改めて思った。人の足音も馬車の車輪も、街全体がフェルトで覆われているかのように静かだ。区画整理された道と街路樹に沿って切妻屋根のかわいらしい建築が連なり、広場の向こうには修復中のニーダロス大聖堂が見える。

ノルウェー中部、トロンハイム。

入り組んだフィヨルドの峡湾に築かれた、歴史の古い都市だ。千年前ノルウェー王国が誕生したときの最初の首都。その後首都は南部のクリスチャニアに移動し、現在はスウェーデンと併合したことで、国そのものの存在も揺らぎつつある。スカンディナビア半島の国々は北海を漂う流氷に似て、数百年の間結合と分離を繰り返している。

二度、三度と、アニーは深呼吸をする。まだ余裕があるうちに、新鮮な空気をたっぷり肺に送っておく。

「六号法廷、開廷五分前です」

建物の中から、廷吏の声が聞こえた。

周りにいた人々が一斉に動きだし、その建物——トロンハイム裁判所の中へ吸い込まれる。アニーも踵を返し、アーチ扉の内側へ戻った。

ホールに据えられた聖オーラヴの石像を回り込み、年季の入った階段を上る。踊り場で男を追い越すとき、彼の腰とアニーの肩がぶつかった。

「なんだ、おい」

「すみません」

ガキのくるところじゃないぞ、と悪態が聞こえたが、気にせず進む。

二階廊下にも人がごった返している。地元の住民や、ゴシップ誌の記者たちや、女性の肩に手を回した身なりのよい男。

「街の英雄があんな死に方するなんて……」

「エイスティン卿《きょう》が敵《かたき》を討ってくれるさ」

「なあ、どうやって連れてこられると思う？」

「水槽か、でなきゃ、まな板に載せられるかだな」

「そう、本能的恐怖をテーマにした連作でね。この裁判からインスピレーションが得られる気がするんだ」

アニーは小柄な身を活かして彼らの間を抜け、〈六号法廷〉の開けっぱなしのドアをくぐった。

むっとするような群衆の熱気と、まざり合った煙草のにおいに顔をしかめる。

階段状に設けられた傍聴席はほぼ満員だった。人々は狭い座席で肩をくっつけ、パイプをふかしたり手で顔を扇《あお》いだりしながら、隣席の者と言葉を交わし、新聞をめくり、あるいは何かを書きつけている。法廷のほうはまだ無人で、縦長の窓から差した陽が、マホガニー製の机や証言台を淡く照らしていた。

「アニー」

最前列から腕が伸びた。

アニーはそちらに向かい、上司が確保してくれていた席に座った。チフォネリのスーツに身を包んだ童顔の男。名を、ルールタビーユという。

「いい記者になるなら、人ごみと副流煙にも慣れなきゃね」

「努力します」

「廊下にいた垂れ目の男、気づいたかい？　画家のエドヴァルド・ムンク氏だ。やはり各界から傍聴人が集まっているな」

「芸術にはうといので……」

「おやおや、珍しい巴里《パリ》っ子だ」

アニー・ケルベルは、パリの新聞〈エポック〉紙の新米記者だ。

二ヵ月前までは資料整理のアルバイトをしていたが、古い記事を読みあさる姿がルールタビーユの目にとまり、特派員室にスカウトされた。現在は研修を兼ねて彼にくっつき、ヨーロッパ各地を取材している。

抜擢の一番の理由はアニーが十四歳の少女だったことだと、ルールタビーユは言う。「いいコメントを取るには、君みたいな見た目で意表を突くことが大事なんだ」。年齢や背丈が武器になるなら大いに使ってやろうと思う一方、記事そのもので認められたいという思いもアニーにはあった。この旅の最中に自分だけの取材対象を見つけられればいいのだが──まだ、運命の相手とは出会えていない。

「被告にはインタビューできました？」

上司は手帳を開き、白紙のページをアニーに見せた。

「古い規定があるそうだ。『捕獲から開廷までの期間、被告は審問官を除き、何人《なんぴと》とも面会能《あた》わず』」

「やっぱり、普通の裁判とは違いますね」

アニーは列車の中で受けたレクチャーを思い出す。

この制度の原形はおよそ四百年前、トロンハイムよりさらに北のフィンマルクで生まれた。ヨーロッパ全土で魔女狩りが過激化していた時代である。当時その辺境では、異形駆除を進めるカトリック教会と、精霊や魔女を崇拝するゲルマン系土着信仰とがぶつかり合っていた。血みどろの争いに辟易《へきえき》した司教たちは、なるべく宗教色を排し、かつ異形種の害悪性を大衆に示し、誰の目にも公正なように見せかけられる処刑の形を模索した。急場しのぎで作られたその制度は、長い年月をかけひとつずつ規定を足されながら、いつしかノルウェー全土に広まった。

それを言葉どおり「裁判」と呼んでいいのか、アニーには自信がない。

傍聴人たちに囲まれていると余計にそう思えた。弁論や論戦を聞きにきている者は、ここには誰もいない。

見世物を、嗤《わら》いにきている。

「下馬評どおり、審問官にはエイスティン・ベアキートが名乗りを上げたらしい。子爵家の長男で、陸軍省の若手ホープ。亡くなったホルト氏とも旧知の仲だ。普段から軍法会議を仕切っているから、この手の仕事もお手のものだろう」

「弁護人はどなたが？」

「名乗り出ないことがほとんどさ。その場合は審問官が弁舌をふるい、裁判長が有罪を下すだけの出来レースになる。まあしかたないよ」ルールタビーユは肩をすくめた。「誰だって、怪物の弁護はしたがらないからね」

これから行われるのは、最も緩慢にして最も倒錯した公開怪物駆除。

〈異形裁判〉、と呼ばれている。

捕縛された怪物が――あるいは〝怪物が化けている〟と疑われた人間が――人語を発し、無罪を主張した場合、その生物を〈被告〉として法廷に引きずり出す。証人が喚問され、〈審問官〉と〈弁護人〉が争い、裁判長が判決を下す。

いうまでもなく有罪は既定路線。アニーが調べた限り、ここ二百年間無罪判決は一度も出ていない。そもそも異形裁判は回数自体が減っており、トロンハイムで開かれるのも十八年ぶりだという。人語を解す異形種は産業革命以降ほとんど駆逐され、現在は吸血鬼、人狼、人馬《ケンタウロス》などごくわずかしか生き残っていない。

今日、傍聴席を人が埋めている理由は主に三つ。そうした背景のもとで開かれる、久々の異形裁判であること。事件の被害者が街の有力者であること。そして、もうひとつ――

ギイ。

軋みとともに、大扉が開く。

ざわめきに満ちていた傍聴席が、一斉に静まり返った。

三人の男が順に入廷する。先頭は黒い法服をまとった、ぽっちゃりした顔の男だった。

「ハルワルド・メリングか」ルールタビーユが言った。「ベテランの裁判官で、公明正大な人物という噂だ。少なくとも人間同士の裁判においては」

メリングは法壇に上がり、中央の裁判長席に座った。二番目の人物はどうやら書記官で、メリングの横に着席すると、分厚い記録帳を開いた。もうひとりの男は背筋を伸ばしたまま規則的に歩き、アニーから見て右側の机――審問官の席に着いた。

エイスティン・ベアキート。

歳は三十代前半。高貴と勇猛を兼ね備えた、秀麗な顔立ちの男だった。小鹿色の髪をうなじまで伸ばし、鋭い眉と瞳には揺るがぬ意志がこもっている。服装は襟の高いパーシアンレッドのカソックコート。異形裁判にかつらや服の規定はないが、審問官をまっとうするという決意の表れか、あるいは大衆の支持を意識してか。後者なら狙いは成功していた。色恋に興味がないアニーでも見入ってしまうほどの美丈夫だ。

腰には、柄にヒースが彫り込まれた大振りの剣を下げていた。異形裁判においては関係者全員が武器の持ち込みを許可されている。被告が暴れた際、制圧できるようにだ。

続いて二人の廷吏が、布で隠された巨大な箱のようなものを運んでくる。

静寂の中、車輪が床を滑る音だけがキイキイと鳴った。箱はエイスティン卿の横側――被告が控える位置で止まる。

廷吏のひとりが布に手をかけ、一気にはぎ取った。

餌にかぶりつくことを許可された犬のように、傍聴席からどよめきが上がった。男たちは身を乗り出し、女たちは口元を押さえ、記者たちはストロボを焚き、画家は帳面に鉛筆を走らせた。

それは一辺が一・五メートルほどの、四角い正方形の水槽だった。枠もガラスも真新しく輝いていて、この日のために用意した特注品であることをうかがわせた。水は七割ほど満たされ、その中に、人と同じ大きさをした一匹の生物が浮いていた。

十八年ぶりの異形裁判。

容疑は殺人。被害者は地元の名士、ラーシュ・ホルト。

被告は、人魚だ。

2

人魚は若い女の姿をしていた。

繊細そうな眉は力なく垂れ、ブロンズ色の瞳はなかばまぶたに隠れている。疲れきり、絶望した女の横顔だった。裸の乳房を隠すように、淡い金色の髪が水中で揺れている。青白くなめらかな肌に、肋骨の線が浮き上がっている。くびれた腰から下へ進むにつれ、その肌に光の粒がまじりだし、やがて完全な鱗へと変わった。彼女に脚と呼べるものはなく、下半身はまだらに光る巨大な魚類のそれだった。ひだのついた尾びれだけが、水中でのバランスを保つためにゆっくりと左右に動いていた。

手錠や枷《かせ》はついていない。

陸に引き上げられた時点で、もう彼女に逃げ場はない。

彼女は最初うつむいていたが、どよめきの声が水面を揺らすと、次第に傍聴席のほうを向いた。視線の集中砲火を浴び、すぐに顔を背ける。しかし反対側には、剣の柄に手をかけながら彼女をにらむエイスティン卿が待ち受けていた。安全地帯は足元にしかなく、人魚は再び目を伏せた。

場が落ち着くのを待ってから、メリングが咳払いをした。

「それでは、〈異形裁判〉を開廷します。裁判長は私、ハルワルド・メリング。審問官はエイスティン・ベアキート氏が務めます。弁護人に関しましては、応募者が現れなかったため、今回は――」

勢いよく大扉が開く。

その唐突な軋みと、三人分の新たな声が、メリングの発言をかき消した。

「ほーら、やっぱりここじゃないか。おまえの負けだ津軽」

「約束どおり耳からピーナッツを食べていただきます」

「おっかしいなぁ、あたくしのせいじゃないですよ受付のお姉さんが……やあ、どうもどうもすみません、遅れちゃいました」

つぎはぎだらけのコートを羽織った妙な男が、ぺこぺこと頭を下げながら入廷する。その後ろに、モノトーンのメイド服を着た黒髪の女性が続く。

アニーはあっけにとられた。

男はパリでも見たことがない真っ青な髪色で、何が楽しいのやら薄笑いを浮かべ、右手にレースの覆いをかぶせた鳥籠を持っていた。そして彼は、自然な足取りで法廷を横切り、アニーから見て左側の机——弁護人側の席についたのである。

メリングが声をかける。

「なんだね、君たちは」

「おや裁判長さん？　こいつぁ失敬とんだご無礼を、あたくし日本からはるばるやってまいりました流浪の芸人《鳥籠使い》真打《しんうち》津軽《つがる》と申します。名は真打ですが器は前座ってぇちゃちな男で……」

「津軽」どこからか、少女の声が聞こえた。「もっと言うべきことがあるだろ」

「弁護人です。人魚さんの」

男はにっと笑い、水槽を指さす。

傍聴席が再び揺れた。先ほどとは質の異なる、戸惑いのどよめきだった。エイステイン卿はぴくりと眉をひそめ、裁判長は書記官と顔を見合わせた。

「本気で言ってるのかね」

「本気も本気、手続きも駆け込みで済ませました」

「あなたが、弁護をなさると？」

「いいえあたくしぁただの弟子でして、弁護はもっぱら師匠のほうが。まいっちゃいますよ、あたくしこういう堅っ苦しい場所は苦手なもんでやめましょうっつったんですけど師匠がどうしてもっておっしゃるもんでね」

「師匠とは……そちらの女性ですか？」

「こちらの女性です」

津軽と名乗った男が鳥籠を持ち上げ、レースの覆いを外す。

アニーを含め、法廷の全員が不意打ちを食らった。幾人かの女性が悲鳴をあげ、記者がペンを落とす音が重なり、エイスティン卿は口を開けた。無関心を決め込んでいた人魚も、とうとう目を見張り、ガラスに手のひらをくっつけた。

レースの向こうには、少女がいた。

黒く艶めく髪を持ち森羅を見透かす笑みを湛えた、世にも美しい少女の、頭部が。

鳥籠の中に、女の子の生首が収まっている。

「弁護人を務めます、輪堂鴉夜《りんどうあや》です」

その生首がなめらかに口を開き、耳に心地よい声を発したものだから、アニーはますますあっけにとられた。

「に、人間なんですか」と、メリング。

「〈不死〉と呼ばれる生き物で、九百六十年ほど生きています。でも、怪物は弁護人になれないという規定はないでしょう？」

「さっき、日本から来たと言っていたようですが……」

「ええ、この街には昨日着いたばかりです。朝刊で事件のことを読み、被告は無罪だと思ったものですから」

「どなたか、証人を連れていますか」

「いいえ。でも審問官が連れてきているでしょ？　反対尋問をさせていただければ充分ひっくり返せますよ。私は〈怪物専門の探偵〉なので」

探偵――

大道芸人じみた彼らの見た目にはまったくそぐわない単語だった。パリの貴族オーギュスト・デュパン。ロンドンの傑人シャーロック・ホームズ。アニーが知っている探偵は、みなそうした紳士ばかりだ。

それに、言っていることもわからない。地元紙の朝刊にはアニーも目を通したが、遺体発見までのおおまかな流れしか書かれていなかったし、人魚が無罪だと思えるような要素はどこにもなかった。

それを昨日街に着いたばかりの探偵が、ひっくり返す？

「ふざけるな！」エイスティン卿の拳が、机を叩いた。「ここは見世物小屋じゃない。神聖な法廷なんだ。人類が培った法を尊び、言葉と理性の力によって真実を追究する場だ。ただでさえ異形で汚されているのに、もう一匹増えたうえ、生首が人魚の弁護だと？　これは裁判所に対する、いや人類全体に対する侮辱だ。許されるはずがない！」

鴉夜と名乗った不死の少女は、余裕をもって返す。

「ご安心を。私はあなたのおっしゃるとおり、言葉と理性で戦うつもりです。それくらいはこの体でもできますから」

「なんだと……」

「痛っ！　ちょ、静句《しずく》さん、あたくしの耳にピーナッツを詰めないで！　痛い痛い痛い！　いまはだめですって！」

「裁判長！　彼らに退廷を命じてください！」

エイスティン卿が促した。メリングは「しかし、手続き済みなら……」と尻込むが、そこに「そうだ」「つまみ出せ！」と傍聴人たちの声が重なる。声はすぐさま勢いを増し、ブーイングの嵐となった。紙くずやマッチの空箱が宙を舞い、誰が最初に弁護人席に当てられるかの競い合いが始まった。

「旗色が悪いな」

隣席からつぶやきが聞こえたかと思うと、ルールタビーユが立ち上がり、

「面白い！」

法廷中に声を張った。

群衆は彼に注目した。ルールタビーユは両手を軽く広げ、彼らに語りかける。

「紳士淑女のみなさん。我々はこの場に立ち会えた幸運を喜ぶべきです。その、どこの馬の骨とも知れぬ生首が、殺人人魚をかばったうえ、あまつさえ〝無罪にする〟と宣言しているのですから。こんなに滑稽な挑戦がほかにありましょうか？　たかが怪物の知性でどこまでできるのか、やってみせてもらおうじゃありませんか。彼らが狼《ろう》狽《ばい》する様をこの目で見、この耳で聞き、ともに人類の偉大さを祝いましょう」

染み込むような間のあと、「たしかに」と誰かが同調し、追従の声が次々と上がった。嵐は勢力を保ったまま、風向きだけを真反対に変えた。制止できぬと悟ったエイスティン卿は、歯がゆそうな顔で腕を組んだ。

アニーは座り直した上司を白い目で見る。

「本心じゃないですよね？」

「もちろん」ルールタビーユはしたたかに答えた。「だが、面白いことはたしかさ」

メリングが木槌《きづち》を鳴らした。

「静粛に。みなさん、静粛に。……わかりました、アヤ・リンドウ氏を弁護人として認めましょう」彼は姿勢を整え、事務的な口調に戻った。「本公判では、審問官ベアキート氏と弁護人リンドウ氏が、ラーシュ・ホルト氏の死亡案件について主張を交わし、そこで明かされる証言と事実に基づき、責任者である私が被告の有罪、あるいは無罪を判決します。それでは規定にもとづき、審問官と弁護人は宣誓書の署名をお願いします。本書面は、各位が法への誠実さを貫き、この場において虚偽を語らぬことを誓うもので……」

「口づけでもよいですか？　あいにくペンが持てないもので」

鴉夜が言い、津軽が「ははははは」と笑う。傍聴席もつられるように、笑いの渦に包まれた。

アニーは気づく。

先ほどまで水槽に注がれていた不埒《ふらち》な視線は、いま、弁護人席へとそれている。人魚のことを気にする者はもう法廷に誰もいなかった。何倍も珍妙で何倍も謎めいた東洋の喋る生首が、何を成し、あるいは何を成せないのか。興味の対象はそこへ移っている。

道化を演じることで人魚を護ろうとしているようにも、見ようによっては見えた。

「《鳥籠使い》……」

津軽という男が名乗った呼称を、口にする。

理由はわからないが、少女の胸が高鳴り始めていた。

3

両者が署名を済ませる間に、年齢も身なりも様々な五人の男女が先導役の廷吏とともに現れ、エイスティン卿の背後の待機席に座った。どうやら彼らが審問官側の証人らしい。すべての準備が整うと、メリングが木槌を一度鳴らし、開廷を宣言した。

「異形裁判では被告の発言権を認めないため、意見陳述が省略されます。では審問官から、論告をどうぞ」

エイスティン卿は立ち上がり、まず、アニーたちのほうを向いた。

「ラーシュ・ホルト氏！　知の巨星にして無私の貢献者。彼は我らがトロンハイムを愛していました。現役時代は歴史学者として教鞭《きょうべん》を振るい、引退後は街の基幹事業である海運業の発展に努めました。波止場に倉庫を持つ者で、ホルト氏に援助を受けていない者はひとりもおらぬでしょう。現在進んでいる大聖堂の修復も発起人はホルト氏です。私自身、大学で彼から学んだ教え子のひとりです。分け隔てなく人に接し、救済のためなら金銭を惜しまぬ紳士でした。裕福な者も、労働者も、浮浪者たちでさえ、誰もが認める偉人でした。その彼が、亡くなりました」

軍人の瞳がうるみ、窓から差す陽を照らし返した。

「報《しら》せはその夜のうちに私の元へ届きました。私はサロンの個室で這いつくばり、年甲斐もなくむせび泣きました。恩師のもとを訪ねるたび、街の発展計画を聞かされていました。活気ある港を、復活した大聖堂を、彼に見せてあげたかった。彼の死は私の心の喪失であり、トロンハイム全体の喪失です。私の胸には寒風が吹き、同時に怒りが煮えています。私には、彼を死に追いやった者を罰する義務がある。この公判によって、みなさまに真実をお伝えします」

エイスティン卿が語り終えたとき、《鳥籠使い》の登場によってうわつきつつあった法廷の空気は払拭されていた。裁判長も、廷吏も、そして傍聴席の大多数を占める街の住人たちも、みなその勇烈な声に聞き入っていた。気まぐれでこの場に臨んだ弁護人とは何もかも異なることを、彼は全身で語っていた。

弁舌の効果を測るような間のあと、審問官は続けた。

「そのための第一歩として、シメン・バッケ氏を喚問します」

控えていた男のひとりが、中央の証人席へ進み出る。

白い口ひげを生やした初老の男だった。アニーの席は最前列の端のほうだったので、彼の細い目やイボのある鼻がよく見えた。男が規定どおりの簡潔な宣誓を済ませると、エイスティン卿は主尋問を始めた。

「お名前とご職業は」

「シメン・バッケと申します。ラーシュ・ホルト様の執事をしておりました」

「九月十九日の夜の出来事を、教えてください」

「あの日は……医師のハウゲン先生がホルト様の往診にいらっしゃり、そのまま屋敷で夕食を。食後にホルト様は、『湖のほとりで一服する』とおっしゃり、おひとりで外に出ていかれました。真冬以外は、いつもそうなさる習慣でした」

「待ってください。ホルト邸のことは、トロンハイムの住民ならばみな知っていますが……ここにはよそから来られた方もいる」皮肉をにじませ、エイスティン卿は弁護人たちを見た。「屋敷について説明していただけますか」

「はい。街から二キロほど離れた場所に、デセンベル湖という湖がありまして、屋敷はその北のほとりに建っています。近くに民家はなく、湖も、周囲の森も、すべてホルト様の所有地です」

「ホルト氏は、そのデセンベル湖のほとりに向かったわけですね」

「はい。屋敷からほとりまでは、歩いてほんの一分ほどです」

「ありがとうございます。先を続けてください」

「奥様とハウゲン先生と私は、談話室におりました。奥様がトランプのブリッジをしたがり、人数が足りなかったので庭師のジェイコブに声をかけ、四人でゲームを」

「邸内にはあなた方四人だけでしたか？」

「はい。コックとメイドは出かけておりました」

「続けてください」

「八時を過ぎたころでしょうか。廊下から、誰かが階段を駆け上がる音が聞こえました。二十秒ほどあとに、今度は下りる音が。そして、その一分ほどあとに……湖のほうから、銃声のような音が聞こえました。数秒ごとに、六発ほど」

淡々と答えていた証人は、そこで肩を震わせた。

「私たちは……私たちはすぐに見にいくべきでした。しかしブリッジの最中でしたし、風の強い夜だったので、何かと聞き間違えたのだと思ってしまい……」

「どうか落ち着いて。事実だけを話してください」

「十分ほど経ってから、奥様が『ラーシュはまだ戻らないの？』とおっしゃりました。そこで、私と先生とジェイコブが湖畔を見にいきました。ちょうど、雨が降り始めていました。湖畔には誰もおらず、桟橋の端に、拳銃が一丁落ちていました。弾は撃ち尽くされていました」

「あなたはその銃に見覚えがありましたか」

「ありましたとも。アメリカ製のスミス&ウェッソン3型。ホルト様の護身用銃です」

「ホルト氏は普段、その銃をどこに保管していたかご存じですか」

「二階にある書斎の、デスクの一番上の抽斗です。ホルト様は貴重品をそこにまとめておられました。金時計や、眼鏡や、万年筆や、小切手帳……そして銃を」

「話が飛んでしまいますが、先に銃の件を片付けましょう。あなたは事件発覚後、その抽斗を確認されたそうですね」

「はい」

「銃はそこにありましたか？」

「ありませんでした」

周囲から、記者たちがメモを走らせる音が聞こえた。アニーも〈階段の足音〉と〈銃〉を線でつなげ、横に見解を走り書きした。〈ホルト氏が銃を取りにきた？〉

「では、時系列を戻しましょう。栈橋で銃を発見し、そのあとは？」

「私たちは湖を見渡しました。二百メートルほど離れた水面に、ボートが一艘《そう》浮かんでいるのが見えました。栈橋につながれていたはずの小舟です」

アニーは唾を飲んだ。ここから先が事件の核心であり、大々的に報道された部分だ。

「湖の中央には、小さな岩場が突き出ています。ジェイコブがそこを指さし、『誰かが動いた気がする』と言いました。屋敷からもう一艘ボートを運んできて、私たち三人はそれに乗り、岩場の確認に向かいました」

証人は息を荒らげ、苦しそうに続けた。

「岩場には、こと切れたホルト様が横たわっていて……すぐそばに、人魚が」

「その人魚はいま、この法廷にいますか」

「もちろんです！」執事は水槽に指を突きつけた。「こいつです。この人魚です。ハウゲン先生とジェイコブが二人がかりで縛り上げました」

人魚は反応を示さなかった。じっとうつむき、床を見つめている。

「遺体と人魚のほかに、岩場には誰かいましたか？」

「陰に隠れるようにして、幼女の人魚が一匹。そっちも捕まえようとしたのですが、水中に逃げてしまいました。鱗と髪色が同じでしたから、親子だと思います」

「湖に人魚の親子がいることを、あなた方はご存じでしたか」

「二十年以上屋敷に住んでおりますが、まったく知りませんでした」

「この人魚は何か言いましたか」

「片言で、ヤッテナイ、とだけ。何を尋ねてもその繰り返しで、そもそも人の言葉をよく知らぬようでした。私たちはすぐに猿轡《さるぐつわ》を嚙ませました」

「ホルト氏の遺体はどのような状態でしたか。おつらいかもしれませんが、よく思い出してください」

「服はシャツとズボンだけで、身に着けておられたはずの上着と靴が見当たりませんでした。顔が紫色になり、全身がびっしょりと濡れておりました。ハウゲン先生は、ひと目見て溺死だと」

「ホルト氏は泳ぎが得意でしたか？」

「苦手でした。ほとんど泳げなかったと思います」

「湖にボートが浮かんでいた、とおっしゃいましたね。そちらの確認は？」

「人魚を縛ったあと、警察が来るまでの間に確認しました。ボートにはホルト様の靴と、上着が置いてありました」

エイスティン卿は、織り込み済みのような所作でゆっくりとあごを撫でた。

「ふむ。ボートにホルト氏が乗っていて、転落したということでしょうか？」

「いいえ。私は、それにしては変だと思いました」

「なぜ？」

「ボートにはオールが、つ、ついて、い、いなかった、のです。もともと栈橋には三つのボートと六本のオールがありましたが、シーズンが過ぎたので、ジェイコブが自分の小屋に引き上げて、細かい補修などをしておりました。一艘だけしまい忘れて、それが栈橋に残されていたわけです」

「では事件当夜、すべてのオールは庭師の小屋にあったわけですね」

「そうです」

「ボートの周囲に、オールのかわりとなるようなものは浮いていましたか？」

「三人で目を凝らしましたが、ありませんでした」

「たしかですね？」

「たしかです。ですから、ホルト様がそのボートに乗っていたわけがありません。オールがないのにボートを漕ぎ出す人間なんて、いるはずありません」

「たしかに、そんな人間はいませんね。どうもありがとう、バッケさん」

エイスティン卿は体の向きを変え、再び傍聴席を視野に入れた。

「バッケさんの証言を聞いただけでも、起きたことは明白です。ホルト氏は湖畔での一服中、所有地である湖に不法に住み着く人魚を発見しました。彼は自力で駆除しようと思い、書斎から銃を取ってきて、桟橋から発砲しました。ところが、人魚が反撃を。ホルト氏は湖に引きずり込まれ、無残にも溺れさせられたのです。言うまでもなく、人魚ならばその犯行はたやすいでしょう。

　そして人魚は、浅はかな偽装工作まで行いました。死体から脱がせた上着と靴をボートに乗せ、係留ロープをほどいて、ホルト氏がボートから転落したように見せかけました。悲しいかな、人の文化に無知な人魚では、オールの存在にまで思い至らなかったのです。桟橋の銃、オールのないボート、岩場で発見された溺死体。すべてが、人魚だけが犯行をなしえたことを示しています」

なめらかで威厳に満ちた声は、法廷の隅々まで染みわたった。肩書は伊達《だて》じゃない、とアニーは思った。さすがは軍法会議を仕切っているだけある。

「主尋問を終わります」

「では弁護人から、反対尋問をどうぞ」

メリングが促す。

「その前に、被告にひとつうかがいたいことが」鴉夜はそう言うと、裁判長の許可を待たず、「お名前は？　人魚さん」

全員にとって予想外のことを尋ねた。

「ずっとただの人魚呼ばわりじゃ失礼だからね。名前があるなら教えてほしいな」

人魚自身も、あっけにとられたようにまばたきをした。鴉夜は穏やかに微笑みながら、「な・ま・え」と丁寧に発音する。

異形同士、同性同士、あるいはもっと深い場所で、何かが通じ合うのがわかった。

人魚は躊躇しつつ、水面からそっと顔を出し、そして初めて声を発した。

「……セラフ」

か細い声は、ガラスの檻の中で小さく反響した。

「ありがとう。ではそう呼ぼう」

「弁護人」メリングが咎《とが》める。「被告は審問官としか話せないという規定があります。次に言葉を交わしたら、退廷させますよ」

「失礼しました。さて、バッケさん」

鴉夜が本題に移ると、真打津軽はひょいと立ち上がり、師匠の頭部を鳥籠から出し、両手で持ち上げた。生首に話しかけられた執事は、とたんに冷静さを崩した。

「な、なんでしょう」

「事件当夜のことをお聞きします。屋敷を出たとき『雨が降りだした』とおっしゃっていましたね。その前は月が出ていましたか？」

「ほとんど出ていませんでした。雲がかかり、暗い夜でした」

「書斎のドアや抽斗に鍵はかかっていましたか？」

「かかっていませんでした」

「ホルトさんとあなた以外で、抽斗に銃があることを知っていた人はいますか？」

「屋敷の者や、ホルト様と親しかった方なら、みんな知っているはずです」

「書斎の抽斗に貴重品がまとまっていたそうですね。抽斗を確認した際、銃以外のものは無事でしたか？」

「はい」

「時計も、眼鏡も、万年筆も、小切手帳も、ちゃんとあったわけですね？」

「はい」

「異議あり」審問官が挙手する。「弁護人は無意味な質問で審議を妨害しています」

「異議を認めます。弁護人は質問を絞ってください」

「歳を取ると回りくどくなっていけないなぁ」

「津軽ぅ？　法廷では私語を慎むべきだぞ」

弟子のぼやきに釘《くぎ》を刺してから、鴉夜は咳払いをひとつ。横隔膜がないのにどう息を吸っているのだろう。

「さて、バッケさん。新聞でホルト氏の写真と経歴を見たのですが、彼は六十歳だったそうですね。写真では裸眼で写っていました。ご主人の視力はどのくらいでしたか？」

「遠くのものはかなり見づらくなっておられたようです」

「ご主人が遠くのものをよく見るときは、どうしていましたか？」

「眼鏡をかけておられました」

「もう一度お聞きしますが、抽斗からは銃だけがなくなり、眼鏡は残されていたのですね？」

「は、はい」

「不思議ですね。近眼のご主人が、月のない夜に、湖で泳ぎ回る人魚を撃つために、抽斗から銃を持ち出した。なのになぜ、同じ抽斗に入っている眼鏡は持っていかなかったんでしょう？　眼鏡がなければまったく狙いをつけられないと思うけどな。私に首から下があれば、腕組みして考え込んでいますよ」

「弁護人。あなたも私語は慎しむように」

「反対尋問を終わります」

メリングに注意され、鴉夜は引き下がった。バッケは頬をはたかれたかのようにまばたきを繰り返しながら、待機席に戻る。

「生首のお嬢さん、なかなか鋭いところを突くな」ルールタビーユが評した。「でも、有罪を覆すにはほど遠い」

「首だけの探偵が裁判をひっくり返したなんて、書いても信じてもらえるかな……」

苦情が殺到しそうだし、写真を載せてもトリックだと言われそうだ。アニーが悩んでいると、ルールタビーユがからかうように、

「よほど彼らが気に入ったんだね」

「え」

「もう弁護側の勝ちが決まっているような言い方をするからさ」

北風が吹いたわけでもないのに、新米記者の頬は林檎色に染まった。

4

「マルティン・ハウゲン。街の開業医で、ホルト氏の主治医です」

二人目の証人は、人のよさそうな太鼓腹の中年男性だった。法廷にも慣れた様子で名乗ると、彼は審問官に笑いかけた。

「エイスティン君としゃちほこばって話すのは、妙な気分だね。普段はもっと気さくなのに」

「私もです、ハウゲン先生。しかし法廷では親密さも不要です」

にこやかに返してから、エイスティン卿はきびきびと主尋問を始めた。まず、先ほどの執事の証言に齟齬《そご》がないことがたしかめられた。「記憶と矛盾はない」という言質を取ると、審問官は本題に切り込んだ。

「ホルト氏の死因は?」

「溺死です、間違いなく。顔にはチアノーゼが現れ、肺にも大量の水が」

「ホルト氏に持病はありましたか」

「狭心症を患っていましたが、命に関わるほどでは」

「とはいえ、冷水に飛び込んだとしたら?」

「もちろん自殺行為です。泳げるにしろそうでないにしろ、命に関わります。この季節、夜の水温は零度近くまで下がるからね」

「そんな水の中にホルト氏を引きずり込んだ者が、もしいたとしたら、あなたはどう思いますか」

「殺す気でやったのだろうと、そう思いますね」

傍聴席から一斉に、ペンを動かす音が聞こえた。

「遺体に外傷はありましたか」

「ひとつだけ。右手首に、濃いあざがついていました」

「どんな形状のあざでしたか」

「一センチ幅の線状の跡が、五つ。細い指で強くにぎったような跡でした。大人の女性の手ですな……ちょうど、彼女のような」

ハウゲンは水槽をあごでしゃくる。審問官は満足げにうなずいた。

「被告に明確な殺意があったことが、これで証明できました。主尋問を終わります」

「弁護人、反対尋問をどうぞ」

真打津軽が、先ほどと同じように師匠を持ち上げた。鴉夜は少し考えてから、声を発した。

「ハウゲン先生」

「はい」

「遺体の袖口はどんな状態でしたか？」

「……？　両腕とも、肘のあたりまでまくられていました」

「質問は以上です」

たったそれだけで、反対尋問は終わってしまった。

エイスティン卿の眉間にしわが寄る。傍聴席からも「なんだいまのは」「ひとつしか聞かないの？」「もうあきらめたんじゃないか」とささやき声が交わされる。

「ルールタビーユさん、いまのどう思います？」

アニーは隣席へ尋ねたが、上司は無反応だった。普段の穏やかな様子が失せ、手を口元にやり、じっと考え込んでいた。

たったいま、とてつもなく重要な何かが指摘された、とでもいうように。

次に喚問された証人は、五十代の痩せた男だった。くぼんだ目の奥で油断のならない瞳が光り、耳や頬には大きな傷跡が刻まれていた。

「お名前とご職業は」

「名はノルダール。怪物駆除をやってたが、いまは引退の身だ」

「ノルダールさんはこの道二十年のベテランで、怪物との豊富な戦闘経験があります」

「〈獅子鷲《グリフォン》殺し〉にそう言われるとは、光栄だね」

ノルダールはガラガラ声で、皮肉とも本心ともつかぬことを言った。アニーは上司に解説を求める。

「エイスティン卿の武勇伝だよ。スピッツベルゲン遠征時に、あの剣一本で獅子鷲を仕留めたそうだ」

エイスティン卿は特に反応せず、厳正な審問官の立場を貫いた。証人席に近づき、主尋問に入る。

「人魚を駆除されたことはありますか」

「クリスチャニアで一匹、海外で四匹、この街で二匹」

「人魚の生態についてお聞きします。凶暴でしょうか?」

「個体差があるが、人間を襲って食うやつもざらにいる。特に子育ての時期の母親は凶暴化する。クマやライオンと同じさ」

アニーは執事の証言を思い返す。遺体発見時、岩場には人魚の娘もいた。

「それまで静かに暮らしていた人魚が、出産を契機に人間を襲うことはありえますか」

「大いにありえる。栄養が必要だからな」

「人魚の遊泳速度はどのくらいでしょう」

「おそろしく速い」

「たとえば直径一キロのデセンベル湖の場合は、何分ほどで横断できますか」

「健康体なら一分とかからんさ」

「人魚が人を襲うときは、主にどういった方法を用いますか」

「腕や足をつかんで、水の中に引きずり込む。それ以外の殺し方は見たことがない」

「犯行が可能なことと、人魚になら短時間での偽装工作も可能であったこと、すべての裏付けが取れました。主尋問を終わります」

すかさず津軽が立ち上がり、鴉夜の頭部をノルダールへ向けた。歴戦の男は殺し方を吟味するように、じっと不死をにらみつけた。

「人魚の生態なら私も少し詳しいんですが。彼らには息継ぎの必要がありませんよね？」

「ああ。エラ呼吸ができるからな」

「では人間に見つかっても、水に潜れば簡単に逃げられますね。潜行中の人魚を拳銃で撃とうとするのは、かなり不自然ではないでしょうか」

「普通はそうだな」威圧的なまなざしが、水槽の人魚へとずらされた。「だがさっき言ったように、こいつらには個体差がある。いたずら好きのやつは、わざと水から顔を出して人間を挑発したりする。チューリッヒ湖にいたやつがそうだった。ワシはライフルで湖畔からそいつを撃ち抜いた」

鴉夜の顔に初めて不満が現れた。エイスティン卿は、ホルト氏と同じやり方で駆除に成功した人物をわざわざ見つけだしてきたのだろう。

「では、質問を変えます。腕や足をひっぱるのが人魚の襲い方だとおっしゃいましたね。しかし腕をつかむ場合は、若い男などを誘惑して、水面に上半身を近づけたときに限るのでは？」

「まあ、そうだ」

「チューリッヒ湖にいたあなたのように、銃を構えている人間の腕をつかむことは考えられますか？　より水面に近い足をつかむほうが効果的だと思いますが」

証人はしばらく黙り込んでから、はねのけるように鼻を鳴らした。

「人魚にはジャンプ力だってあるし……ないとはいえないさ」

「反対尋問を終わります」

鋭い問答とは言い難かった。ノルダールは待機席に戻り、エイスティン卿が涼しい顔で書類をめくる。アニーは開廷前のルールタビーユと同じようなことをつぶやいてしまう。旗色が、悪い。

セラフという名の人魚は変わらずうつむいて、床をじっと見つめていた。自分の置かれた状況にも弁護人の奔走にも、まるで興味がなさそうだ。

すべてをあきらめ、死を受け入れている――そんな素振りだった。

5

四人目の証人はたくましいドイツ系の男で、かびくさい背広に身を包んでいた。刈り上げた頭を落ち着かなげに左右に振り、宣誓は何度もつっかえた。エイスティン卿が名前を尋ねると、彼は「エイスティン様、あっしの顔を忘れちまったんですか？」と悲しそうに聞き返し、法廷から苦笑をさらった。


「そりゃ、私は何度も会っているけど、みなさんに紹介しないといけないからね」

「ああ……。ジェイコブ・ミュラーっていいます。ホルト様の、庭師です」

「お仕事の内容を教えてください」

「植木の手入れと水やりが主ですが、屋根の修理とか、ペンキ塗りとか、頼まれりゃなんでもします」

「たとえば、ボートの補修なんかも？」

「へい」

「九月十九日の夜、ボートのオールはどこにありましたか」

「六本ともあっしの小屋に置いてありました」

「ボートの本体だけが、桟橋につながれていたわけですね？」

「へ、へい。二、三日内にしまうつもりだったんですけども……」

「あなたの責任を問うつもりはありませんよ、ミュラーさん。さて、係留ロープはどんな結び方をしていましたか」

「それが、あっしは船のほうは詳しくねえもんで……適当に結んでただけです」

「では、たとえばですが——人魚などがロープをほどこうとした場合、簡単にほどけると思いますか？」

「ええ、子どもにだってほどけると思います」

アニーには、いまのやりとりは誘導尋問にあたると感じた。だが弁護人は異議を発しなかった。机の上に置かれた生首は、楽しそうにやりとりを聞いている。

「あなたはハウゲン先生と協力し、人魚を拘束したそうですね」

「そうです。ほっといたら危ねえと思ったもんで」

「それはなぜですか」

「あっしらが岩場に駆けつけたとき、人魚はホルト様に覆いかぶさってて……あっしにゃ、ホルト様を食べようとしてるように見えたんです」

傍聴人たちは低くうめいた。亜人種が害獣として扱われる最大の理由は、彼らが人肉を食すことにある。

被告への嫌悪を植えつけるには、その一言で充分だった。エイスティン卿は「主尋問を終わります」と告げた。

入れ替わるように、真打津軽が立ち上がる。首だけの少女が放つ紫水晶《アメジスト》色のまなざしに捉えられると、庭師は一歩しりぞいた。

「ご安心を。私は君にかぶりついたりしないよ」

「何せ胃袋がありませんしね」

「よせ津軽、笑ってしまうだろ」

ふふふふふ。ははははは。奇妙なコンビは不謹慎な笑い声を上げた。何か言いかけたメリングを制するように、鴉夜は反対尋問に入った。

「執事のバッケさんによると、事件当夜は風が強かったとか。ミュラーさん、あなたのご意見は？」

「……ええ、強かったですね。窓がガタガタ鳴ってやした」

「どの方角から吹いていたか、覚えていますか」

「このあたりじゃ、風はいつも北から吹きます」

「北風ですね。邸宅も湖の北のほとりに建っている。では、オールなしで岸を離れても、ボートは強風にあおられて、自然に岸から離れていくはずですね」

「そりゃあ、まあ……そうです」

「その点は私も見過ごしていたな」エイスティン卿が口を挟んだ。「人魚には、ボートを押して泳ぐ必要すらなかったわけだ」

鴉夜は受け流し、質問を続ける。

「執事さんたちと一緒に、ボートを確認したそうですね」

「へい」

「ボートがどんな状態だったか、なるべく正確に教えてください」

ミュラーは腕組みし、ひとつずつ記憶を掘り起こした。

「ええと……底に、雨が溜まり始めてて……舳先《へさき》のあたりに、ジャケットがくしゃっと丸まってたな。裏返しだった。ベンチの上にゃ、革靴が一組ひっくり返ってた」

「上着と靴は、たしかにホルトさんのものでしたか？」

ミュラーの頰が持ち上がり、不敵に笑ったことがわかった。彼は人魚を一瞥し、嘲るように答えた。

「あんたがこの化物をどう庇《かば》うつもりか知らねえけど、残念でしたね。ありゃ、絶対にホルト様のもんだった。神に誓えまさあ。あっしが靴を手に取ったとき、中敷きからハッカのにおいがしたんです」

「ハッカ？」

「ホルト様は近ごろ足のにおいを気にされてたんだ。で、中敷きにこっそりハッカ油を塗ってらしたのさ。おれがその油を作ってた。だから、間違いねえ」

ささやかな秘密の暴露に、傍聴席から忍び笑いが漏れる。ミュラーは仏頂面で背後を振り向いた。記憶力を賞賛してもらえると思っていたのだろう。

「どんな偉人も、寄る年波には勝てぬものだ」エイスティン卿は柔らかく言ってから、「裁判長。弁護人は無意味な質問を繰り返したうえ、故人の尊厳を傷つけています」

「異議を認めます。弁護人は……」

「故人にとって最大の侮辱は、彼を殺した犯人が逃げおおせることですよ」

鴉夜のその言葉は、声を張ったわけでもないのに、不思議と法廷によく響いた。

アニーはまばたきをし、男の手の中に収まる少女を見つめた。

〈怪物専門の探偵〉を名乗る旅人たち。彼らは戯れでここに現れたのだと思っていた。「被告は無実」という発言も、余裕あふれる態度も、虚勢にすぎないと思っていた。

そうじゃない、と直感する。

鴉夜は人魚の無実を信じている。本気でこの裁判をひっくり返そうとしている。

「いいかげんにしろ」怒りを秘めた声で、審問官が言った。「犯人は、この人魚だ」

「いいえ、セラフさんじゃない。私にはだんだん全体像が見えてきました」

「全体像など最初から見えている！　人魚がホルト氏を溺れ死なせたのだ」

「シャツの袖」

　唐突な一言に、エイスティン卿の気勢が減じた。

「ハウゲン医師が『遺体の手首に濃いあざが残っていた』と証言したとき、私は不思議に思ったんです。服越しに手首をつかんだとして、指の形まではっきりわかるような跡がつくだろうか？　そこで、袖口について質問を。医師の答えは『両腕とも肘までまくられていた』でした。つまり、セラフさんが手首をつかんだ時点で、ホルト氏は袖をまくっていたわけです」

「……それがどうした」

「どうしてまくったのだと思います？」

　審問官は憐憫《れんびん》の微笑とともに、かぶりを振る。

「銃を撃てば火花が散る。袖口が焦げるのを防ぐため、紳士はしばしば袖をまくるものだ。首だけの君には銃を撃つ機会がないから、わからないかもしれないが」

「うちの弟子よりうまいことを言いますね。しかし想像力を使ってください。人魚を発見した紳士が、慌てて家に戻り、銃を取ってきて、桟橋から発砲する。その慌ただしい流れの中で、わざわざ両袖をまくるでしょうか？　焦げつきを防ぐため？　馬鹿げていますよ、そんなことをしている間に人魚は遠くへ逃げてしまうでしょう」

「詭弁だな。桟橋と屋敷の往復には一、二分かかる。その間に、走りながら袖をまくったかもしれないじゃないか。こんな些細《ささい》なことはどうとでも解釈できる」

不死の少女は目を細めた。桜色の唇が持ち上がり、三日月を横に倒したような美しいカーブを描いた。

「たしかに些細なことですね。上着の問題を別とすれば」

「上着？」

「エイスティン卿。あなたの主張によれば、セラフさんは殺害後にホルト氏の上着と靴を脱がし、それをボートに放り込んだわけですよね」

「……何が言いたい」

「津軽。私を置いて、前に出ろ」

「はあい」

津軽は師匠を弁護人席の卓上に戻し、法廷の中央へ歩み出る。

無防備になった鴉夜を護るように、メイドが一歩机に寄った。

「事件当夜のホルト氏になったつもりで動け。銃を持ち、駆け足で桟橋へ戻っている。服の両袖をまくってみろ」

真打津軽はやけに手慣れたパントマイムを始めた。老けたようなしかめ面を作り、その場で足踏みをする。銃（らしき架空のもの）を左右に持ち換えながら、片腕ずつ袖をまくる。

コートと、その下に着ているシャツが、一緒に肘までひっぱり上げられた。

「その状態で湖に引きずり込まれ、溺れ死ぬ」

かぼがぼがぼ、ぼぶげぼが、と喉のどこから出したかわからぬ奇声を発し、津軽は床に倒れた。床には埃が溜まっていたが、なんの躊躇もなかった。

「さて、審問官の推理では、このあとセラフさんは偽装工作を行ったという。ミュラーさんに協力してもらおうかな」

「へ？」

「犯人になったつもりで、津軽の上着をはいでください」

「裁判長！　こんな茶番には……」

「いえ」メリングは審問官の物言いをしりぞけた。何かを予感したように、彼は身を乗り出していた。「弁護人、続けてください」

アニーは水槽を見る。

セラフという名の人魚は、目を見開き、ガラスに顔を近づけていた。食い入るように、同時に何かを恐れるように、横臥《おうが》した青髪の男を凝視している。

協力を頼まれた庭師は、おずおずと動きだした。証言台から離れ、死体を演じている津軽に近づき、右腕から順にコートを脱がせた。

「……あっ」

法廷が、どよめきに包まれる。

津軽のシャツの袖が、伸びていた。

考えてみれば当然だった。腕まくりをした状態で、上着だけを無理やり脱がせば、下に着ているシャツの袖は引き伸ばされ、もとの位置に戻る。

「ご覧いただいたとおりです」と、鴉夜。「殺害後に上着が脱がされたとしたら、遺体発見時の袖の状態と矛盾します」

「……ホルトは、上着を最初から脱いでいたに違いない。人魚がそれを拾って……」

「いいえエイスティン卿。ご存じのとおり、人魚は内陸に上がれません。セラフさんが上着を拾えたとすると、上着は桟橋の上にあったとしか考えられませんね。つまりホルト氏は、桟橋に戻ってきてから上着を脱ぎ、それからシャツの両袖をまくったということになる。この場合、論理は最初の矛盾に立ち返ります。彼はとても急いでいたはずなのに、そんな悠長な行動をとるのは不自然極まりない」

「な、ならば、袖も偽装工作だ。人魚は遺体の上着をはいでから袖をまくったのだ！」

「ありえませんよ。お忘れですか？　溺死する時点でホルト氏の袖が伸びていたなら、指の跡がつくはずないんです」

　エイスティン卿は声を詰まらせた。

　誰にとっても信じがたい光景だった。子爵家に生まれ、軍法会議を仕切り、獅子鷲殺しの伝説を持つ男が、叱られた一兵卒のように唇をわななかせている。

　やっと絞り出された言葉にも、いままでのような鋭さはない。

「おまえは、悪だ。屁理屈で、議論を煙に巻こうとしているだけだ」

「いいえ。申し上げたでしょ、私には全体像が見えてきたと。もう一息で真犯人もわかりそうです。でも、それは次の証人を呼んでからにしましょう。反対尋問を終わります」

　対する生首の少女は、審議の緊張感など欠片もにおわさず、くつろぐような笑みを浮かべていた。津軽が息を吹き返し、ミュラーからコートを取り戻すと、闘牛士のごとくお辞儀する。

　形勢が動き始めていた。メリングが制止をかけてもなお、傍聴席は静まらなかった。ルールタビーユは満足げに脚を組む。証人たちは審問官の後ろで深刻そうにささやき合う。弁護人席に戻った津軽が、椅子にどかっと腰かけ──

「モウ、やめて！」

　女の声が響いた。

「ワタシ、やりました。ワタシ、犯人。あのヒト、殺しました！」

その声は悲痛で、片言で、一言一言が四方のガラスに反響して奇妙な余韻を残した。

発言者は人魚のセラフだった。

叫び終えると、セラフは無抵抗な受刑者の顔に戻った。メリングもエイスティン卿も探偵たちすらも、全員があっけにとられ、最初と同じように水槽を見つめた。

笑い声が、静寂を破る。

それも女の声だったが、人魚よりも幼げな、可憐な少女のそれだった。今度の発言者は机の上に置かれた生首だった。弟子とメイドが顔を見合わせる中、鴉夜は目尻に涙すら浮かべ、なぜかひどく楽しげに言った。

「出来の悪い笑劇《ファルス》だな」

6

ゆっくりと、ヒールの音を鳴らしながら、五番目の証人が証人席に着く。

エイスティン卿は勝ち誇った顔で進み出ると、法廷をぐるりと見回した。

「裁判長、そしてみなさん。被告の自白によって事件はすでに決着しました。しかし制度上、異形裁判では被告への直接尋問ができません。この法廷は怪物の言い訳を聞くためではなく、人類のために設けられているからです。私はあくまで所定の手続きにのっとり、主観と客観の両面からこの事件を終わらせたいと思います。——というわけで、最後の証人です。お名前を教えてください」

「シリエ・ホルト。亡くなったラーシュの妻です」

まだ二十代の、美しい女性だった。

情報は事前に調べていたが、目の当たりにするとやはりアニーも驚いてしまった。化粧を落とし、喪服をまとい、目尻に泣きはらした跡をつけていてもなお、ウェーブヘアの彼女からは華やいだ雰囲気がにじみ出ている。それは決して落とすことのできない若さという名の花粉だった。

この人が、六十歳の男の妻——

「バッケ氏やミュラー氏の証言に、あなたの記憶と異なる点はありますか」

「ございません」

「事件に対する率直な気持ちをお聞かせください」

「悪い夢を見ているようです。わたしはラーシュの元生徒で、五年前に婚姻しました。遺産目当てとそしりを受けたこともあります。ですがわたしは、彼を心から愛していました。お互いの人格を愛し合っていたのです」

「遺書の開封は済まされましたか」

「二日前に。遺産の大部分は街の発展のために寄付されました。わたしの取り分も寄付するつもりです」

彼女は毅然《きぜん》とした態度で言い、傍聴席から拍手が湧いた。脱線気味なその質問の意図は明らかだった。エイスティン卿はシリエの心証を強め、群衆を味方につけた。

「常にホルト氏のそばにいたあなたにお聞きします。ご主人にとって、人魚とはどのような存在でしたか」

「ラーシュは、人魚を憎んでいました」

「といいますと？」

「夫はトロンハイムの海運事業に投資していました。事業の歴史を調べる中で、人魚による被害報告にも多く目を通していました。近年は目撃例が減っていましたが、再び被害が起きた場合に備えて、夫は様々な対策を提言していました。それは事業者のみなさまも証言してくださるはずです」

「以前から人魚駆除に熱意を持っていたわけですね。では湖で人魚を見つけたとき、ホルト氏は驚いたでしょうね」

シリエは水槽を一瞥し、か細い声で答えた。

「実は――わたしたちは、人魚のことを知っていました。二週間くらい前です。『湖に人魚がいるのを見た』と、ラーシュがわたしに相談を。彼はそれを不名誉に感じているようでした」

どの新聞も嗅ぎつけていない新事実だった。

エイスティン卿はたっぷりと間を取り、「ふむ」と続ける。

「つまり、人魚対策を推進していたさなか、自分の所有地に人魚が現れたことで、足元をすくわれる形になってしまった。それを誰にも知られたくなかったと、こういうわけですね」

「はい。『できるだけ内密に駆除したい』と、そう言っていました」

内密に。

アニーは手帳のページを戻し、その一言が持つ重要性に気づく。

「事件当夜、ホルト氏は人魚の発見を誰にも伝えず、拳銃での駆除を試みました。あなたはその行動に違和感を覚えますか？」

「いいえ。結果的には間違っていたと思いますが、夫の行動は理解できます」

「眼鏡を忘れたことに関しては？」

「気が急《せ》いていたのだと思います。人間なら、誰しもそういうことはあります」

「先ほど弁護人が主張していた、袖の問題に関してはいかがでしょう？」

「ラーシュは庭で射撃の練習をするとき、いつも上着を脱いで袖をまくっていました。わたしから言えるのはそれだけです」

「どうやら、すべてに説明がつきそうですな。主尋問を終わります」

後半のやりとりのいくつかは、打ち合わせにないアドリブだろう。シリエも問われるがまま素直に答えたのだろう。だが、すべては審問官の期待どおりに運んだ。エイスティン卿は審問官席のほうへ戻ると、悠々とデスクに寄りかかり、前髪をかき上げた。

アニーも椅子の背にもたれてしまう。

とどめが刺された、と感じた。

やはり有罪は覆せない。ルールタビーユは腕組みし、目をつぶっている。同業者たちも手帳を閉じ、判決だけを待っている。すでに興奮の火は消え、消し炭がプスプスとくすぶっているだけだった。

「弁護人、反対尋問を行いますか」

メリングもどこかおざなりだ。しかし、鴉夜は優雅にうなずいた、真打津軽が立ち上がり、宗教画の供物のごとく探偵を掲げた。

「シリエさん」

「……はい」

「旦那さんとは歳が離れているようですね」

シリエの眉に不快さがにじんだ。

「歳の差は三十二歳です。ですが……」

「お二人は、愛し合っていた」

「そうです。何か疑ってらっしゃるの」

「お二人の仲は疑っていませんよ。なぜなら、エイスティン卿は有能だからです。余計な疑念を生むような証人を、彼がここに呼ぶはずがない」

弁護人席の向かい側で、審問官が不本意そうな顔をする。

「だからこそお聞きしたいんです。あなたたちが結婚したとき、悔しがった者がたくさんいたのではないですか。意中の女性を、うら若く美しいあなたを、枯れかけた初老の男に取られた。それによって、ラーシュさんを憎んだ者がいたとは考えられませんか」

シリエの頬が紅潮し、同時にエイスティン卿が、今日一番の怒声を張った。

「証人に対しなんという侮辱だ！　裁判長！」

「弁護人、いいかげんにしなさい。あなたの話は事件とはなんの関係もない」

「関係は大いにあります。その人間がホルトさんを殺害したからです」

少女の声は再び魔力を発揮し、法廷から音を消し去った。

幼児のわがままにつきあうように、エイスティン卿が息を吐く。

「何を言いだすかと思えば……。君は聞いてなかったのか？　ついさっき人魚が自白したじゃないか」

「聞きましたとも。その瞬間、すべてがわかりました」

津軽は鴉夜を持ち上げたまま、飄々と法廷を歩き回り始めた。その足音とともに、鴉夜は話し始めた。

「夕食後、ホルトさんは習慣どおり湖畔で一服していました。そのとき、森の中から何者かが現れ、彼を殺害しようとしたのです。風が強い夜だったため、助けを求める声はかき消されました。ホルトさんは必死に逃げ、桟橋に追い詰められてしまう。逃げ道はたったひとつしかありませんでした。ボートに乗り、湖に繰り出すことです」

アニーの頭に、影絵めいた夜の一幕が浮かんだ。細い桟橋の先端に立ち慌てる男と、そこに迫るもうひとりの男。

「オールがないことはもちろんホルトさんも知っていたでしょう。しかし選択の余地はなかった。ボートは波に押され、少しずつ岸を離れていきます。難を逃れたかのように思えました。ところが、襲撃者が想定外の行動を。そいつは屋敷の書斎に拳銃があることを知っており、それを持ち出してきたのです」

アニーはメモを見返す。書斎にもデスクの抽斗にも、鍵はかかっていなかった。所在を知っている者なら、拳銃は誰でも持ち出すことができた。

「襲撃者は漂うボートを狙い、桟橋から銃を撃ちます。ホルトさんはあせったでしょう。このままでは撃ち殺されてしまうかもしれない。さらなる逃げ場が必要でした。そこで彼は上着と靴を脱ぎ、シャツの両袖をまくり、泳ぎやすい恰好になって、自ら水に飛び込んだのです」

湖畔の静寂をかき乱す銃声。そのさなか、ぼちゃん、と鈍い音が立つ。水面に波紋が広がり、無人のボートだけが残される――

「弾を撃ち尽くすまでの数分なら、泳ぎが不得手な自分にも持ちこたえられると考えたのかもしれません。しかし水の冷たさと着衣の重さが弊害になり、ホルトさんは溺れてしまいました。どうにか目的を達成できた襲撃者は、湖畔から逃走します。そこに――セラフさんが現れた」

ちょうど津軽は水槽に近づいていた。生首の少女は、至近距離でガラス越しの人魚に微笑みかけた。

「自分の棲処で銃声が鳴ったのだから、様子を見にくるのは当たり前ですね。ホルトさんを発見した彼女は、その手首をつかんで猛スピードで泳ぎ、岩場に引き上げました。もうおわかりですね、彼女は溺れた人間を助けようとしたんです。しかし、ホルトさんはすでにこと切れていた。そして彼女が必死に揺り動かしたり、心音を聞いたりしているとき、執事さんたちが岩場にやってきたのです」

ホルト様に覆いかぶさって——食べようとしてるように見えたんです。庭師はそう証言した。だが、溺死した相手に覆いかぶさるのは、捕食するときだけとは限らない。

心肺蘇生を試みるときも、同じような体勢になるのではないか。

「この推理なら、銃を取りにきた人物が誰にも声をかけなかったことにも、眼鏡を持っていかなかったことにも、まくられていた袖の問題にも、オールのないボートにも、そこに残されていた靴と上着にも、遺体発見時の状況にも、すべて合理的な説明がつきます」

鴉夜は言葉を切った。メリングは話に聞き入り、書記官は必死にペンを動かしていた。セラフは同意も否定もせず、何かに怯えるような目で鴉夜たちを見つめている。

肩を揺らし、エイスティン卿が失笑した。

「襲撃者？　なんたる詭弁だ。いかにも負け犬にふさわしい妄想だ。やはり怪物なんかに発言を許すべきじゃなかったな。裁判長、弁護人の主張にはなんの物的証拠もありません」

「審問官の言うとおりです。弁護人、あなたはその主張を証明できますか？」

「ハッカのにおいです」

人魚と静句を除く法廷内の全員が、外国語のジョークでも聞いたかのように口を開けた。

「先ほど庭師のミュラーさんが証言してくださいましたよね。ボートに残されていた靴の中敷きからハッカのにおいがした、と。でも変じゃないですか。靴が水に浸ったなら、においは落ちるはずなんですから」

アニーの隣席で、ルールタビーユがぐっと身を乗り出した。

「この事件の問題は、途中で降りだした雨にあります。雨がボートに残されていた上着と靴を濡らし、どの時点から濡れていたかがわからなくなってしまった。しかしただ一ヵ所、靴の内側だけは雨の被害を免れました。靴底を上にして、伏せるような形で放られていたためです。その靴の内側から、ハッカの香りがしたわけです。この事実から、ホルトさんの靴は一度も水に浸っていないことが証明できます。したがって、殺害後に人魚が靴を移動させたという可能性が消えます。当然ですね。陸を歩けぬ人魚には、泳ぐ以外に靴を移動させる方法がないからです」

人魚が偽装工作を行ったという審問官側の主張が、崩れた。

エイスティン卿の顔に明らかな動揺が走った。彼はすぐさま問いかける。

「それだけか。君が出せる証拠は、たかがハッカのにおいだけか？」

「それだけで充分なんですよ。いいですか、靴が水に浸っていないということは、ホルトさんは水に入る前に靴を脱いでいたということです。靴を脱いでから水に入ったなら、彼のその行動は自発的なものだったはずです。そして偽装工作の可能性が消えた以上、靴も、上着も、その持ち主であるホルトさん自身も、最初からボートの上にいたとしか考えられません。つまりホルトさんは、オールのないボートから自発的に水に飛び込んだ、ということになります。泳げない彼がそんな行動をとったならば、よほど切羽詰まった状況にいたに違いない。そして、桟橋には銃が残されていました。湖畔に襲撃者がいた、という結論にならないほうがおかしいでしょう」

ペンを持つアニーの指先が、震えた。

弁護人は、綿密な下調べの末ここに立っているわけではない。今朝事件のことを知ったばかりだという。袖の件もしかり、彼女の弁論のすべては、朝刊の記事と審問官側の証人たちから得た情報だけをもとに展開している。

ミュラーがハッカのにおいに言及した瞬間、輪堂鴉夜はいまの推理を組み立てたというのだろうか。被告が冤罪《えんざい》である以上尋問には綻びが生じるはずだと確信していて、その綻びを拾いながら即興で謎解きを？

そんなことが、可能なのか。

可能なのかもしれない——首だけになってもなお生きる、不老不死の少女になら。

一方に傾きかけていた秤が、再び逆転していた。いまや矛盾を抱えたのは審問官のほうだった。

だが鴉夜の主張は、ひとつだけ大きな問題を抱えている。

議論はそこに立ち戻る。エイスティン卿は水槽に指を突きつけた。

「自白はどう説明するのだ。こいつが言っただろう、自分が殺したと！」

「論理にそぐわないわけですから、セラフさんが嘘をついたことになりますね。そして嘘をついたという事実から、犯人が導けるのです」

セラフが顔を上げ、目を見開いた。

「法廷において被告が嘘の自白をする理由は、二つしか考えられません。誰かをかばっているか、誰かに脅迫されているかです。人間社会と接点のないセラフさんに襲撃者をかばう理由はありませんから、今回は後者、脅迫のほうです。セラフさんには幼い娘がいたそうですね。たとえば真犯人が、セラフさんにこう言ったとしたら？『おれには仲間がいる。不利な証言をしやがったら、湖を端から端までさらって、娘を殺してやる』。彼女は我が子を守るために沈黙を貫くのではないでしょうか。そして真実が暴かれそうになったとき、とっさに嘘の自白をするのではないでしょうか」

「ダメ！」セラフが叫んだ。「ダメです、それ言うの」

「大丈夫、犯人は単独犯だよ。それに、ここには津軽がいる」

鴉夜の言葉に合わせ、津軽が水槽に笑いかける。どういう意味の励ましなのかはよくわからない。

エイスティン卿が進み出て、大げさな身振りを取る。

「何を言いだすかと思えば……。裁判長、弁護人の主張は完全に支離滅裂です」

「真犯人はわかっているんですか」

メリングはいまや鴉夜だけに集中していた。鴉夜は数少ない関節のひとつを動かし、うなずいた。

「犯人の条件は二つあります。ひとつ目は、ホルト氏の夕食後の習慣を知っており、かつ、書斎に銃があることを知っていた人物──つまり、ホルトさんと非常に親しい間柄の人物です。二つ目は、セラフさんを脅迫する機会があった人物です」

「やめろ！」

「それは誰でしょう？ 親しい人物の筆頭は奥さんやハウゲン先生ですが、彼らには不在証明《アリバイ》があります。外出していた使用人二名には、被告と接触する機会がありません。異形裁判には古い規定がありますからね」

あ──と、アニーは声を漏らす。

捕獲から開廷までの期間、被告は審問官を除き、何人とも面会能わず──

「とすると、二つの条件に合致する人間はこの世にたったひとりしかいません。彼はホルトさんの元生徒で、ごく親しい間柄でした。彼だけが密室でセラフさんを脅迫し、審議中も無言の圧をかけ続けることができました」

「黙れ。黙れ！」興奮のあまり唇に泡を浮かべながら、男がサーベルを抜いた。「裁判長！　こんなやつの言うことを信じちゃいけない。人魚が犯人です！」

「彼は〝獅子鷲殺し《グリフォン》〟の武勇伝の持ち主。ゆえに銃ではなく、使い慣れたサーベルを凶器に選びました。事件当夜、彼はサロンの個室にいたそうですが、抜け出して屋敷まで往復することは簡単だったはずです。サロンの従業員に聴取すれば、目撃証言や、個室で煙草を吸った形跡がないことがわかってくるんじゃないかな。動機は先ほど指摘したとおりシリエさんへの恋慕でしょう。人魚が誤認逮捕されたと知った彼は、得意の弁舌で彼女に罪を着せるため、審問官に名乗り出ました――」

やめろ!!　という声が轟いた。

少なくともアニーにはそう聞き取れたが、実際のところ、それはほとんど言語としての体をなさない奇声に過ぎなかった。

ブーツの底が床を蹴り、雷撃のようなパーシアンレッドの影が、唖然としたシリエ・ホルトの前を横切る。

コートの袖に肉が隆起し、鍛え抜かれた構えから、サーベルの刺突が放たれる。銀色の切っ先が、青髪の男に抱えられた輪堂鴉夜の眉間を狙う。

ひょい――と、一斤パンでも放るように、生首が宙に浮いた。

真打津軽は大きく身をひねり、サーベルをかわした。群青色のコートがはためき、次の瞬間、エイスティン・ベアキート卿の身体は、特急列車の車輪にでもくくりつけられたような勢いで反転していた（あとからルールタビーユと話し合った結果、真打津軽は後ろ回し蹴りのようなものを繰り出した、ということで意見が一致した）。

審問官は猛烈な音を立てて床に倒れ、こぼれ落ちたサーベルも主人に続く。

一回転を終えてから、津軽は落下してきた鴉夜の頭部を受け止めた。

「もっと丁寧に扱え」

「床に放るよりゃマシでしょう」

メイドの女——静句がすぐにやってきて、乱れた鴉夜の髪を整える。

誰もが静まり返る中、鴉夜は気絶した男へ話しかけた。

「自白と受け取っていいかな、エイスティン卿。……エイスティン卿？」

「ああこれならあたくし知ってます。黙秘権ってやつだ」

「裁判長。審問官が犯人でかつ弁護人を殺そうとした場合の罰則規定は、異形裁判にありますか」

「ありませんよ」メリングは顔を青くしつつ、笑った。「こんな裁判は初めてです」

「では、あなたが判例を作ってください」

反対尋問を終わります、と鴉夜は律義につけ加える。

直後、抑えていた恐怖をあふれさせるように、法廷に嗚咽が響きわたった。

セラフが涙を流していた。

7

扉が開け放たれ外気が取り込まれてもなお、裁判所の玄関ホールには人々の熱気がこもっていた。

街の住人たちは三、四人ごとに島を作り、ある者は嘆き、ある者は興奮しながら、公判の感想を語り合っている。記者のひとりが「人魚が湖に戻されるらしい」と情報を仕入れてきて、手帳を構えた男たちは裏口への大移動を始めていた。ムンクという画家は連行されるときエイスティン卿が見せた絶望の表情について、連れの女性に熱弁を振るっている。

「リンドウさん——アヤ・リンドウさん！」

そんな大人たちを押しのけながら、アニーは《鳥籠使い》に駆け寄った。異形裁判の歴史を塗り替えた探偵一座は、その功績と裏腹に、群衆にまじって建物を出ていこうとしていた。

「誰だ君は」

「パリの《エポック》紙の記者、アニー・ケルベルです」

る。

「ふーん」

反応が薄かったので、アニーは逆に驚いてしまう。「どうした」と鴉夜に尋ねられ

「いえ……大抵の人は、その若さで？　とか聞いてくるので」

「私から見れば全人類が若いからな」

ふはっ、と津軽がふき出した。鳥籠が揺れ、鴉夜が「こら」と文句を言う。静句というメイドは無表情のまま背後に控えている。三者三様がおかしくて、つられてアニーも笑ってしまった。

アニーの中で目標が固まったのは、おそらくこの瞬間だった。

彼らの仕事を追いかけたい。《鳥籠使い》を取材し続けたい。

彼らの旅路の先にはきっと、世界をひっくり返すような嵐が待ち受けているから。

「で、パリの記者がなんの用かな」

「そのう、少しだけインタビューを」

「よかったですね師匠、新聞に載りますよ」

「喋る生首を記事にしても信じてもらえないと思うが」

「そうなんですけど、とりあえずインタビューを……。裁判の内容はいかがでしたか」

「津軽の小噺を聞くよりはましな時間を過ごせたな」

「逮捕されたエイスティン卿に対して、何か一言」

「斬りかかってきたことは気にしてないと書いてくれ。私は斬られても死なないからね」

記事にできそうなコメントではなかった。なかなか扱いづらい取材対象だ。アニーは矛先を変える。

「弁護を思い立ったのは、やはり異形差別に反対しているからでしょうか？」

「そんな立派な理由じゃない。ただ新聞を読んで、彼女はやってないと確信したからだ。ああ、そういえば裁判ではそのカードを切り忘れたな」

耳を疑ってしまった。切り札を残したまま勝訴したということか。

「そこ、あたくしも気になってました」と、津軽。「なんで人魚さんがやってないって思ったんです？」

「遺体が岩場で見つかったからだよ」

首をひねった津軽に、アニーも同調する。

少女の見た目をした不老不死は、桜色の唇をほころばせ、若者二人に説明した。

「おまえたちは人間の視点で考えているからわからないんだ。人魚にとって水中は自分の家も同然。人をさらって食べるなら、水に潜ればいいだけの話じゃないか。そうすれば誰にも見つけられないのだから。わざわざ岩場に上がっていたということは、人間に息をさせようとしていたからさ。彼女は無罪だよ。私には最初からわかっていた」

答え合わせ

荒木あかね

Message From Author

作家になってからというもの、言葉の持つ力について考えない日はありません。この「答え合わせ」という作品は、思いを言葉にして相手に伝えることの尊さを、ミステリーの形式を用いて表現したいという考えから出発しました。試行錯誤しながら書き上げた作品を本格王に選出いただき、とても嬉しく思います。

主人公・冬馬とともに、謎のメッセージの答えを探しながら読み進めていただければ幸いです。

荒木あかね（あらき・あかね）
1998年、福岡県生まれ。九州大学文学部卒業。2022年『此の世の果ての殺人』で第68回江戸川乱歩賞を受賞しデビュー。23年刊の『ちぎれた鎖と光の切れ端』が同年の各種ミステリランキング入りするなど、デビュー直後から注目されている。

ふと顔を下に向けると鮮やかな赤が目に入った。

膝の上に置いた手が、コートの袖が、血でべったりと汚れている。俺が怪我をしているわけじゃない。全部、彼の止血をしているときに付いたものだった。

車体の揺れが伝わらないよう、カーブに差し掛かる度に一人の救急隊員がストレッチャーを押さえつけていた。マットレスに身を横たえた彼は、血の気の失せた真っ白な顔をしている。俺は唇を強く嚙み締めながら、救急病院に着くまであとどれくらいかかるだろうかとばかり考えていた。

後部座席の窓には目張りが施されているため、外の景色を見ることはできないが、きっと今も空は厚い雲に覆われているのだろう。日本海側を中心に強い寒波が次々と襲来して、新潟は例年以上の大雪に見舞われた。消雪パイプによる処理では追い付かず、上越市の幹線道路には灰色の雲が多く残っている。救急車は凍結した道路を慎重に走っていた。

彼を発見したのは、つい十五分ほど前のこと。彼は広い庭で、首から血をだらだらと流して倒れていた。出血性ショックを起こしたのか脈拍も呼吸も弱くなっていたが、しかしまだ意識があった。薄く瞼を開くと、呂律の回らない口で『冬馬《とうま》』と俺の名前を呼んだのだ。

彼の声は不明瞭だったが、俺にはこう聞こえた。

『とうま……からだを……たいせつ……に』

『だいす……きだよ』

――冬馬。身体を大切に。大好きだよ。

もっと他に言うべきことがあっただろ、と俺は呆れた。と同時に、実に彼らしい言葉だなとも思う。

彼の右側頸部――右耳の五センチほど下には、ボールペンが深く突き立てられていた。出血の恐れがあるためか、未だに抜かれていない。そんなものを自分で刺したとは到底思えなかった。明確な殺意を抱いた誰かにやられたのだ。

血の繋がらない息子に「大好きだよ」などという生温かい言葉をかけるくらいなら、せめて刺した犯人のヒントくらい残してくれればよかったものを。

「最後まで父親のふりをしてくれるのか？」

付き添い用のベンチシートから身を乗り出し、意識のない彼に向かって囁くような声で問いかける。無論返事はない。

律儀な人だった。嫌な顔一つせず、俺の父親の役割を精一杯演じてくれていた。俺たちが生活を共にしたのは、たった七年ぽっちだったのに。

＊

俺が生まれ育ったのは、佐渡島の北西海岸に位置する、相川という小さな町だった。

物心ついた頃には父親の姿はなく、母一人子一人の家庭だった。地元の物産会社で事務員をしていた母は底抜けに明るく陽気な人で、俺は片親であることに対して不満や寂しさを覚えたことなど一度もなかった。

ずっとこのまま、母と二人きりで暮らしていくのだろうと信じて疑っていなかった。だから中学三年の春、母から「結婚を考えている人がいる」と告げられたときは少なからず驚いた。

「冬馬も、一度赤羽《あかばね》さんと会ってみてほしい」

赤羽順平《じゅんぺい》というその男は、新潟本土の人だと母は言った。母が本土に頻繁に出かけている様子などなかったから、二人は一体どうやって付き合っていたんだろうと当時の俺は不思議に思った。

その年のゴールデンウィークに三人で食事をすることになり、俺は母とともに小木港から上越市の直江津《なおえつ》港へと渡った。待ち合わせ場所のレストランに向かうと、赤羽順平は既に店の中で俺たちを待っていた。にこやかな笑みを貼り付けた彼が振り返って手を振ってきたときのことを、今でも鮮明に覚えている。

彼は上越市にある県立高校で数学の教諭として働いていた。母とは友人の紹介で知り合ったらしい。彼は俺のことを「冬馬くん」と呼び、気安い口調で話しかけてきた。

「冬馬くん、今受験生なんだろう。勉強は大変?」

「……うん」

「バレー部に入ってるんだってね。香織《かおり》さんから動画、見せてもらったよ。すごくかっこよかった」

「うん、ありがとう」

「高校に入っても続けるのかい?」

「はあ、たぶん」

母から事前に「赤羽さんには敬語を使わなくていいからね」と言われていた。多感な中学三年生の男子が初対面の大人に向かってタメ口を利くのは難しい。それでも母のためならば、と必死だった。だって、俺が彼に嫌われてしまったらきっと母に迷惑をかける。

皆がメイン料理をあらかた食べ終えたところで、彼の携帯電話に着信があった。職場から何か連絡が入ったらしい。彼が携帯を片手に「ちょっと失礼」と席を立った瞬間、俺は深く呼吸した。そのときになってやっと、自分が彼を前にひどく緊張していたことに気づいたのだ。一方母は暢気なもので、彼が席を外している間、デザートのアイスクリームを勝手に三人分注文していた。

やがてバニラアイスがテーブルに運ばれてきた。折よくテーブルに戻ってきた彼に向かって、母が言った。

「アイス、来たよ」

すると彼は少し面食らったような顔をして、「うん、俺も大好きだよ」と言う。母はぽかんと口を開けた。

「どうしたの、いきなり。わたしは『アイス来たよ』って言ったんだけど……」

母の「アイス来たよ」は、彼が不在の間にアイスクリームが配膳されたことを知らせるための言葉だったのだが、どうやら彼はそれを「大好きだよ」と聞き違えたらしい。何とも間抜けなその聞き間違いに気づいた途端、彼も母も大笑いし始めた。

人は他人の話を聞くとき、相手が今から何について話そうとしているのか、無意識のうちに過去の経験や記憶などと照らし合わせて予測している。そして、その予測の範囲内で会話が行われるものだと思い込んでいるのだ。人はこの思い込みのために、想定外の言葉が発された場合に聞き間違いを起こす。つまり、初めて聞く言葉や耳馴染みのない言葉、予想外の言葉は聞き間違えやすいと言えるだろう。

あのとき、母がアイスクリームを注文していたことを知らなかった彼にとって「アイス来たよ」という台詞は全く予想外のものだった。だから正しく認識できなかったのだろう。

食事を終えた後、俺と母はまた佐渡へと向かうフェリーに乗った。彼はフェリー乗り場まで見送りにきて、長いこと手を振っていた。

甲板の手すりにもたれかかり風に当たっていると、いつのまにか母が隣に立っていた。母は「赤羽さんと家族になりたい」と言った。

「冬馬のためにも、いいことだと思う。もちろん、冬馬が反対するなら結婚しないよ」

初対面の大人と二時間食事するだけでも苦痛で堪らないのに、いきなりそいつと家族になれだなんて、冗談じゃない。俺は嫌だ。嫌だ。俺のためと言うのなら、誰とも再婚しないでくれ。そう叫びたくなるのをすんでのところで堪えた。

「俺は大丈夫だよ」

母の人生だ。好きにすればいい。でも一言、「ごめんね」と謝ってほしかった。

母と彼が結婚したのはそれから約一年後。佐渡のアパートを引き払って、二人は上越市に中古の家を買った。俺は本土の高校に入学した。

継父《けいふ》と暮らすようになってから、主に母と彼との間で「アイス来たよ」という符牒が度々使われるようになった。母はときどき俺にも「アイス来たよ」と言った。継父も俺に向かって冗談っぽくそれを言うことがあったが、俺が二人の習慣に倣うことは一度もなかった。

しかし、その馬鹿馬鹿しくも幸せな合言葉はすぐに使われなくなった。母が夏に死んだからだ。

その日、母は日が落ちてから「洗剤を買い忘れてた」と言いだして、近所の薬局へと向かった。継父はまだ仕事中で、学校から帰ってきていなかった。

暗い交差点だった。母の車は、スピード超過で右折してきたトラックに衝突された。母と彼との結婚生活はたった三ヶ月で終わりを迎えたのだ。

二人が再婚に踏み切ったのは、俺がもう大きかったからだと思う。あと三年もすれば高校を卒業する。大学生になってから一人暮らしでもさせれば、夫婦二人きりで過ごせるようになる。そう考えていたはずだ。けれど継父には血の繋がらない息子だけが残された。

母抜きではまともに会話もできないような間柄だった。家族と呼べるような関係を築けてはいなかった。しかし継父は、俺と共に暮らし続けることを決めた。

「当然じゃないか」と彼は言った。「香織さんがいなくなっても、俺が冬馬の保護者であることに変わりはないよ」

心の中ではこんなことなら養子縁組なんかしなけりゃよかったと後悔していただろうが、おくびにも出さなかった。本当に律儀で、真面目な人だった。

母の初盆の法要は上越の自宅で行われた。母方の親戚も赤羽の親戚も、ほんの数名しか参列しなかった。結婚するとき彼の方が母の籍に入っていたので、継父はもう赤羽ではなく、俺と同じ清水《しみず》姓を名乗っていた。

読経が終わると客間で会食が始まった。継父はある程度時間が経つと「冬馬は勉強してきなさい」と俺を追い出した。今思えば、俺が居心地悪そうにしているのに気づいてくれたのかもしれない。仏壇のある和室に逃げ込み、俺は一人、市民図書館で借りた本を読んでいた。

客間の方から、知らない大人たちの話し声が微かに聞こえてくる。小一時間ほど経って、継父が部屋に顔を出した。彼は仏壇の前に設えられた白提灯と盆棚に目を向けたまま、俺に話しかけてきた。

「夏休みの課題は終わったのか？　数学なら教えるよ」

「もう全部やった」

「そうか」

しばらく沈黙が続いた後、また彼は口を開く。

「何の本を読んでるんだ？」

「ジョン・アーヴィングの『ガープの世界』。もう読み終わる」

「どんな話？」

看護師の母と、重傷を負って寝たきりとなった兵士との間にできた子ども、T・S・ガープの一生を描いた小説である。「あらすじを説明するのが難しい」と答えると、継父はさらに質問を重ねた。

「じゃあ、印象に残ってる場面は？」

印象に残っているのは、物語の後半。ガープが飛行機の中で息子のダンカンと会話するシーンだ。ダンカンは父ガープとともに、幼い頃の思い出話――ウォルトと引き波の話をする。ウォルトとはガープの次男、つまりダンカンの弟である。

ガープ家は毎年、夏になると海辺の町に出かけていた。ある夏の日、幼いウォルトが浜辺でよちよち歩きをしていると、兄のダンカンがこう注意した。

――引き波に気をつけろ。(Watch out for the undertow.)

「引き波《アンダートウ》」という言葉を知らなかったウォルトは、それを「水中のヒキガエル《アンダートウド》に気をつけろ」と聞き間違えた。ガープと妻のヘレンはその可愛らしい聞き間違いを大層気に入って、家族の間だけで通じる合言葉として「ヒキガエル」を使うようになっていく。

そんなことを適当に説明していたら、継父の暗い瞳にみるみるうちに涙が溜まっていった。彼は静かに言った。

「引き波とヒキガエルか。可愛い聞き間違いだな」

「うん」

「まるで、うちの家族みたいだ」

やがて彼の目の縁から涙が一粒零れ落ちた。俺は言いようのない怒りが腹の底からこみ上げてくるのを感じていた。俺の方が母と長く過ごしていたのに、どうしてほんの少しの間だけ恋人だった男が俺を差し置いて泣いているのだろう。図々しいと思った。

継父は泣きながら俺の背中を擦っていた。何もかも逆だろ、と叫びだしたくなったが、口にも態度にも出さなかった。

*

消音装置が作動しているためか、救急車の中は案外静かだった。意識を目の前に戻すと、人形のように真っ白な顔をした継父が先ほどと寸分変わらぬ姿勢で横たわっている。瞼は固く閉じられたままだった。

救急車が発進してから恐らく三分も経っていない。一人の救急隊員が、車内に搭載された電話に向かって何やら捲し立てていた。消防本部に詰めている当番医に指示を仰いでいるようだが、それほど継父が重体だということだろう。

そうか、彼はもうすぐ死ぬのか。

大晦日に死んでくれるのは助かるな、などとぼんやり考えた。通夜も葬式も、長期休みの間に終えられる。

新潟市内の市立中学で国語教師として働き始めて、四年目になる。今年度、俺は初めて三年生のクラスを受け持っていた。今は受験シーズン真っ盛り。年が明ければすぐに私立高校の受験日がくる。忌引き休暇で穴を開けるわけにはいかなかった。

仮にも保護者だった男の今わの際に、真っ先に仕事のことを考える俺は薄情者なのだろう。喪失感はほとんどなく、頭の中はむしろ疑問符で埋め尽くされていた。

なぜ継父は襲われたのだろう。人当たりがよく誠実な人だ。少なくとも、首にボールペンを刺されるほどの恨みを買うような人間ではない。職場の人間関係でトラブルが起こったという話は一度も聞いたことがないし、先日電話をしたときも何か悩んでいるような素振りはなかった。

継父は今も上越の家に一人で住んでいる。元より地域との関わりが薄いので、ご近所トラブルが暴力沙汰に発展するということもないはずだ。思い返してみれば、隣に住んでいる道間《どうま》一家——道間孝文《たかふみ》・美佳《みか》夫妻と二人の子どもの四人家族とはそこそこ交流があったような気がするが、彼らとの間で揉め事があったという話も聞いたことがなかった。

職場の人間でも近隣住民でもないとなれば、やはり犯人は身内に潜んでいるのだろうか。母の死後俺を引き取ったせいで、継父は赤羽の親戚との折り合いを悪くしていたようだった。

このまま継父が死んでしまったら、きっと警察の捜査は行き詰る。本来ならば最も深い繋がりを持っているはずの息子が、彼のことを何も知らないのだから。継父の交友関係や犯人の心当たりについて刑事に尋ねられたとしても、俺は恐らく碌に答えられないだろう。

気づけば俺は腕を伸ばし、継父の手を握っていた。彼が手袋を着けているせいで体温を感じることさえできない。

継父の最後の言葉——彼が息も絶え絶えに絞り出した言葉が脳内で繰り返し再生される。

冬馬。身体を大切に。大好きだよ。

大好きだよという台詞は、あの日のレストランを思い起こさせた。明るく賑やかな店内。テーブルに美しく並べられた白い皿。グラスを持つ手が震えるほどの緊張感と、楽しそうに笑う母の横顔。そして、「アイス来たよ」を「大好きだよ」と聞き間違えた継父の、きょとんとした顔が瞼の裏に浮かぶ。

「間抜けな聞き間違いだったたな……」

そう呟いたとき、一つの考えが突如として頭に浮かんだ。俺が彼の最後の言葉を聞き違えたという可能性はないだろうか。

継父はこの上なく善良な人間だと思う。俺の前では常によき父親の仮面を被り、そのように振る舞ってくれていた。しかし、死を迎える直前まで完全無欠に生きることができる人間など、果たしてこの世にどれだけ存在するのだろう。

「身体を大切に」も「大好きだよ」も、なかなか美しい言葉である。だが何者かによって襲撃され瀕死の状態にある人間が、そんなどうでもいい台詞を一心に伝えようとするだろうか。俺なら、自分の首にボールペンを突き立てた犯人の名前を一番に伝えたいと思うはずだ。

継父は本当は、彼を襲った犯人についての重要な手がかりを口にしていたのではないだろうか。つまり、あの言葉はダイイングメッセージだったのではないか。それを俺が聞き間違えていたのだとしたら、今すぐにその間違いを正す必要がある。

救急車が交差点を曲がり、車体が大きく揺れた。継父の手を強く握り直しながら、俺はあのとき聞き取ったメッセージを頭の中の黒板に書き込んだ。

とうまからだをたいせつに
だいすきだよ

「引き波」を「ヒキガエル」と聞き間違えるように、「アイス来たよ」を「大好きだよ」と聞き間違えるように、人が聞き間違える言葉とその元の言葉は大抵よく似ている。俺が間違って聞き取った台詞と継父が実際に発していたダイイングメッセージも、きっと音韻やアクセントの位置などが似通っていたはずだ。

目を瞑って継父を発見したときの様子を思い浮かべてみる。あれがどんなふうに聞こえたのか、正確に思い出さなければならない。

「年末くらい顔を見せてくれ」と彼から連絡をもらったのは、ちょうど一週間前の日曜日。そして今日――十二月三十一日の昼過ぎに車を出して、新潟市の自宅から一時間半ほどかけて継父を訪ねた。就職を機に家を出てからというものできるかぎり継父の元には寄りつかないようにしていたので、実に二年ぶりの帰省だった。

上越の家は冬場の雪かきをスムーズにするため、塀や門扉、フェンスなどの囲いを設置しないオープン外構という様式を取っていた。向かって左側にカーポートと玄関があり、その隣には開放的な庭が広がっている。

俺は家の前に車を停めながら、漠然とした不安に襲われた。敷地内にはたくさんの雪が残っていた。特にカーポートの入口には、五十センチほどの高さの雪が積もっている。

先日電話をしたときは「冬馬の車が停められるように、家の前は綺麗にしておくから」と言っていたのに、どうして雪が積もったままなのだろう。俺が約束より少し早い時間に到着したせいで、雪かきが間に合わなかったのだろうか。

車から降りてすぐ、不安は最高潮に達した。一面真っ白に染まった庭を横断するように、二、三メートルほどの長さの赤黒い線が一筋走っていたのだ。それは血痕だった。大量の血液が、庭の白い雪を染め上げるように飛び散っていた。

血痕の先には人影があった。分厚いコートを着た継父が、雪に塗れて仰向けに倒れている。その傍らには除雪機が放置されており、電源が切られていないのか、エンジンの低く唸る音が駐車スペースにまで届いていた。

慌てて庭へと駆け出し継父の傍に跪いた俺は、そこで初めて、彼の右側頸部にボールペンが深々と突き刺さっていることに気づいた。

声をかけてみても反応はなく、目を瞑ったままか細い声で呻くだけだった。俺はその場でスマートフォンを取り出し通報を済ませ、家の中からありったけのタオルを持ってきた。傷口からはだらだらと血が流れ続けている。刺傷を塞いでいる凶器を引き抜いてしまうと大量に出血する恐れがあるとミステリ小説か何かで読んだことがあったので、ボールペンには触らず、タオルで患部の周りを固定した。

呼吸と脈が弱い。すぐに救急車のサイレンが近づいてきたが、俺はパニックになっていたと思う。肩を擦りながら呼びかけ続けていたら、継父が薄く目を開けた。

視線がかち合う。瞬間、彼は唇を動かした。

「とうま……からだを……たいせつ……に……」

「無理して喋らなくていい。大丈夫だ、もうすぐ助けが来る。大丈夫だよ」

肩を擦りながらそう言うと、彼は目を見開き、微かに首を横に振った。苦しげな表情で言葉を続ける。

「だいす……きだよ……」

——改めて振り返ってみれば、聞き取りに不安を覚える。つい先刻までは「大好きだよ」とはっきり聞こえたような気がしていたが、実際のところ語尾は掠れていたようにも思える。終助詞の「よ」は、俺が無意識のうちに付け加えたのかもしれない。

俺は黒板に書き記した「だいすきだよ」の、「よ」の部分をクリーナーで消した。

妙な感じがする箇所は他にもあった。

重傷を負って荒い呼吸をしている人間の声が途切れ途切れになるのは仕方がない。ただ、言葉を区切る場所がどうにも引っかかるのだ。人は「大好きだ」と言うとき、最も重要な意味を表す「大好き」という部分は一息に言うものではないだろうか。しかし彼のダイイングメッセージの場合、「だいす」と「きだ」の間には小休止があった。同様に、「大切」と「に」の間にも不自然な空白がある。

俺はチョークを握り直すと、言葉が途切れていた部分に斜線を引いた。

とうま／からだを／たいせつ／に
だいす／きだ

「身体を」「大切に」と「大好きだよ」、これら二つのフレーズを聞き違えているのなら、「身体を」だって自信がない。恐らく「冬馬」の部分は正確に聞き取れているはずだが、逆に言えば「冬馬」以外の全てのフレーズが曖昧で、不確かだった。

継父は俺に呼びかけた後、本当は何と言っていたのだろう。

「俺に何を伝えたかったんだよ」

そっと問いかけてみても、ストレッチャーの上の継父は苦しそうに眉根を寄せるだけだった。ならば、俺が彼のダイイングメッセージを再構築するしかない。

しかし俺にできるだろうか。彼と心を通わせることすらできなかったくせに、聞き違えた言葉から真意を読み取ろうだなんて、あまりにも無謀な試みだろう。

それでも俺がやらなければならない。手がかりを持っているのは俺だけなのだから。

俺が彼を刺した犯人を見つけるのだ。

＊

継父を襲う可能性のある人物として、俺が最初に思い浮かべたのは赤羽弓枝《ゆみえ》だった。継父を忌み嫌う数少ない人物であり、彼の実姉である。

赤羽弓枝は新潟市内の工務店で、社員大工として働いている。幼少の頃から建築関係の仕事に携わることを夢見ていた弓枝は、ほとんど女子生徒のいない工業高校の建築科を卒業して大工になったのだという。「姉ちゃんは意志が強いんだ」と継父が誇らしげに言うのを何度か聞いたことがあった。

昔は仲の良い姉弟だったのだと、継父は少し寂しそうにこぼしていた。しかし、弓枝は継父と俺の母との結婚に難色を示した。そして母が死に、継父が連れ子を引き取ることを決めてからというもの、関係はさらに悪化していった。

高校二年の秋。部活から帰ると家の前に大きなバイクが停まっていた。継父は車しか持っていなかったので不審に思い、音を立てないよう慎重に玄関ドアを開けると、リビングの方から何やら言い争う声が聞こえてきた。

「あんたが面倒見る必要はないでしょ」

俺はほとんど弓枝と話したことはなかったが、それが彼女の声だとすぐにわかった。「姉ちゃん、しつこいよ」と返すのは継父の声。

「何度もこの話はしただろ」

「こっちに何の相談もせず、あんたが勝手に決めただけじゃん」

「姉ちゃんに伺いを立てる必要はない」

「自分勝手すぎる。あの子だって、他人と暮らしてたら息が詰まるんじゃないの？」

「俺は冬馬の保護者だ」

名前を出された瞬間、全身の筋肉が硬直した。――二人は俺のせいで言い争っている。

「本当に馬鹿じゃないの。あんたのそれは優しさでも何でもなくて、ただのかっこつけだよ。誰にアピールしてんだか」

「は？」彼の声が震えた。「何が言いたい？」

「香織さんはもう死んだのに、どうして取り繕う必要があるのって訊いてるんだよ」

「取り繕ってない」

「いいや、あんたはいつも人の顔色ばかり窺ってる。結局、世間体が一番大事なんだ」

「俺は、俺がこうありたいと望む自分でいたいだけだよ」

弓枝は鼻で笑った。「いつかボロが出るさ」

耳を塞ぎたくなるような口論が続いて、俺はこっそり玄関を出た。三十分ほど家の周りをウロウロして帰ってきたらカーポートからバイクが消えていたので、ようやく中へ入る。継父はダイニングテーブルに着いてお茶を飲んでいた。目が合うと、

「遅かったじゃないか」

しばらくの間黙って見つめ合っていたが、そのうち沈黙に耐えきれなくなった。俺は宙を仰いで言った。

「卒業したら家を出るよ」

彼は全てを察したようだった。「少し話をしよう」と俺を向かいの椅子に座らせる。

「前から言おうと思ってたんだが、冬馬、大学は家から通えるところにしてもいいんじゃないか?」

高一のときに提出した進路希望調査票は、すべての欄を県外の大学で埋めていた。早く大人になって一人暮らしをして、自由になりたかった。

「冬馬の成績なら近くの国公立大学も狙えるだろ。あそこなら教育学部もあるし……」

「お金のこと?」

被せるように問いかけると、彼は「えっ?」と目を丸くする。

「俺は母の保険金なんか、当てにしてません」

冷たく尖った敬語がするりと口から出てきた。再び重い沈黙。たっぷり十秒ほど経

って、継父はやっと口を開いた。

「冬馬のことが心配なんだ。一緒にいたい」

「……いつもそうやって聞こえのいいことばっかり。本当は出て行ってほしいくせに」

「そんなこと思ってないよ。ごめんな、俺が態度で示せていないんだろうな」

テーブルに肘を突き、身を乗り出す。

「人は人の心を覗けない。冬馬に、俺の心の中を見せてやることはできない。でも俺が冬馬にとっていい保護者でありたいと願っているのは事実だし、それらしく振る舞っているつもりなんだよ。それでも安心できないかな」

俺が首を横に振ると、継父は「じゃあ、もっと頑張るしかないな」と笑った。

結局、俺は上越の家から通える大学に進学した。俺と継父との共同生活が継続することとなり、いよいよ姉弟仲は悪くなっていった。継父から直接聞いたことはないが、赤羽弓枝は俺が不在のときを狙って上越の家を訪問し、継父に嫌味を言っているようだった。

＊

赤羽弓枝、と脳内の黒板に書き加える。もし弓枝が犯人だとしたら、聞き間違えたダイイングメッセージの中に彼女の名前や特徴などを表す言葉が紛れていた可能性が高いが、ざっと見たところ「あかばねゆみえ」と音韻、アクセント、音の長さなどが近い箇所は存在しなかった。

「とうま」は俺への呼びかけだ。であれば「からだを」以降が、継父の残したダイイングメッセージということになる。

文頭に来るのはやはり、継父が一番伝えたがっている重要なフレーズだろう。息絶える前にどうしても言い残さなければならないと判断された、最も優先順位の高い情報である。例えば、犯人の名前。

俺と継父の共通の知人の中に、下の名前で呼び合うような間柄の者はいない。継父が俺に犯人の名前を告げようとする場合、フルネームもしくは苗字で言い表そうとするはずだ。苗字を口にしていたのなら恐らく「からだを」の部分がそれに当たるし、フルネームの場合はもう少し長くなって「からだを/たいせつに」のあたりが呼応するだろう。いずれにせよ、「からだを」は犯人の苗字ということになる。

思考の過程をまとめるように、気づいたことや疑問点などを黒板に書き殴っていると、

「わかんないです」

背後で一つ声が響いた。振り返ると、そこには見慣れた光景が広がっていた。雑然

と並べられた机、埃っぽい床。三年四組の教室には、三十二名の生徒たちが一人も欠けることなく揃っていた。教卓の上には現代文の教科書が載っている。

声を上げたのは山里という男子生徒だった。国語の成績は振るわないのだが、いつも積極的に質問をしてくれるので、授業を進行するにあたっては頼りになる生徒だった。

山里は黒板を指差しながら、もう一度「わかんないです」と言う。

「どこがわからないんだ？」

「清水先生の予想では、『身体を大切に』のあたりで犯人の名前を言ってるんでしょ？　じゃあ、その後に続く『大好きだ』は何になるんですか？　先生のオトウサン、犯人の名前の他にも、何か伝えたいことがあったってことですか？」

チョークを置き、腕を組む。この問題に関しては俺にもわからないことだらけなのだが、できるだけわかりやすく、今把握している情報をまとめてみよう。

「犯行現場に倒れていた継父を発見したときのことを、じっくり思い返してみたんだよ。あのとき継父は、俺の姿を認めるとすぐに『冬馬、身体を大切に』と言ったんだ。そして俺が『無理して喋らなくていい』と応えると、一度首を横に振り、焦れたように続きの言葉を発した。

恐らく継父は、最初に犯人の名前を口にしたんだろう。ところが俺が『無理して喋

らなくていい』などと全く意図を汲み取っていない受け答えをしたために、焦っても
う一度口を開いた。だから『大好きだ』という後半部分は、前半を聞き取れなかった
俺にさらなる犯人の特徴を伝えるための追加情報なんだと思う」
山里は首を捻りながら「……なるほどぉ」と呟いた。
「じゃあ先生、その追加情報の方から先に考えましょうよ」
山里の代わりに手を挙げたのは、高砂という女子生徒である。俺が顧問を務めてい
る、かるた部のエースだ。普段は大人しいのだが、授業中に指名するとたまに核心を
ついた意見をくれることがある。
「『大好きだ』って形容動詞ですよね。ってことは、元の言葉も形容動詞だったんで
しょうか？」
「そうと決まったわけじゃない。聞き間違いというのはときに、複雑な変化を起こす
場合があるからな」
クラス委員の宮沢が質問を重ねる。
「複雑って？　例えばどんな？」
「昔、俺の継父は『アイス来たよ』を『大好きだよ』と聞き間違えたことがあるんだ
が、これは結構、込み入った変化をしているんだ。『アイス来たよ』を形態素解析し
て品詞を判別すると、『アイス』は名詞、『来た』はカ行変格活用動詞の夕形、『よ』

は終助詞となるが、一方『大好きだよ』は形容動詞の『大好きだ』と終助詞の『よ』に分解される。変換元と変換後では、単語数も品詞の種類も異なっているだろう」

聞き間違いに一定のルールはない。俺が形容動詞『大好きだ』と聞き間違えたからといって、元の言葉が似たような形容動詞である保証はどこにもなく、変換のパターンは無限に広がっているのだ。これは骨が折れるぞと溜息を吐いたそのとき、後方の列に座っていた男子生徒がひらりと手を挙げた。

「はーい、先生。『アイス来たよ』を『大好きだよ』に聞き間違えるんなら、逆もあるんじゃないですか？」

意見したのは中村という男子生徒である。クラスで一番成績がよく、二学期の期末テストでは学年一位をとっていた。

「清水先生はオトウサンが『大好きだ』って言ってるように聞こえたんですよね？」

「ああ」

「実はその『大好きだ』ってメッセージ、『アイス来た』みたいな感じで、元は名詞と動詞を組み合わせた文節だったんじゃないですか？」

そうか、と俺は膝を打つ。

もしも俺が聞き間違えた「だいす／きだ」のオリジナルが、「アイス／来た」のように三文字の名詞と動詞のタ形を組み合わせたフレーズだったとしたら、継父が「だいす」と「きだ」の間に空白を作るようにして喋ったことに説明がつく。

「名詞と動詞の組み合わせか。確かに、あり得るかもしれないな。もし『きだ』の変換元の動詞が、語幹が短く、かつその母音が『i』である動詞であると仮定すると、『来た』、『見た』、『行った』など一気に目撃証言らしいダイイングメッセージになる」

おお、と教室がどよめいた。

「じゃあ、残った『だいす』について考えてみよう。ここに当てはまる名詞を探すんだ。音韻が共通するならば、継父は『a』、『i』、『u』の母音を持つ三文字の名詞を口にしていたはずだ」

詩人かラッパーならば韻を踏む単語を即座に思いつくのだろうが、残念ながら俺はしがない国語教師だ。五十音表を思い浮かべて総当たりしていくしかない。あ、い、う、という順番で口を動かしながら、母音の共通する普通名詞を並べていく。

生徒たちは、思いつく限りの候補を次々と出していった。山里は「ライス！」と叫び、宮沢は真面目な顔で「マイク」と呟く。

合図。アヒル。パイプ。大工。

「大工、か」

継父と不仲であった実姉の職業は大工である。もし「だいす／きだ」のオリジナルが「大工、来た」だったとしたら。継父は、大工つまり赤羽弓枝が犯行現場にやってきた人物であると伝えようとしたのではないだろうか。

しかし、高砂が不満そうに唇を歪めた。

「不自然じゃないですか？」

「そうだな。一応筋は通るが、少々不自然だ。赤羽弓枝が犯人であることを示そうとする場合は、その職業よりも姉弟という関係性を優先して伝達すべきだろう。『姉が来た』、『姉がやった』、『犯人は俺の姉だ』などと言えば、一発で伝わるのだから。最も重大で伝えやすい情報を無視して犯人の職業に言及するとは考えにくい」

少しずつ前進しているように思えていたのに、また行き詰った。

やはり俺には無理だと嘆きたくなるのをぐっと堪えて、自分自身に言い聞かせる。あのときのことを思い出せ。雪に横たわる継父の姿を目にしたときのことを。周囲の状況や彼の浮かべていた表情こそが、俺の読み取るべき文脈なのだ。

一面の雪と、一直線に飛び散った血痕。――継父の傍に除雪機が置かれていたということは、まさに除雪作業を始めようとしていたところを襲われたのだろうか。

塀も門扉も設置されていないため、庭にいれば外の様子ははっきりと見える。それでも継父が犯人の接近に気づかなかったのは、きっと除雪機の音がうるさかったせいだろう。除雪機のエンジン音が、背後から迫る犯人の足音を掻き消したのだ。

そうだ、あの家には塀がない。継父は倒れた状態でも、去っていく犯人の姿を見ることができたはずだ。

犯人は走って逃げたのだろうか。はたまた車か自転車か。ともあれ継父は、犯人の逃走手段を知っていたはずである。

財布、ナイフ、廃油、バイク。——バイク。

その名詞を口にした瞬間、俺の愚かな聞き間違いは、瞬時に継父の声で上書きされた。

『バイク……行った』

「大好きだ」じゃなかった。彼は犯人の逃走手段を伝えようとしていたのだ。

赤羽弓枝はバイクを所持している。やはり犯人は彼女だったのだと納得しかける一方で、もう一つの可能性が頭の片隅でちらついていた。

バイクを運転する人物には、他にも心当たりがあるのだ。確か、直《なお》くんもバイクに乗っていたはずだ。

＊

俺の故郷である佐渡島の相川は季節風が直接吹き付ける西の海岸沿いに位置するため、それほど雪は積もらず、冬はスノーシャベルが一つあればそれで事足りた。継父とともに上越で暮らすようになって、同じ新潟でもここまで雪の降り方が違うのかと、その積雪量の多さに戸惑いを覚えた。

上越の雪は固く湿っている。大量に降り積もった雪が日中の日差しで少しずつ解け、氷点下まで冷え込む夜間、氷のように押し固められるのだ。継父は固い雪を削るための小型除雪機を所持していた。フロント部分に鋭い回転刃が取り付けられた、ガソリン式の除雪機である。刃によって細かく削られた雪は除雪機の内部へと吸い上げられ、煙突状の排雪口から遠くに向かって吹き飛ばされるという仕組みだった。

当初隣は空き家だったが、俺が高校二年の冬、その家のリフォームが始まって、やがて道間一家がやってきた。

引っ越しの挨拶にきた道間孝文は、身だしなみに隙のない、四十代前半くらいの男だった。妻の美佳は三十代半ば。そして夫妻には高校生の息子、「直くん」がいた。孝文の祖父の代から道間家の男の名前は一文字目に「孝《たか》」が付くそうで、その下の漢字をニックネームとして呼んでいるようだった。

道間夫妻は「直くんの高校入学を機に引っ越してきた」と言っていたが、なんとなく、うちと同じような雰囲気を感じさせる家庭だった。普通、家を買うのは子どもが小さいときだろうから。案の定、再婚だという噂が流れてきた。直くんは父方の連れ子らしい。——ほどなくして道間家には、新しい子どもが生まれる。確か、楓花《ふうか》ちゃんという名前の女の子だった。直くんにとっては半分だけ血の繋がった妹である。

歳も近く、似たような立場に置かれていた俺と直くんだが、喋ったことはほとんどない。高校も違ったし、直くんはそもそもあまり学校に通っていないようだったので、通学時間に鉢合わせることもなかったのだ。それに直くんは、周囲の人間全てを遠ざけようとしているかのような、陰鬱なオーラをいつも身に纏っていたから、正直なところ話し掛けづらかった。

対照的に父親の孝文はとても社交的な人物で、継父はすぐに孝文と親しくなった。道間一家が家庭用の除雪機を持っていないと言うので、冬になると、継父は孝文に除雪機を貸してやっていた。

隣の道間家から返却されたばかりの除雪機を使うと、ごくたまに排雪口から色のついた雪が噴射されることがあった。蛍光ピンクの雪が一面真っ白な庭に向かって勢いよく飛んでいき、鮮やかなラインを描くのだ。俺が驚いていると、「スノースプレーだよ」と継父は言った。

「雪道に指示標示が書いてあるのを見たことないか？　あんなふうに、雪に直接吹き付けられるスプレーが売っているんだよ。この間、お隣の楓花ちゃんが家の前の雪にスプレーで絵を描いて遊んでるのを見た。それが排雪口から出てきてるんじゃないかな」

継父は道間家に除雪機を貸し出す際、除雪機を簡易車庫に格納して運ぶことにしていた。この簡易車庫というのは金網でできた小さな箱のようなもので、底にはキャスターがついている。これを台車として利用すればエンジンを切ったまま除雪機を運ぶことができるため、道間宅で削り取られた雪がそのまま除雪部や排雪口にくっついて返ってきているのだろう、と継父は予想した。

ピンクの雪が飛び散っていく様を見る度、俺は憂いに沈んだ。無邪気に遊ぶ妹を横目に、直くんは何を思っているのだろう。直くんの肩身の狭さを想像するだけで吐き気を催すほどだった。

孝文は常識のある人物で、除雪機を返却するときはいつも燃料を満タンにしてくれていた。しかし一度だけ、継父を怒らせたことがある。七、八年前——確か、大学一年の大晦日。ひと晩で百センチ積もるほどの大雪が降った日のことだった。

その日、俺は朝から継父と二人で庭の除雪作業を行おうとしていた。継父が除雪機を、俺がスノーシャベルを倉庫から引っ張りだして外に出てみると、隣の屋根の上に人影があった。孝文だ。屋根の上に降り積もった雪を一人で下ろしているようだった。

孝文は継父の姿を認めると、「今日も凄い雪だなぁ」と手を振った。継父は眉を顰める。

「道間さん、ハーネスなしでの作業は危ないですよ」

「大丈夫だよ。バランス感覚と力仕事には自信がある」

「お一人ですよね。ご家族には屋根に上るって報告してきました？」

言うまでもなく、屋根の雪下ろしを一人で行うのは危険だ。音もなく落下して、雪に埋もれたまま発見が遅れることがままあるので、一人で作業するときは雪下ろしをする旨を他の誰かに伝えるのが基本だった。

「今、家には直しかいないんだよ」

「直くんに伝えてきたってことですか？」

「いいや。あの子は俺と話そうとしない」

孝文は苦笑する。

「この時期は毎年妻と娘だけ、実家の方に帰省してるんだよ。男二人だと、家の中が暗くていけないね」

継父は「はあ」と曖昧な相槌を打った。道間美佳と楓花ちゃんの二人だけが里帰りする理由は何となく察せられた。きっと孝文は義実家と折り合いが悪いのだろう。

俺たちが家の前の除雪作業を終える頃には、隣の屋根の雪はすっかり綺麗に無くなっていた。屋根から下りてきた孝文は、「そっちの作業が終わったのなら除雪機を貸してほしい」と言った。継父は快諾して、いつもの如く簡易車庫に格納された除雪機を孝文に渡した。

孝文は俺たちを一瞥し、唇の端を曲げた。

「清水さんのところはいつも冬馬くんが手伝ってくれていいね。うちの直なんか、学校サボってバイクを乗り回すばっかりで」

ちょうどそのとき、ブオンと大きくエンジンをふかす音がすぐ近くから聞こえてきた。続けて、スノータイヤが路面を引っ掻く音。直くんがバイクに跨って道間家のガレージを出て行くところだった。フルフェイスのヘルメットのせいで、その表情は窺い知れない。

「ほら、すぐあれだよ。俺は直の考えてることがちっともわからん」

孝文が嘲るように笑うのを、継父は何とも言えない顔をして聞いていた。

俺たちが家の中に入っても、孝文は一人で除雪作業を続けていた。継父と並んで窓辺に立ち、孝文が除雪機を動かすのを何とはなしに眺めていた。排雪口から勢いよく雪が飛び出しているのが、ここからでもはっきりと見える。

孝文は除雪機をバック走行に切り替えて、ゆっくりと後退っていた。その後ろ姿がえらく寂しく、無防備に見えたのを覚えている。

突如として継父が窓を開け、孝文に向かって怒鳴った。

「道間さん、危ない！」

孝文の手元を見て、俺はようやく継父の剣幕の理由を理解する。孝文は手を離しても除雪機が走り続けるよう、クラッチレバーに紐を巻きつけて運転していたのだ。

鋭い回転刃を備えた除雪機は、ときに雪だけでなく使用者の手や足まで巻き込み、酷い事故を引き起こす。そのため継父の除雪機には、「デッドマンクラッチ機構」という安全機能が装備されていた。操作ハンドルに取り付けられたクラッチレバーから手が離れると、除雪機の走行と除雪部の回転が止まるという仕組みである。使用者が転倒したときなどにはすぐさまこの安全機能が作動し、除雪機が停止するようになっていた。

しかし中には、少し手を離すだけで動きが止まってしまうのを面倒がって、クラッチレバーを固定し、除雪機がひとりでに動き続けるようにしてしまう人もいる。孝文がそうだった。

継父はコートも着ずに家を飛び出し、隣の敷地へと向かう。孝文を真っ直ぐに見据えると、「二度としないでください！」と厳しい声で言った。

「もし今道間さんが転んだら、除雪機はあなたの方に向かって走り続けるんですよ。俺は昔、近所の人がそうやって除雪機に足を巻き込まれたのを目の前で見たことがあるんです」

孝文はバツが悪そうな顔で継父の説教を聞いていたが、反省しているわけではなさそうだった。実際俺はその後も何度か、孝文が継父の目を盗んでこっそりクラッチレバーを固定している姿を目撃したことがある。

継父と孝文との間で起きたその小さなトラブルを諍いと呼ぶこともできるだろうが、継父たちがそれをきっかけに仲違いするようなことは決してなかった。そもそも継父は孝文の身を案じるあまり咄嗟に大声を出してしまっただけなのだから、感謝されこそすれ恨まれる筋合いはない。その後も継父は道間家に除雪機を貸し出していたし、孝文はいつも燃料を満タンにして返却していた。

ところが昨夜、継父から電話をもらったときは、いつもと少し様子が違ったように思う。

スマホの着信相手に継父の名前が表示されているのを見て、俺は怪訝に思った。大晦日に帰省すると既に約束しているのに、どうしてわざわざ前日の夜に電話をかけてくるのだろう。何か向こうでトラブルでも起きたのだろうか。

俺が電話に出ると、継父は開口一番『冬馬、明日はちょっと遅れてきてくれないか』と言った。「なんで」と尋ねると、少し言い淀む。

『駐車スペースの雪かきができてないんだ。冬馬の車が停められない』

十二月三十日の午後、継父は買い物に行こうと外に出たところで、孝文から声を掛けられたのだという。除雪機を貸してくれ、夜には返すから、と。それで出かける前に道間家に寄り、いつものように除雪機を貸したそうだ。

買い物から帰宅してからというもの、継父は孝文が除雪機を返却しにくるのをずっと待っていたそうだが、夜になってもまだ孝文は姿を現さないのだという。

『道間さん家の駐車場には車が置いてあったから、急用ができてどこかに出かけたってわけでもなさそうなんだけどな。でもスマホにメッセージを入れても返事がないんだ』

「相手が家にいるなら、今から取りに行けばいいじゃないか」

『いや、もう遅いからやめておくよ。明日の朝に伺うことにする。除雪機を返してもらってからカーポートの雪かきをすることになるだろうから、冬馬は午後から来てくれよ。それまでにはちゃんと綺麗にしておくからさ』

どうして昨夜、孝文は除雪機を返しにこなかったのだろう。いくら忙しかったとしても、除雪機を隣の家に届けることくらい、簡単に出来そうなものなのに。継父が「駐車場には車が置いてあった」と証言していたことからも、孝文が家の中にいたことはわかっている。

何か家の外に出ることができない事情でもあったのだろうか。例えば、病気とか、怪我とか。道間孝文が怪我をする姿は簡単に想像できる。元より人の忠告を無視して命綱なしで屋根に上ったり、除雪機の安全装置を勝手に無効化したりするような人だった。除雪作業をしているときに足でも捻挫して、動けなくなっているのかもしれない。

道間孝文は不注意で、自分の力を過信するところのある人だった。そんな父親のことを、直くんはどう思っていたのだろう。ごくまれに街ですれ違うとき、直くんは無表情で、背中を丸めて俯いていた。きっと父親に振り回されて辛い思いをしてきたのだろうと勝手に心配していたが、不思議なことに直くんは今も道間家に居座っているという。確か俺の二つ下だったから、直くんは今年二十四歳になっているはずだった。

継父との電話を終えた直後は、「孝文が家の外に出られなかったのなら、道間美佳が代わりに返却しにきてくれればよかったのに」と思っていたが、よくよく考えてみれば美佳が孝文の代わりを務めることなどできるはずがなかった。

孝文は「この時期は毎年妻と娘だけ帰省している」と言っていた。きっと美佳と楓花ちゃんは今頃、里に帰っているのだろう。

昨日、道間家には孝文と直くんしかいなかったのだ。

＊

『バイク……行った』

継父の身の回りでバイクを運転する者として、最初に思い浮かんだのはやはり赤羽弓枝だった。しかし、隣に住んでいる道間家の、直くんもバイクを乗り回していたはずだ。継父のダイイングメッセージに含まれていた「バイク」が弓枝でなく、直くんのものを指している可能性はないだろうか。

「清水先生、たぶん直くんが犯人なんですよ。何となくそんな気がする。オトウサンの『バイク行った』って台詞は、きっと直くんのバイクのことを言ってるんだ」

山里の発言を皮切りに、教室のあちこちから声が上がった。

「でも、直くんにはオトウサンを殺す動機がないじゃん」

「じゃあ直くんは無関係なのかな」

「わたしはやっぱり、赤羽弓枝が犯人だと思うよ」

「えー、じゃあオトウサンは自分のお姉さんに殺されちゃったってこと？」

次第に収拾がつかなくなってきた。俺は咳払いを一つして、興奮気味の生徒たちを「静かに」と制する。

「一旦、バイクの問題は脇に置いておこう」

「でも先生……」

「わからない問題があったら、一旦放っておいてもいいんだよ。テストで難問に当たったときと一緒だ。判断のつかない問題は飛ばして、余った時間を使って最後にもう一度立ち返ればいい。——ダイイングメッセージの前半部分について考えてみようか。俺の予測では、継父は言い始めのあたりで犯人の名前を口にしているはずなんだ。やはり『からだを』が苗字なんだろうか」

　音韻の共通する苗字はなかなか思いつかない。高砂《たかさご》、山里《やまざと》といった苗字ならば完全に母音が一致するが、「先生、俺は犯人じゃないっすよ」と山里。高砂も「私だって違いますよ」と口を尖らせる。

　宮沢がまっすぐに手を挙げていた。指名すると、椅子から立ってハキハキと答える。

「先生、わたし気づきました。犯人は赤羽弓枝です」

「どうしてそう思うんだ？」

「だって、赤羽っていう苗字には『あ』の母音が三つ含まれてるじゃないですか。きっと先生は、『あかばね』を『からだを』と聞き間違えたんですよ」

「まあ確かに音韻は似通っているが、どうも無理やりすぎる感じがするな。それに、『大工』のときと同じことが言える。赤羽弓枝が犯人だとしたら、継父はわざわざ苗字を伝えるようなことはせず、『姉ちゃん』と言うはずだろう」

　喉元に異物がつっかえているような、漠然とした違和感がある。何かを見落としているような気がするのに、それを上手く言語化することができないのだ。握りしめたチョークが手の中で砕けた。

教室の隅の方で、中村が「やっぱり無理ですよ」と呟くのが聞こえた。

「清水先生、俺たちに論説文の問題を解かせるとき、よく『前後の文脈を読み取れ』って言うじゃないですか。その一文の意味がわからなくても、文の前後に必ずヒントが隠されてるからそこをよく読めって。でも、このダイイングメッセージはたったの二言だけで、文の前後がない。ほとんどノーヒントで本当のダイイングメッセージを探るなんて、土台無理な話だったんですよ」

中村は成績優秀だが、テストの答案用紙には思いのほか空欄が多い。自分の想定外の難問に出くわすと、すぐに諦めてしまう癖があるのだと思う。

俺も学生時代は似たような生徒だったから、気持ちは充分理解できる。

「中村、先生は『なるべく空欄を埋めるようにしよう』とよく言ってるだろ。わからない問題は飛ばしてもいいが、制限時間ぎりぎりまで考える努力はするべきだ」

「無理矢理捻りだした答えって、大抵間違ってるじゃないですか」

「間違うのは悪いことじゃない」

自分自身に言い聞かせるように、声に力を込める。

「大切な試験で難しい問題に直面したとき、簡単に諦めてしまわないようにするためには、普段から根気よく考える訓練をしなきゃいけない。だから先生たちは『空欄を埋めろ』と口を酸っぱくして言うんだよ。そして、これは決して諦めてはならない場面だ」

「ふうん」

「それにな、ダイイングメッセージにも文脈はあるんだよ」

もう一度文脈を読み取るのだ。俺と継父にとっての文脈とは犯行現場の記憶であり、これまでともに過ごした時間の全てである。

首から血を流し、仰向けに倒れた継父と、その傍らでエンジン音を鳴らしていた除雪機が脳裏を過る。昨夜電話したとき、継父は「カーポートの雪かきをしたいのに、お隣から除雪機をまだ返してもらっていない」というようなことを言っていた。庭にあれが置いてあったということは、継父は今朝になって道間家を訪ね、「除雪機を返却してくれ」と言ったのだろう。

庭は一面の雪に覆われていた。固く湿った上越の雪だ。その白を横切るように飛び散った大量の血液が、強烈なコントラストを生み出していた。

凄惨な光景を脳内のスクリーンに映し出す度、曖昧だった疑念が急速に具体的な形を帯びていく。俺は無意識のうちにシャツの胸元をぎゅっと握りしめていた。

「……ありえない」

継父を発見したとき、その首筋にはボールペンが刺さっていて血がだらだらと流れ出ていたが、大量出血を恐れた俺は傷口には一切触らなかった。そして今も、ボールペンは深く刺さったまま引き抜かれていない。もちろん重傷であることに変わりはないが、少なくとも首筋から勢いよく血が飛び散るような事態は避けられていたはずだ。

では、庭に残されていたあの大量の血痕は、一体誰のものだったのだろう。

俺はもう一度黒板を注視する。白いチョークで描かれた線を見つめているうちに、やがて「せつ」という二文字は「雪」へと変換された。

とうま／からだを／たい雪／に
だいす／きだ

除雪機という言葉が真っ先に浮かんだ。「たいせつ／に」とはあまりにも音韻がかけ離れているのに、仰向けに倒れた継父の傍でエンジン音を立てていた除雪機が、なぜだか頭から離れてくれない。

俺は記憶の中の除雪機を、隅々まで観察した。事故防止のために装備されたクラッチレバー、固い雪を砕く回転刃、削れた雪を吸い込んで遠くへと吐き出す排雪口。

『はいせつ……ち』

排雪口。

継父は「大切に」ではなく「はいせつぐち」と言ったのかもしれない。俺が単語の中間部分を聞き取れていなかったのだとしたら、「たいせつ……に」と聞き間違えたとしても不自然ではないだろう。排雪口、排雪口と繰り返し呟くうち、継父と交わした会話が、過去の記憶が鮮明になっていった。

隣から返却された直後の除雪機を使用すると、排雪口からピンクの雪が出てくることがあった。それを見た継父は、『スノースプレーだよ』と言っていたっけ。楓花ちゃんのスノースプレーによってピンクに染められた道間家の敷地内の雪が、除雪機の内部に溜まったままうちの庭まで運ばれてきたため、あのような現象が起こっていたのだ。

継父のダイイングメッセージが頭の芯に響く。

『はいせつ……ち』

あの大量の血液が、もとは隣の家のものだったという可能性はないだろうか。

例えば道間孝文が除雪機に身体を巻き込まれていたのだとしたら、その血や肉片は回転刃だけでなく、除雪機内部の機構や排雪口にもこびりつく。そして除雪機は継父の元へと返却され、継父がそれを使うときになって、血に染まった雪が勢いよく排出される。庭を横切るように、排雪口から真っすぐに伸びていく大量の血液――あの血は、道間孝文のものだったのだ。

孝文は継父の忠告を無視して、安全機能が作動しない状態で除雪機を使用していた。バック走行をしている最中に転倒してしまえば、彼の足は瞬く間に除雪部へと巻き込まれていっただろう。

「そうか、殺されたのか」

張り詰めた空気が満ちた教室で、俺の独り言がいやに響いた。

山里は心底不思議そうに問う。

「殺されたってどういう意味ですか？」

「そのままの意味だよ。道間孝文は怪我をして動けなくなったわけじゃない。殺されたから除雪機を返しに来られなかったんだ。安全機能を失った除雪機を使えば、犯人は簡単に孝文を殺せたはずだ」

「……えっ？」

「背を向けた相手を転ばすことなど容易だ。障害物を置いておけば勝手に足を引っ掛けてくれるかもしれないし、不意打ちで背後から殴りかかれば確実に体勢を崩すことができる。そうすれば後は、除雪機が孝文の爪先を、脛を、太腿を砕きながら進んでくれるのを見ているだけでいい。――犯人は孝文を殺害した後、除雪機の回転刃を取り外して血を拭い、簡易車庫に格納したんだろう。その除雪機はいつものごとく継父の元に返ってきた。そして継父の目の前で、隣の道間家から運搬されてきた血液を排出したんだよ。だから庭は血塗れだったんだ」

　中村が言った。

「でもやっぱり、殺人とは限らないんじゃないですか？　ただ転んで足を巻き込んじゃっただけかもしれませんよ。事故だった可能性だって捨てきれない」

「仮に事故だったとしたら、警察やら救急車やらがやってきて近所にもその騒ぎが伝わったはずだろう。でも継父は昨夜の電話では、そんなこと一言も言わなかった」

「じゃあ、誰がやったんですか？」

「直くんに決まってるさ。昨日道間家にいたのは、直くんと孝文の二人きりだったんだからな」

「じゃあ直くんは、自分のお父さんを殺したってことですか？」

　実の父を手にかける動機など、赤の他人である俺には想像することもできないが、「直の考えていることがわからない」とぼやいていた孝文の表情はいつまでも瞼の裏に焼き付いていた。

　恐らく直くんは、排雪口にこびりついた血や肉片にまでは気が回らなかったのだろう。だから今朝、継父が除雪機を引き取りに行った際、凶器である除雪機を素直に返却してしまった。回転刃に付着した血さえ拭ってしまえばバレないとでも思っていたのだろう。

しかし継父が除雪機を駆動した瞬間、排雪口からは大量の血が噴射された。直くんは隣家の窓から見てしまったのだ。孝文の血が白い雪を汚すところを。継父が驚きのあまり身を固くしているところを。

「口封じのための襲撃。これなら、人から恨みを買うはずのない継父が狙われたことに説明がつく。それに道間家の男は、代々名前の一文字目に『孝』を付けるんだ。直くんの名前は孝直《たかなお》。『からだを』とは母音が全て一致する」

「でも、なんだか変ですよ。確かに韻は踏んでいるけど、清水先生のオトウサン、いきなり直くんの下の名前を伝えようとするでしょうか？」

継父が俺の名を呼ぶ声が、耳元で響く。

『冬馬……身体を……大切……に。大好……きだよ』

頭を力いっぱい殴られたような衝撃を感じた。「とうま」じゃない。彼は「どうま」と言ったんだ。

『道間孝直……排雪口……バイク、行った』

継父は初めに犯人の名前を口にした。それでも俺が意図を解さなかったので、排雪口に残った重要な証拠と、犯人の逃走手段という情報を追加したのだ。

除雪機の血を目撃されたことにより激しく動揺した直くんは、衝動的に継父を襲ってしまった後、恐怖のあまりすぐさまバイクで逃走したのだろう。継父は隣の家から犯人が逃げていく姿を見ていたのだ。

やっぱり、俺の予想通りだったんだ。

聞き間違いでも何でもなく、継父が本当に『冬馬、身体を大切に。大好きだよ』と言っていた可能性だって残されているが。──あんなに苦痛に満ちた表情で愛の言葉を伝える人間がいるだろうか？　あれは突然命を奪われることになった者の、無念の表情だった。決して、息子を気遣って優しい言葉をかけるときの目ではなかった。

現場に残された除雪機や雪を調べれば、答えはすぐにわかるだろう。

「そうだよな。『大好きだよ』なんて馬鹿馬鹿しいよな」

ああ、これから忙しくなる。警察にきちんと捜査してもらうためには、何と説明すればいいだろうか。今後の段取りを考えながら、自分の胸の内に暗雲が立ち込めていくのを感じていた。

どうして彼の言葉を聞き間違えたんだ。自分の想像力の乏しさに失望する。死にかけている人間が「身体を大切に」なんて、言えるわけがないのに。

三年四組の教室は、いつのまにかひどく静まり返っていた。当たり前だ。今までのは全部、俺の頭の中での出来事なのだから。

人は人に教えることによって、より物事の理解を深めることができる。だから俺は困難な問題に直面したとき、教壇に立って生徒とやり取りする自分をイメージしながら論理を組み立てるのだ。

俺は既に答えを導き出した。頭の中の生徒たちはもう役目を終えているはずだったが、しかし、まだ教室に居残っている生徒が一人いる。

「やっぱり、清水先生は愛されてなかったんですか」

皮肉っぽく響いたその声は俺が受け持っている生徒のものではなかったが、確かに聞き覚えがあった。

教壇のすぐ前の席に、男子生徒が一人、行儀よく座っていた。それは鏡の中の俺によく似た姿をしている。中学三年生の清水冬馬だった。

継父だって人間なのだから、当然自分を襲った犯人のことが憎いだろう。罪を償わせたいだろう。何を傷つく必要がある。そう自分に言い聞かせながらも、もう一人の自分が——俺の知らない俺が、「あの人なら最後に俺の名前を呼んでくれると思っていたのに」と不貞腐れている。

「清水冬馬は愛されてなかったんだ」

バイタルモニターが不吉なアラームを鳴らし、俺は勢いよく顔を上げた。

それは脈拍の停止を知らせる音だった。救急隊員が継父の口元に呼吸器を取り付ける。走り続ける救急車の中で心臓マッサージが始まった。

彼はもうじき死ぬ。

冬馬、じゃなかった。継父が最後に選んだ言葉は、俺の名前ではなかった。

＊

走馬灯を見るのは死にゆく者だけではないのかもしれない。気づけば、大学四年の夏の記憶が頭の中のスクリーンに映し出されていた。さっきから、どうにも彼との思い出ばかりが浮かぶ。

教員採用選考の二次検査を受けた日のこと。個人面接を終えて俺が帰宅すると、継父は玄関まで出迎えて、「どうだった？」と急いた様子で尋ねてきた。

「緊張したろ。練習通りやれたか？」

「うん。上手くできたと思う」

「本当に？　本当に大丈夫だったか？」

「今は教員が不足してる時代だから。ヘマをやらかさなければ通るよ」

ほっとしたように「そうか」と言う。彼の方がよっぽど緊張していたようで、それがなんだかおかしかった。

夕飯は継父が用意してくれていた。継父の職場近くにある惣菜屋の天ぷらがテーブルいっぱいに並んでいる。俺はそれが好きだった。

向かい合わせで食事を摂りながら、継父がぽつりと言った。

「どうして冬馬は、学校の先生になりたいと思ったんだい？」

これまでも何度か、似たような質問を投げかけられたことがあった。いつもの如く「小中高と、担任に恵まれてたからかな」と答えると、さらに「印象に残ってる先生はいる？」と尋ねられる。突っ込んだことを訊かれたのは初めてだった。

「中三のときの担任のことをよく覚えてる」

「いい先生だった？」

「うん。俺の話を親身に聞いてくれる、いい人だった。……あの頃はちょうど、母さんの再婚が現実的になってきた頃でさ」

継父がはっと息を呑む音が聞こえた。これまで避けてきた話題に触れてみたくなったのは、試験が終わったばかりで気が緩んでいたからか、それとも継父を困らせてやりたいという幼稚な欲求を燻ぶらせ続けてきたせいか。

「母さんからその話を聞くのが気まずかったんだ。だから家に帰りたくなくて放課後、学校に残ることが多くなった。そうしたら当時の担任がそれを聞きつけて、よく教室に顔を出すようになった。『清水君は現代文の成績がイマイチだから、この機会にみっちり基礎からやり直すか』と言って、課題を見てくれるようになったんだ。国語の先生だった」

先生とともに教室に居残って、現代文のワークをひたすら復習する。そんな日が何日か続いて、ある日とうとう「家に帰りたくない」という本音がぽろりと出てきた。すると先生は、心配そうに俺の顔を覗き込んで言った。

『先生に何かできることはある？』

――ないですよ。先生は赤の他人じゃないですか。

『清水君は冷たい考え方をするなぁ。赤の他人って言ったって、こんな狭い教室で毎日顔を突き合わせてるんだぞ。話くらい、聞かせてくれたっていいじゃないか』

いつしか俺は、先生に向かって生々しい不安を吐露していた。先生は結局赤の他人だから、俺の家庭の事情についてはアドバイスの一つもくれなかった。でも。

「俺の話を聞いてくれて、勉強を教えてくれて、それだけで嬉しかったんだ。少しだけ不安が和らいだような気がした」

継父はしばらく黙って天ぷらをつついていた。穏やかな沈黙が続く。食卓のものをあらかた食べ尽くして、彼はようやく口を開いた。

「俺が不甲斐ないばっかりに、悲しい思いをさせたな」

顔を上げると、継父はひどく優しい笑みを浮かべていた。

「でも冬馬の周りに、優しい大人がいてくれてよかった」

俺はその年の教員採用選考に合格し、次の春から中学校教諭として働くことが決まった。

雪解けの季節。上越の家を出る日になって、俺は初めて継父に向かって頭を下げた。

「七年間、ご迷惑をおかけしました」

悲しそうに目を伏せ、「迷惑だなんて……」と呟く彼。思わず目を逸らした。

「でも俺を引き取ったせいで、伯母さんとの関係が悪くなっただろ」

「姉ちゃんのことなら気にするな。冬馬のせいじゃない」

引越社のトラックが家の前に停まったとき、継父は意を決したように口を開いた。

「姉ちゃんは冬馬のことを悪く言ったことは一度もない。俺を責めてたんだよ。――実は俺たち姉弟も、再婚家庭の子どもだったんだ。うちの母ちゃん、俺たちと血が繋がってないんだよ」

「……初めて聞いた」

「初めて言うからな」

訊けば、継父の戸籍上の母親は、彼が幼い頃に病死したらしい。そして中学生のときに父親が再婚して、新しい母が家にやってきた。

「俺も姉貴も、本当は再婚してほしくなかったんだが、幸せそうにしてる父ちゃん見たら何も言えなかった。ある日突然知らない女の人が家にやってきて、家族として過ごせって言われて混乱した。当然母ちゃんだって俺たちに気を遣ってただろうが、顔色窺ってばっかりで息が詰まったよ。一つ屋根の下で他人と暮らすっていうのは、ものの凄いストレスだった。だから姉貴は俺と香織さんとの結婚に反対したんだ。あのときどれだけ苦しかったか忘れたのか、ってな。冬馬くんに重荷を背負わせるなと何度も言われた」

継父が俺の母との結婚を決めたとき、赤羽弓枝はこう詰ったという。

――そりゃあ子どもは、親の前では『賛成だよ』って言うに決まってるよ。そうしないと生きていけないからね。あんた、正気か？　あの子に私たちと同じ思いをさせるのか？

「姉ちゃんとごたついてるのは、俺たちの問題だ。余計な心配をかけて本当にごめんな」

決まりが悪くなって、頰を搔く。

「そう言われても信じられないよ。やっぱり、俺は伯母さんに嫌われてる気がする」

「今は疑ったままでもいいさ」

別れ際、継父は言った。

「学校の先生は忙しいよ。大変な仕事だ」

「わかってる」

「うん。冬馬ならきっとやっていける。電話するよ。――身体を大切にな」

家を出たばかりの頃は、数週間に一度のペースで電話がかかってきていた。頻度はだんだんと減ってきてはいたが、それでも数ヶ月に一度は連絡をもらっていたと思う。

七日前の夜もそうだった。十九時過ぎ、電話口から継父の明るい声が聞こえて、俺はなんだか泣きそうになった。

『最近どうだ。変わりはないか』

「まあ、何とかやってるよ。そっちは？」

天気の話から始まって、当たり障りのない世間話を経由し、互いに近況報告をする。継父はやがて、恐る恐るといった具合で俺の冬休みの予定を尋ねてきた。

「今年は忙しいんだ。仕事の方が色々と」

『去年もそう言って、結局二年も会ってないじゃないか。年末くらい顔を見せてくれよ』

「あー、考えておく」

『また俺の言葉を疑ってるんだろう。俺は本気で会いたいんだよ——そうだ、雪だ。今年も上越の方は雪が凄いんだ。雪かきを手伝ってくれないか』

結局継父に押し切られる形で、大晦日に訪問することを約束した。電話を切る直前、彼はいつもの決まり文句を口にした。

『じゃあ、またな。冬馬、身体を大切に』

何十回と聞いた言葉だった。継父は電話の最後にはいつも「冬馬、身体を大切に」と言っていたから、それを彼の声で再生するのはたやすい。

どうやら俺は、最後に最も重要な謎を解かなければならないようだ。——俺はなぜ、継父のダイイングメッセージを聞き間違えたのだろう。

彼の言葉が途切れ途切れだったからだろうか。それとも救急車のサイレンが、雪を踏みしめる音がうるさかったからだろうか。いや、違う。それらはどれも些細な要因だった。

あの日のレストランで、彼が母の言葉を聞き取ることに失敗したのは、「アイス来たよ」が予想外の台詞だったからだ。そして「アイス来たよ」よりも「大好きだよ」の方が耳慣れた言葉だったから、頭の中でそう変換された。きっと彼は、それまで母から何度も「大好きだよ」と言われていたのだろう。

『ガープの世界』のウォルトは引き波という単語を知らなかったから、それはより分かりやすい言葉に——ウォルトがよく知るヒキガエルという単語に置き換えられた。

人は聞き馴染みのない言葉に遭遇すると、それを頭の中でより聞き馴染みのある別の言葉へと変換する。そうして聞き間違いという現象が起こるのだ。

どうして今の今まで、あの声を忘れていられたんだろう。父を殺した直くんと、重体の継父に付き添って救急車に乗り込んだ俺とを分かつものは、たった一つだけだったのに。

*

心なしか、救急車のスピードが落ちているような気がした。二人の救急隊員たちは何度も交替しながら心肺蘇生を続けているが、一向に脈拍が戻る気配はない。救急隊員は医師ではないので、救急車の中で傷病者の死亡を判断するのは難しいと聞いたことがある。たとえストレッチャーに寝転んでいるのがほぼ死人であっても、搬送先の病院に到着するまでは心臓マッサージを止められないのだろう。隊員たちの顔には既に、諦めの表情が浮かんでいるように見える。

「死んだんですか？」

彼らは質問を黙殺した。答えは出ている。

近くで耳障りな音が鳴っている。まるで獣の鳴声だ。それは俺の喉の奥から絞り出された、醜い呻き声だった。

彼のダイイングメッセージを解読したところで何の意味があるというのだろう。俺は体を折って頭を抱え込み、荒い呼吸を繰り返す。何もかも遅い。彼は死んだ、殺されてしまったのだから。

そのとき一人の隊員が、俺の肩をそっと揺すった。

「聴覚というのは、最後の最後まで残る感覚なんです」

顔を上げるとしっかりと目が合う。もう一人の隊員も、心臓マッサージの手を止めずに俺の方を振り返った。

「今なら聞こえるかもしれません。話しかけてあげてください」

二、三度深呼吸を繰り返すと、頭に新鮮な空気が流れ込んでくる。俺は揺れる車内で、ゆっくりと身を乗り出した。俺に与えられた最後のチャンスだった。

彼に送る最後の言葉は、何がいいだろう。「ちゃんと除雪機を調べるよ」とか「道間孝直のことを警察に報告するよ」とでも言えば、彼は安心して逝けるだろうか。しかし、どれも違う気がした。

彼の右耳に顔を寄せ、「父さん」と呼びかけてみる。

「父さん、ちゃんと伝わってるよ」

父が俺のことをどう思っていたか、今でもよくわからない。でもそんなことはどうでもいいのだ。彼の真意を探るのはもうやめにしよう。たとえ心の中を覗けなくとも、父が俺のよき保護者でありたいと願っていたことは紛れもない事実である。父が俺にくれた言葉は消えない。

父は凄い人だと思う。言葉で、態度で、俺への愛情を示し続けてくれた。ひねくれものの俺があなたの愛情を信じるまで。

そうだ。俺はあなたに愛されていると信じている。だから聞き間違えた。

俺の耳は、「冬馬、身体を大切に。大好きだよ」という言葉を、父の最後の言葉としてふさわしいと判断した。それが聞き馴染みのある言葉だったから——父が何度も「身体を大切に」と言ってくれたから。だから聞き間違えた。

父の最後の言葉が何であろうと、俺があのダイイングメッセージを暖かい愛の言葉と錯覚したという事実が一つあれば、もう十分じゃないか。

決して父が聞き間違うことのないよう、俺ははっきりとその言葉を口にする。溢れんばかりの感謝の気持ちと、僅かばかりの愛情を込めて。

「父さん、アイス来たよ」

目尻から一筋、涙の粒が零れ落ちる。父の心臓と呼吸が止まってから約一分後、救急車は病院の駐車場に到着した。

最後のひと仕事

宮内悠介

Message From Author

　こちらではじめまして、宮内悠介と申します。このアンソロジーに収録されること、嬉しく、光栄に思っております。本作の初出は光文社さんの『Ｊミステリー2023 FALL』に掲載されたもので、長編を脱稿した直後に書いた短編であったので、いま見ると解放感があるというか、わりと乗って書いている感じが伝わってきます。ときおり、このようにバンドを題材とした作を書いているのですが、たぶん、楽器が下手（リズム感が壊滅的）なので憧れがあるのだと思います。ともあれ、お楽しみいただけましたら幸いです。

宮内悠介（みやうち・ゆうすけ）
1979年、東京都生まれ。早稲田大学第一文学部卒業。2010年、創元SF短編賞選考委員特別賞を受賞しデビュー。12年に日本SF大賞、13年にも日本SF大賞特別賞。17年に吉川英治文学新人賞および三島由紀夫賞。18年に星雲賞、20年に芸術選奨文部科学大臣新人賞。近著に『ラウリ・クースクを探して』『国歌を作った男』などがある。

たとえば音楽に詳しい先輩とかから、ちょっと通向けのおしゃれな曲を教わった。せっかくだから、さも自分のセンスがいいかのように、その曲について話す。そういう人をぼくは責められない。なぜならぼくもその一人で、この場合、音楽に詳しい先輩とは、伊勢原優司《いせはらゆうじ》のことであったからだ。

伊勢原と話していると、とにかく次から次へと固有名詞が出てくる。すべて、ぼくの知らないバンドやミュージシャンの名だ。向こうはこちらが知っている前提で話すものだから、ついていくことすら難しい。居酒屋のトイレでこっそり検索したことは、たぶん、ゆうに二百回を超《こ》すだろう。

それが、ぼくらの軽音楽サークル時代でのこと。

そういう人に小判鮫みたいにくっついていると、それなりに知識も蓄えられるもので、その後、ぼくは音楽ライターになってしまった。ライターを名乗る以上、さすがに受け売りで書くわけにもいかないので、以後は自分の手で情報を集め、自分の耳で判断するようになった。

伊勢原とは近所ということもあって、いまもときおり酒を飲む。

そんな折、無名時代のあの人とかこの人とかを教えてくれたのは、結局のところ彼であった。そんなわけだから、ぼくは伊勢原に一目も二目も置いている。不思議なのは、音楽関係の仕事に就くだろうと誰もが思っていた伊勢原がそうせず、バーテンのアルバイトやら何やらで日銭を稼いでいることだ。一度、それについて訊《たず》ねてみたところ、

「音楽にかかわる気はない、外から見ているくらいがちょうどいい」

とのことで、それがつまり伊勢原の見解だった。

世間ではよく「好きなことを仕事にするものではない」とか言うけれど、伊勢原の口調からはそういうこととも違う、もう少し断固としたものが感じられた。あるいは、一種のマニアの矜持があったのかもしれないが、これについてはわからないし、質問を重ねもしなかった。

お互いのことにはあまり踏みこまないというのが、ぼくらの暗黙のルールでもあった。

あるとき、ぼくの記事が一つバズり、ぼくらは近所の居酒屋で祝った。

伊勢原はちゃんとぼくの記事を読んでいて、「もうちょっとおまえの存在感を上げてもいい」とアドバイスをよこした。ライターたるもの自分語りの類《たぐ》いはしたくないとぼくが反論すると、そういうことではなく、匂いや味に似た部分の話だと伊勢原は

答えた。

実のところ、伊勢原はぼくの書いた記事をほとんどすべて読んでいた。ぼくが伊勢原に一目二目置いているのに対し、伊勢原からすれば、ぼくはかわいい後輩であったのだと思う。ちなみに会話は互いにタメ口。学生時代は敬語を使っていたぼくも、気がついたらそうなっていた。

酒が回ってきて、嫌いなバンドの話になった。

「嫌いなものには触れず、好きなものを通じて物事を語れ」とぼくはSNSで三億回くらい目にしたけれど、伊勢原と話をして一番盛り上がるのは、やはり、どういうバンドのどういうところが嫌いかなのであった。

この日ふと伊勢原が出したバンドの名が、「コースティック・タングス」であった。学生時代よりは丸くなったのか、伊勢原はそれをぼくが知っていて当然という態度は取らず、どういうバンドなのかをぼくに説明してくれた。

コースティック・タングスとは「皮肉屋」の意味で、ぼくらが出会うより前、二〇〇八年から一〇年にかけて活動したインディーズ・バンドであったという。

そうすると、いまから数えて十三年前に解散したということだ。

「コースティックから影響を受けたバンドはけっこうある。知っておいて損はないぞ」

とのことで、ぼくは帰ってから調べてみることにした。

ところで、伊勢原がなぜそれを嫌いなのか。訊ねてみると、こういうことだった。

「天才的。一度それを聴いてしまうと、ほとんどの曲がコースティックのパクリに聞こえる」

「絶賛じゃないか」

「だけどその音楽には何もない。空っぽの器みたいなものなんだ。自分の耳はいい音楽だと言っているのに、なぜだか空虚《くうきょ》な印象が残る。コースティックを聴くと、自分が音楽が好きだということの、その根っこのところが疑わしく感じられてくる」

だから嫌い、ということらしいが、しかしこれもまた、ある種の絶賛にも聞こえる。

ぼくはゆるく頷《うなず》いて、スマートフォンのメモ帳に「コースティック」と書き残した。

酔って炭水化物が食べたくなり、近所のコンビニで鮭のおにぎりを一つ買って帰った。それから仕事のメールをいくつか返して、コースティック・タングスの曲を聴こうと思った。動画共有サイトで検索したら、いくらでも上がっていた。

伊勢原から教わった曲やバンドは、先に調べず、まず曲そのものを聴く。

ぼくは適当にタイトルで一曲選び、再生した。映像部分はアルバムのジャケットの静止画があるのみで、歌っているところは見られない。曲調としてはネオ・アコースティックだろうか。だけれど、エレクトロ・スウィングのようなパートもある。しかしつぎはぎしたような感じはなく、境界なく融《と》けあい、洗練されている。

八〇年代の曲にも、現在の曲にも、あるいは未来の曲にも聞こえた。

当たりだ、と直感した。

音楽のストリーミングサービスやウェブストアを見に行くが、ない。かわりに、活動当時の二枚のアルバムが二十万円ほどで売られているのが見つかった。動画共有サイトでアルバムがまとめられていたので、これを聴けばいいだろう。こちらも映像はジャケットの静止画のみであったが、とにかく曲が聴ければいい。

鮭のおにぎりを食べながら、ぼくはコースティックのすべてのディスコグラフィを聴いた。

たちまち、虜《とりこ》になった。

どの曲も、いろいろな音楽ジャンルが渾然一体《こんぜんいったい》となって一つの世界を作り上げている。それでいて、すべてポップにまとめ上げられている。「ほとんどの曲がコースティックのパクリに聞こえる」という伊勢原先輩の言も、なんとなくわかる気がした。ボーカルの歌声は、抑制された、透明感のあるものだ。これをもうちょっと下手にすると、伊勢原がカラオケで歌うときの歌声と似る。

二枚のアルバムを聴き終わって思ったのは、バンドメンバーはいま何をしているか、だ。ひとかどの、ぼくも当然知っているような、そういうバンドに入っていてもおかしくない。

それで、ウェブの百科事典をあたった。ジャンルの欄は、執筆者も困ったのか、シンプルに「インディー・ポップ」と書かれている。はじめてメンバーもわかった。二人だ。

湯原青一《ゆはらせいいち》、ベース、リードボーカル。

志摩眞人《しままこと》、ギター、サイドボーカル。

「来歴」と書かれた項目を読むと、志摩が詞を書き、タイトルもつけ、それに湯原が曲をつけていたようだ。曲を先に作る、いわゆる曲先のバンドが多いなか、この点は少し珍しい。学生時代は「クワージー・クリスタル」の名で、焼津友基《やいづともき》、幡井桃愛《はたいもえ》、とさらに二人のメンバーがいたらしいが、脱退し、二人体制の「コースティック・タングス」の形になった。

ここまではよく聞くような話だが、この時点で、不思議なことが一つあった。名前をタップして個別のページに飛べるのが、脱退した幡井桃愛の一人のみなのだ。そちらを見てみると、現在はチェリストとして活動していることがわかる。した

ことになる。

がって、ほか三人は、この「コースティック」のページにしか名前が残されていない

「来歴」の最後にはこうあった。

――二〇一〇年、3rdアルバムの制作中に志摩眞人が急死、事実上の解散となり、すでにチケットの発売も開始されていたライブも中止となった。

情報はここまでである。あとはディスコグラフィと、短い脚注があるのみだ。

何か不穏《ふおん》な予感がよぎった。この手の短い記事は、えてして、おおやけには書けないことが裏に多く眠っているものだからだ。

動画共有サイトに戻ると、コースティックの曲ばかりを聴いたせいで、それの関連動画が出てくる。「伝説のインディーズ・バンド、コースティック・タングスの解散理由がヤバい！　天才・湯原青一の疑惑と努力の人・志摩の悲劇」というのがあったので、興味本位でそれをタップしてみる。

内容としては陰謀論《いんぼうろん》みたいなもので、何が本当で嘘かも全然わからない。とりあえず確からしいと言えそうなのは、コースティックのマネージャーであった平資生《たいらもとお》が、志摩眞人を殺害した容疑で警察に捕まったらしいというもの。

が、動画の配信者は、リードボーカルの湯原こそが志摩を殺したと疑っている。現在、湯原は海外に拠点を移し、ソロで活動をつづけているとのことであった。その箇

所では、「海外逃亡？」と大きくテロップが表示された。

ちなみに、ここでも湯原や志摩の顔はわからず、シルエットで表示されていた。おそらく、極端にビジュアルを公開しないバンドだったのだろう。試しに検索をかけてみても、出てくるのはまったく関係のない人の顔写真ばかりだ。

とにかく穏やかではない。もう一度、ぼくは伊勢原に話を聞いてみようと思った。


二日後、ぼくらは近所の安い串カツ屋で向かいあっていた。

コースティックを聴いたこと、傑作であると思ったことなどをぼくは語った。ぼくらは悪口は言うけれど、一方が嫌いなものをもう一方が好きでも、なんら問題もない。そういう距離感が、心地よいのだ。

それから、よくわからない疑惑についてぼくは伊勢原に訊ねた。

「やっぱりそこが気になるか」

伊勢原がビールのジョッキを置き、もち明太子の串揚げを手に取った。

「実際のところ、コースティックの解散劇は疑惑の塊だったからな……。インディーズ・バンドということで、世間的にはさほど話題にならなかったが、それでも、ファンはさまざまに噂しあったもんだ。その最《さい》たるものが、湯原犯人説だよ」

その日——つまり志摩が死んだ日、湯原と志摩は荻窪《おぎくぼ》の音楽スタジオでレコーディングをしていたという。

「ここで録《と》られていたのは、出るはずだった三枚目のアルバム。ファンのあいだで、〝幻の三枚目〟と言われているやつだな。アルバムはほぼ完成していて、残るは一曲のみだった」

徹夜作業だった。必要なレコーディングが終わったのが、朝の八時。

が、ここで湯原が警察に通報をした。

同じ部屋で作業をしていた志摩が、殺されているというのだ。

「……どういうことだ？　二人でレコーディングをしていた。そして、その一方が殺された。となれば、どう考えても、殺したのは湯原のほうじゃないか」

「ところがそうじゃない。作業の途中、マネージャーの平がスタジオを訪ねた。どうやらそのとき、口論か何かがあって、平が志摩を殴り殺したと言うんだな」

「スタジオっていうのは、いわゆるレコーディングスタジオか？」

「いや、通常のバンド練習で使うような音楽スタジオだ。湯原たちは昔からそこを好きで使っていて、レコーディングも同じスタジオでやっていたらしい」

「ということは部屋は一室あるだけ。レコーディングスタジオにあるようなブースはなくって、機材はすべてその一部屋に運びこまれた。出入りは、防音の二重扉があるだけ」

「その通りだ。一応音楽ライターをやってるだけはあるな」

「一応は余計だよ」

「スタジオは八畳程度の部屋で、なかの人間に気づかれずに出入りをすることも、まずできない。ただ、問題はそういうことよりも、時間なんだ」

「時間？」

そういえば、あの陰謀論まがいの動画にもそんな話は出てきていた。

平がスタジオを訪れたというのが、夜の十時。事実とされているのは、そのとき平が志摩を殺害したこと。死体はそのままスタジオに残され、平は逃走。

これだけ聞けば、平が犯人で問題ないように思えるが――。

「通報された時間か。朝の八時。つまり、湯原は死体のある部屋でレコーディングをつづけて――」

朝に仕事を終え、それからやっと通報をした、ということだ。

「怪しいだろう」

伊勢原が口角を歪《ゆが》めた。

「ちなみに凶器は志摩の使っていたギター。そんなものを振り回して殴り殺したわけだから、湯原がそれに気づかず作業に没頭《ぼっとう》していたということは、ありえない」

「ちなみに、志摩の死体というのはどういう状態だったんだ？」

「パイプ椅子に座っていたようだな。そこに、ギターで頭をかち割られたようだ。そして、湯原はなぜかすぐに通報することもせず、十時間もレコーディングをつづけた」

「……というより、犯人は湯原ではないのか？」

「誰もがそう思った。だから湯原は海外への移住を余儀なくされ、いま、アメリカで活動しているようなのだがね……」

「湯原はなんらかの罪に問われなかったのか？」

「さすがにおとがめなしとは行かない。死体遺棄罪で起訴され、執行猶予がついたそうだ」

ぼくは腕を組んだ。

想像していた以上に、何がなんだかわからない話だった。警察が捕まえるくらいだから、マネージャーの平がやったという証拠は残っているのだろう。

でも、やはり湯原は充分に怪しい。

だとしても——湯原がやったとしてもやらなかったとしても、なぜ彼は罪に問われてまで、死体を放置し、そこで朝までレコーディングをつづけたのか？

よほど難しい顔をしていたらしい。

ぱちん、と伊勢原が指を鳴らしてぼくの意識を引き戻した。それから、ジャケットのないCDを一枚差し出される。

「これが幻の三枚目だ。例の、最後の曲もちゃんと入ってる。気になるなら聴いてみろよ」

帰宅して、早速その三枚目をプレイヤーにかけてみた。

端的に傑作だった。曲調のほうは、ドリーム・ポップに近いだろうか。ただ、無邪気な明るさのようなものがあった一枚目や二枚目と比べると、歌詞も、曲も、全体的にメランコリックだ。特に、最後の一曲――湯原が死体の脇でレコーディングしたという曲。

一部引用すると、こんな歌詞だ。

――出口のないパサージュでぼくは踊る、踊る。

――やめてくれ、全部冗談だったはずだろう。

――掲げろ、歌わなくなって久しいギターを。

――ぼくは座したまま死んでいく、死んでいく。

ポップにまとめられているから、直接的なメッセージはない。

ただ、ぼくが全体から強く感じたのは、バンドをやめることへの強い欲求だった。

世間の評価が高まりすぎたことへの閉塞感《へいそくかん》、けれども、あとには引けないという思い。自分たちが「成功」というゆるやかな死にいることなど。

ぼくが読み取ったのは、そういう暗喩だ。

作詞をした志摩は、もしかすると、この三枚目のアルバムで解散するつもりだったのではないだろうか。もしそうだとするなら、志摩の解散への思いが、事件の引き金になったとは言えないか？　とはいえ、詞とはいかようにも解釈できるものだし、勘違いもありうる。

知りたい。

結局、コースティックとはなんであったのか。湯原の不可解な行動は、なんであったのか。

そこで、ぼくは当時を知る者に取材してみることにした。

まず、一番簡単にアクセスできる相手――チェリストとして活動している幡井桃愛である。

幡井桃愛はぼくの名を知っていたらしく、信用してくれたのか、自宅兼仕事場を取材場所に指定してきた。家があるのは、中央線沿い。防音室を備えたマンションだった。

その防音室に通された。

楽器はスタンドに立てかけられたチェロのほか、壁際にアップライトピアノがある。ほかに置かれているのは、マイクやミキサー、コンピュータなどだ。パイプ椅子に座ったところで、いったん幡井がその場を離れ、紅茶を淹《い》れて持ってきてくれた。猫が一匹、防音扉をすりぬけて一緒にやってきた。

「この部屋がお気に入りみたいで、すぐ入ってきちゃうんです」

「練習の妨げになりませんか」

「案外、邪魔にならないです。わたしのチェロを聴きながら寝るのが好きみたい」

それから、コースティックの話になった。

ぼくがいまさらコースティックを扱うことに幡井は疑問を示したが、「どうせわたしはコースティックの人間ではないし」と、いろいろと話を聞かせてくれた。

幡井が湯原らとバンドを組んでいたのは学生時代。

バンドの名前は、「クワージー・クリスタル」というものだった。編成は、湯原がベースボーカル、志摩がギター、そして幡井がチェロ、焼津がドラム。その後、幡井と焼津が脱退し、バンドは「コースティック・タングス」と名を変える。

このあたりは、ウェブの百科事典と相違なかった。

ただ、幡井と焼津が脱退した経緯は、円満なものではなかったようだ。端的に言うなら、湯原が幡井と焼津の二人を馘《くび》にした。理由は、湯原が求める水準に二人がないこと。

そこまで言われてしまえば、幡井と焼津の二人も、それ以上バンドに留《とど》まりたくはない。

結局は、喧嘩《けんか》別れのようになってしまったということだ。

「脱退のとき、志摩さんはどういう態度だったのですか」

「志摩はわたしたち二人の脱退に反対してくれました。でも、湯原は一度思いついたことや口に出したことは絶対に曲げないタイプで……。結局、わたしたちのほうから、こんなバンドはごめんだと出て行くことになりました」

幡井がややうつむき加減になる。

どうしましたかと問うと、「いえ」と幡井が応じた。

「志摩に、すべてを押しつけてしまったようで申し訳なくて。しかも、あんなことになってしまって……。志摩は、バンドを解散しようとしていたというのに」

やはりそうか、と思った。

ぼくは軽く頷き、幡井がつづけるのを待った。

「志摩は、三枚目のアルバムとその後のライブをもって、〝最後のひと仕事〟にするつもりだったようです」

「湯原はそれに賛成していたのですか」

「いいえ。湯原はバンドを存続させたがっていました。〝俺たちは心の双子だ〟とか、〝志摩が俺を人間にしてくれる〟とか、そういうことを言って志摩を説得したようですが、志摩の決意が固かったようで」

志摩が解散を求め、湯原がそれに反対した。それが動機になったということはあるだろうか。

幡井は、ぼくが何を考えているか察したようだ。

「例の疑惑については、わたしから言えることは何もありません」

「……とある動画を観てみたところ、湯原さんが天才型の人で、志摩さんが努力型の人であったとありました。湯原さんは、別に志摩さんがいなくても活動をつづけられたのでは？」

「世間はそのように見ているようですね。ただ、わたしは志摩の存在も大きかったと思います。志摩の詞は、まるで詞の時点で曲が完成しているような、そういう代物でした。いま湯原が海外でどういう活動をしているかは知りませんが、少なくともあのとき、湯原にとっても志摩は欠かせなかった」

湯原は志摩を求めていた。そう見てよさそうだ。

次の質問を考えあぐねていると、幡井がチェロを手に取って簡単な音階練習をした。

第三弦の駒のあたりに筒状のパーツが取りつけられている。見たことのないものであったので、それは何かと訊ねた。

「ウルフキラーと呼ばれるパーツです」と幡井が答えた。「チェロという楽器は、構造上、嫌な唸《うな》りが出てしまう音程が存在しまして……どうしても、楽器の胴体と共振してしまう音があるのです。ですから、これをつけておくとそれが緩和されるのです」

それから、逆に幡井のほうから訊かれた。

「これから焼津や平さんにも取材するのですか」

「ええ、もし可能でしたら。平さんも服役を終えて出所しているようですからね。ただ、幡井さん以外は連絡先すらわからなくて」

そう言うと、幡井は少し考えてから、

「焼津と平さんであれば連絡先がわかります。ただ、勝手にお伝えするわけにもいかないから……わたしのほうから連絡して、先方が了承すればお伝えしますよ」

「助かります」

そう軽く頭を掻《か》いてから、ふと、疑問がよぎった。

「平さんとも交流はあるのですか。つまり、その……、彼が志摩さんを殺したのですよね」

「いえ」幡井が抑揚なく答えた。「わたしは、湯原のほうを疑っていますので」

コースティックの元マネージャー、平の住まいは風呂なしのアパートだった。

六畳間で、小さなキッチンがついているだけの物件だ。壁際に本が積まれているほかは、ローテーブルが一つあるだけ。不便ではないかと問うと、銭湯やコインランドリーがすぐ近くにあるので楽なものですと平が答えた。

普段は、清掃員の仕事をしているとのことであった。それも、百社以上を受け、やっと得られた仕事なのだという。が、それについての話はあまりしたくないようだった。

「わたしが志摩を殺したのは本当ですよ」

いきなり、平がそんなことを言った。

「わたしは、コースティックというバンドに入れこみすぎていて……それで、あの日、バンドを解散したいという志摩と口論になりまして」

それで、かっとなって志摩のエレキギターを奪い、殴り殺してしまった、ということだ。

ライブ映像などでは軽やかに演奏されるギターだが、重量はだいぶある。当たりどころが悪ければ、たちまち絶命してしまうだろう。

「やったあとは絶望でしたね……。解散させたくなかったのに、結果としてわたしがコースティックを終わらせてしまった。そして、スタジオから逃げました。湯原が目の前で目撃していて、ギターにはわたしの指紋もついていたというのに……とにかく、動顛《どうてん》していたのでしょうね」

平の言を反芻《はんすう》するが、不審なところはない。ただ、疑問はあった。通常、こうした罪を犯したものは、あまり話したがらないのではないか。それなのに、平はよく喋る。

まるで、自分が話すことでコースティックを守ろうとしているかのように。

「……スタジオに行ったのは夜十時だったのですよね。それはなぜ？」

「湯原に頼まれました。徹夜でレコーディングをすることになるから、弁当か何かを買ってきてほしいと。それで、幕の内弁当か何かを買って……着いたとき、志摩はすでにギターの録音を終え、残るは湯原のボーカルのみになっていました」

その後——平の言にしたがうなら、犯行があった。

弁当が一つ無駄になった、というわけだ。

「スタジオから逃げて、それから逮捕された？」

「逃げると言っても、あてもありませんから……。スマホのGPSを切っておくという知恵さえ働きませんでした。翌日の昼、近くのカラオケボックスに籠《こ》もっていたところを警察につれて行かれました。ただ、その後の展開はわたしの予想とはだいぶ異なっていましたが」

当初、警察は湯原を疑い、湯原が犯人という線を考えていたそうだ。状況から考えるなら、それは当然そうなる。平は参考人であったが、現場から逃げたことや、湯原と平の証言が一致したこと、その後に証拠が揃ったことから起訴に至ったという。

「確認させてください。当日の夜、スタジオに籠もっていたのは湯原さんと志摩さん。そこに、夜、平さんが訪れた。ほかにスタジオに入った人間はいないのですか」

「訪ねたのはわたしだけだと思います。もしほかにいたとするなら、湯原が目撃しているでしょうが、わたしはそれを知りません」

「レコーディングにしては、ずいぶん小規模に思えるのですが……」

「プロのレコーディングでは話も変わるのでしょうが、湯原と志摩の二人は、あの荻窪の音楽スタジオで二人で録ることにこだわっていました。昔から使っていたというのと、いい感じにインディー感のある音が録れるというので……。本当は、ああいう長方形の部屋は音響的によくないはずなのですけれどね。そこがいいんだ、というのが湯原の意見でした」

「彼らなりのこだわりがあったのですね」

「特に湯原は自分のボーカルに厳しくて、ちょっとでも響きが悪いと思えば何度でも録り直した。湯原のそういうストイックな態度が、わたしは好きだったものです」

「それにしても、ボーカルの録音に十時間もかけるものなのですか。録音の後処理もその場でやっていたということですか」

「その通りです。ボーカルはただ録音して終わりではない。ボーカルのレコーディングの場合、録音後に音程《ピッチ》やリズムの編集といった後処理が入ります。これは、だいぶ時間がかかるものですので、十時間は妥当な線かもしれません」

「世間では、一部、あなたの犯行ではないと見る向きもあるようですが」

「それこそ、わたしにとっては寝耳に水でした。湯原が何を考えてあのような奇妙な行動を取ったのか、いまとなってはわかりませんが……。とにかく、なんらかの事情があったのですよ。なんといっても、犯人はこのわたしなのですから」

それから、平が押し入れを開けてがさごそと何かを探し出した。

差し出されたものを見て驚いた。ジャケットのないＣＤ——あの、幻の三枚目だ。

「問題の三枚目ですね」

「おや、すでにご存知でしたか」

そもそも、なぜ平がそれを持っているのか。平によると、こういうことのようであった。出所後、平はコースティックの三枚目がマスタリングまで終わっていることを知った。この三枚目は、一部、関係者のあいだで出回っていた。そこでかつての伝手《つて》で頼みこみ、一枚、わけてもらったということのようだった。

コースティックに入れこみすぎていた、という彼の話は本当のようだ。

「幻の三枚目。傑作です」

　と平が言う。

「わたしは、いまもこれを世に問いたいと思っています。そのために、湯原にかけられた疑惑を晴らしたい。だからあなたとの話にも応じたのです。どうか――」

　と、そこで平はいったん言葉を区切った。

「皆の納得する解決を。いまからでもいいのです。それを見つけ出してやってください」

　元ドラマーの焼津は会社員をしており、妻と二人の子供がいるということだった。

忙しいらしく取材には消極的であったが、休日、家の近くらしい喫茶店を指定してきた。

「コーヒーがおいしいけれど空《す》いていて、話をするにはちょうどいいんですよ」

　焼津はそう言うと、玄関近くで丸まっているシベリアン・ハスキーを指した。

「あの犬が看板娘のようです」

犬があくびをし、それにつられたのか、焼津があくびをする。のんびりした性格のようだ。

「幡井はまだ湯原を疑っているのですよね。わたしは、どうあれ、もう終わったことだと思っているのですが……。コースティックは、消えるべくして消えたバンドだと思います」

「消えるべくして消えた？」

「曲は高く評価されていましたし、インディーズ・バンドとは思えない熱狂をもたらしていたのは事実です。でも、こうも言われていたのですよ。曲はよくできていたけれど、〝血が通っていない〟と。かくいうわたしも、その意見には賛成です。湯原は、これを聞いて苛立《いらだ》っていたようですがね」

「ははあ……」

これは伊勢原が言っていたことと通じる。

――空っぽの器みたいなものなんだ。

と、彼は言っていたはずだ。そのように感じる人間が、一定数いるというわけか。

「湯原は洋楽のコラージュがとにかくうまかった。あなたも曲を聴いたならわかるでしょう。けれど、みずから生み出したものがあるかというと、これが疑問なのです」

いろいろな意見があるようだ。

が、コースティック論はこのあたりでよいだろう。

「湯原さんは、死体の横で録音を終えるという、一種異常な行為に出ました。これについて、思い当たることなどはありませんか」

「いかにも湯原らしいとは思いましたよ」

「と言いますと？」

「湯原は異常な集中力の持ち主でした。自分のボーカルにこだわりをもって、周囲がもういいと言うのに、何度もリテイクして録り直したりなどしていました。響きが悪いからもう一度録るとかなんとか言ってね……。どのみち、一緒にやっていたわたしを馘首《くび》にするような人間です。単に、志摩の死体のことなど忘れて、集中していたのではないですか？」

まあそれは冗談ですが、と焼津が目尻のあたりを掻いた。

「あれは最後の曲の録音だったので、例のスタジオは、事件の日以降、押さえていなかったはずです。つまり実際のところ、湯原は徹夜で曲を仕上げる必要があったのです。警察の調べに対しても、湯原もそのように説明したと聞いています」

「スタジオは、荻窪のスタジオでなければならなかったのですよね」

「マネージャーの平さんはレコーディングスタジオをすすめていましたがね。荻窪のあそこは、無名時代から使っていたから愛着があったというだけでなく、なんでも、部屋鳴りがいらしくて。部屋鳴りというのは……スタジオごとに変わる音の響きです。部屋の形状とか、そういうやつが変わってきますからね」

「なるほど」

答えて、次の質問を考えていると、「あなたはどう思うのです？」と逆に問われた。

「どうも何も……まだ五里霧中《ごりむちゆう》です。焼津さんには考えがあるのですか」

「幡井はまだ、湯原が志摩を殺したと考えているようですが、わたしの考えは少し異なります。あれは、湯原による不作為の殺人であったと考えています」

「不作為？」

「簡単な問題を出しましょう。太郎君が道を歩いていて、川で溺れている次郎君を見つけた。溺死しそうに見えるが、太郎君は助けなかった。この場合、太郎君を罪に問えますか」

「それは……」

たぶん、問えないはずだ。

「道徳的には人助けをしたほうがいい。でも、法律でそれは強制できない」

「その通りです。では、第二問。太郎君が道を歩いていて、倒れて死にそうになっている次郎君を見つけた。が、太郎君は助けず、次郎君は亡くなった。この場合は？」

「同じです」

「では、太郎君が次郎君の父親であった場合は？」

「ふむ……」

難しい。でも、社会通念に照らすならば――。

「罪になるような気がします」

「そうです。保護責任者遺棄罪というやつですね。法律というやつは、冷たいようで常識に沿っているものですから……。では、このケースはどうでしょう。太郎君は父親ではない。でも、いったん次郎君を助けようとして、それから放棄した。次郎君は亡くなった。この場合は？」

「保護責任が問われる？」

「その可能性があります。さて、話を戻しましょうか。たとえ通報せずとも、湯原は、死にゆく志摩を前に救急車を呼ぶなどの行為が容易にできたのです。これは法的には〝作為の可能性・容易性〟と呼ばれるようですね。不作為犯を罪に問う条件の一つです。それなのになぜ、湯原を罪に問えなかったのか。それは、湯原が志摩の保護者でも父親でもなく――」

刹那、焼津が暗い表情を覗かせた。

「まったく助けようともしなかったからなのです」

「少しでも助けようとしたなら、保護責任者遺棄罪が発生したかもしれないと？」

「そうです。たとえば傷の手当てなどを試みれば、保護責任が発生するかもしれない。でも、法律というやつは冷たいようで常識に沿っている。だからこそ、あまりにも非常識な人間に対しては案外脆弱《ぜいじゃく》なものなのです。湯原の行為は、社会通念に沿っていない。そういう人間を罰することが、難しいのですよ。だから警察としても、死体遺棄の線を採《と》ったようですが……」

「すると、焼津さんの考えというのは……」

「法律的には平が犯人。けれど、道義的には湯原が犯人と考えています」


翌日、ぼくと伊勢原はまた例の串カツ屋で向かいあうこととなった。ぼくはこれまで調べたことを伊勢原に伝え、その上で、自分の思考の整理にかかった。

「普通に考えるなら、平が犯人だ。証拠があったということだし、そう考えるのが自然だろう。ただ、その後の湯原の行動については……」

ぼくはハイボールのジョッキを傾け、口を湿らせた。

「やはりわからない。確かに、湯原は朝までに曲を仕上げる必要があったかもしれない。それ以前に、天才とはそういうものだという気もしなくもない。でも、志摩が死んでしまえば曲も何もあったものじゃないんだ。やっぱり、湯原の行動はおかしいよ」

「では、湯原が犯人だったと？」

「バンドの解散を求める志摩を湯原が殺した？　そうすると、平の行動がよくわからない。コースティックに入れこんでいた彼が湯原をかばった？　だとしても妙じゃないか。平が出頭したならわかるが、平は現場から逃げることを選んだんだ」

「そうだな」伊勢原が答え、チーズの串揚げを口元に運んだ。

「一応、幡井や焼津が犯人という可能性も検討しておくか。荻窪のスタジオは昔から使っていたという話だから、彼らも訪ねることはできたかもしれない。でも、それなら湯原が彼らが来たと証言するだろうし……」

「第一、二人を追放したのは湯原。湯原を殺すならわかるが、志摩を殺すのはおかしい」

「そういうことになるな」

伊勢原は伊勢原で、すでに、この事件について考えたことがあるようだ。

たちまち話は沈滞《ちんたい》し、二人でちびちびと酒を飲むことになってしまった。

「誰がやったにせよ、なんで殺しちまったんだろうねえ……打楽器ですらないエレキギターで」

伊勢原が、そんな益体《やくたい》もないことを言う。

「一応音楽ライターだろう。何か筋書きを思いつかないのか？」

実は、一つ考えがないこともなかった。

が、想像だ。想像でよいかと問うと、かまわないと伊勢原が言う。ぼくは頷いた。

「……世間では、湯原が天才型で志摩が努力型ということになっている。たぶん、これは湯原と志摩の性格にも由来するのだろう。湯原が暴君のようにメンバー二人を追放したときも、志摩は二人をかばった。いかにも、天才型と努力型という感じがしないか？」

無作法に串をくわえたまま、ふむ、と伊勢原が相槌《あいづち》を打つ。

「でも、元メンバーに話を聞くと、どうも違和感が生まれてくる」

たとえば、幡井はこう言っていたはずだ。

——わたしは志摩の存在も大きかったと思います。

——志摩の詞は、まるで詞の時点で曲が完成しているような、そういう代物でした。

それから、焼津が言っていたこと。

——曲はよくできていたけれど、〝血が通っていない〟と。

——みずから生み出したものがあるかというと、これが疑問なのです。

「おまえも言っていたな。コースティックの曲は、空っぽの器みたいなものだと」

伊勢原が鼻を鳴らした。

「それで？」

「つまり、実際は、すべて逆だったのではないか、とね……」

「逆とは？」

「くりかえすぞ。天才と呼ばれていたのが湯原で、努力型と呼ばれていたのが志摩だった。でも、この二人の関係が、本当のところは逆であったなら？　幡井や焼津の話から浮かび上がるのは、実際のところ、こういう構図だ。つまり、努力型だったのは湯原で、真の天才は志摩のほうだった」

伊勢原がビールを飲もうとしたが、すでに空だ。

ジョッキを持ち上げ、店員に追加を催促する。ついでに、ぼくもハイボールの追加を頼んだ。

「でも、世間に流布したイメージは、天才・湯原。これは、一種のプロデュースだったとも考えられる。つまり、リードボーカルとして前に出るのは湯原だからね。前に出る天才湯原を、うしろの志摩が支えているという構図は、世間からも理解されやすい」

「それなりに説得力はある」

酒を待つ前に、伊勢原が新しい串を手に取った。

「でも、そうだとしてなんだというんだ？」

「動機が変わる」

「どういうことだ？」

「たとえば、ぼくらはこういうことを検討していた。もし湯原が志摩を殺したのだとすると、解散を求める志摩に反対したからではないか、とね。でも、それはどうも腑《ふ》に落ちない。だって殺してしまったら、もはや自動的に解散せざるをえないんだから。でも――」

でも、そうでなく。

「もし、湯原が志摩の才に嫉妬《しっと》し、殺したのだとしたら？」

「なるほど？」

伊勢原が眉を持ち上げた。

「モーツァルトをサリエリが毒殺したのと同じ構図か」

「それは俗説だけれどね。でもこれなら、動機としてはすっきりしたものになる」

「平については？」

「やはり、入れこんでいるコースティックをかばった。逃走したのは、より犯人らしく振る舞うため。平がやった証拠があったというが、その証拠は、湯原とともに十時間もスタジオの密室にあったんだ。ギターの指紋を拭って、かわりに平にそれを持たせるなどして証拠を改竄《かいざん》し、それから平と口裏をあわせる余裕はあったんじゃないか？」

「一番の問題点が解決していないぞ」

伊勢原が目をすがめた。

「なぜ、湯原がその後十時間ものレコーディング――〝最後のひと仕事〟をやったかだ」

「湯原が志摩の才に嫉妬し、殺したとしよう。であれば、次に考えるのは何か」

伊勢原は、ぼくが何を言おうとしているかわかったようだ。

少し面白そうに、口角の片側を歪めている。

「そう、それは自分自身が天才となることだ。だから湯原は、まるで本物の天才がやるように、死体の横で歌い、天才を演じることにした」

「うむ……」

「こうすることで、湯原は歌を本物にしようとした。あるいは、例の最後の曲の歌詞――」

――掲げろ、歌わなくなって久しいギターを。

――ぼくは座したまま死んでいく、死んでいく。

「これらの歌詞を、凶器として用いられたギターや、パイプ椅子に座った志摩の遺体に見立て、その現実通りの曲を歌う。こうして、〝血が通っていない〟と言われた自分の曲を、最後の最後、本物の音楽にしようとした。湯原は、つまり最後だけは天才であろうとした」

喉が渇いてきたところに、ちょうど酒の追加が来た。

ぼくはハイボールをあおり、それから伊勢原に頼んだ。

「なあ、伊勢原。ここまでの推理、湯原に伝えてみてくれないか」

怪訝《けげん》そうに、伊勢原が眉をひそめる。

「湯原は日本を逃れ、外国で活動している。俺なんかがコンタクトを取れるわけないだろう」

「本当にそうか？」

ぼくは食い下がった。

「たとえ、おまえが湯原青一の弟だったとしても？」

凍りついたように、伊勢原が固まった。

新しくやってきたジョッキに、手をつけようともしない。その唇が動いた。

「なぜそう思う」

「ぼくだってこんなことは言いたくない。でも、どうしても疑念が拭えないんだ。……一つには、幻の三枚目を持っていたこと。あれは、関係者しか持ってないはずだからね」

る。

「そんなことで？」

「それから、声が似ている」

——ボーカルの歌声は、抑制された、透明感のあるものだ。

——これをもうちょっと下手にすると、伊勢原がカラオケで歌うときの歌声と似る。

「声の似たやつなんかいくらだっているぞ」

「それから、おまえの態度。そんなにも音楽に詳しいのに、音楽を仕事にはしない。〝音楽にかかわる気はない、外から見ているくらいがちょうどいい〟ということだが……これは、湯原青一の事件があったからこそ、そう思うんじゃないか？」

「うがちすぎだ」

「ぼくも調べたが、あの事件はたいした報道もされていない。詳細を知るのは関係者だけだ。だけどおまえは、被害者がパイプ椅子に座っていたことまで詳しく知っていた」

「うむ……」

「たぶん、元の名前は湯原青二（Yuhara Seiji）——伊勢原優司（Isehara Yuji）のアナグラムだ。荻窪の事件があって、湯原は世間から犯人ではないかと疑われた。きっと、相応の嫌がらせもあったはず。だから、きみが名前を変えていたとしてもおかしくはない」

まいった――。

伊勢原がつぶやいて、軽く両腕を持ち上げた。

「おまえの言う通りさ。ついでに言うなら、おまえがライターになって、記事がバズったところにコースティックの話を出したのは、調べさせ、改めて記事にしてほしかったからだ。できれば、湯原への世間の疑惑を払拭するような記事をな」

「なるほどね」

「だが……おまえは俺が求めていたのと逆の結論を出してしまったようだな。で、それを青一に伝えてどうする？　仮におまえの言う通りだったとしても、あいつは決して首を縦には振らないだろう」

「反応を見てほしい。少しでも、わかることもあるかもしれないだろう」

「わかったよ」

伊勢原が答え、ジョッキをあおった。

「おまえを騙《だま》してた罪滅ぼしだ。だが、本当にあいつに伝えるだけだからな……」

伊勢原はいつそうするとは言わなかった。が、彼が約束した以上、ぼくの推理は湯原に伝わるはずだ。

その日、ぼくは家に帰り、もう一度コースティックの三枚目を聴いてみた。

確かに、よくできている。

が、これまで聞いた話を総合すると、印象がだいぶ変わってしまった。曲がよくできたコラージュで、血が通っていないと言われれば、そのようにも聞こえる。偉そうに音楽のことを書くくせに、ぼくの耳も、ずいぶんと適当なものだ。

いまだに、ありえもしない三枚目のリリースを考えている平が哀れにも思えた。

もし、本当に平が犯人ではなく、湯原がそうだったのだとしたら。

平が、湯原をかばっているだけであったとしたら。

冤罪を晴らすことは、可能だろうか。

たとえばもし、平がなんらかの理由で心変わりして、証言を翻《ひるがえ》したとしたら?

たぶん、難しいだろう。刑はすでに確定しているし、いまさら湯原が罪を認めるはずもない。新しい証拠でも出れば話は変わるのかもしれないが、事件は、すでに十三年も前のことなのである。

むろん、ぼくが湯原に対して冤罪をかけている可能性も充分にありえる。

実際に警察が捜査し、逮捕したのは平だからだ。その場合は、冤罪に苦しむ湯原をさらに苦しめることになる。ぼくもぼくで、なんらかの罪滅ぼしを考えなければならないだろう。

ただ、いくら考えても、ぼくは自分の考えのほうが確からしいと思えてしまうのだった。

それでも、はっきりしない。

居心地が悪いような、息がつまるような夜がつづいた。仕事にも集中できない。伊勢原には湯原の反応を見てほしいとは言ったが、落ち着いて考えれば、実際のところ、何もわからないに決まっている。変なことを伊勢原に頼んだことを、後悔しはじめもした。


伊勢原からやっと連絡が来たのは、二週間後のことだった。

通話に出るのを、ぼくは一瞬ためらった。何か引け目のようなものを感じたからだ。それを圧《お》し殺し、スマートフォンの通話ボタンをタップした。

伊勢原の話は意外なものだった。

「兄貴がおまえとリモートで話してみたいと言っている。都合はつけられるか？」

リモートの会合はその翌週にセッティングされた。

何を話すことになるのか皆目わからず、そもそもなぜ湯原がぼくと話したいと考えたのかもわからないので、また居心地の悪い日々がやってきた。

そのうち、伊勢原から会合のためのリンクアドレスが送られてきた。

そして日曜の昼——湯原のいるアメリカでは土曜の夜、会合が実現した。湯原はしばらく現れず、画面にはぼくと伊勢原がいるのみだった。何を話すことになるのか伊勢原に探りを入れてみたが、彼もよくわかっていないという。

それで、湯原を待つまでのあいだ、なんとなく気まずい沈黙が訪れた。

やがて三人目が来た。湯原だ。画面の背景はシンセサイザーのラックで、まだ彼が音楽の仕事をしていることが察せられた。顔は、やはり伊勢原に似ている。が、湯原のほうは白髪も多く、年上だというのを差し引いても、だいぶ老けこんで見える。

「やあ、遅れて悪かったね」

その湯原が口を開いた。口調は、見た目に反して快活なほうだ。

「仕事で遅れてしまって……。それで、慌てて入ってきたってわけ」

「仕事というのは、何をされているのですか？」

ぼくと、画面のなかのぼくが同時に湯原に訊いた。

「スタジオミュージシャンだね」

湯原がすぐに答えた。

「ベースと、それからキーボードをやっている。実入りはそんなに悪くないよ」

「それで、今日はどうしてお話をしてくれることに？」

「いやあ」

なぜか照れでもするように湯原が頭を掻く。

「なんといっても、きみの推理とやらが面白かったからさ」

「はあ……」

「天才だったのは志摩で、ぼくのほうはそうでなかった……それは、まさしくきみが言う通りだよ。コースティックが成り立っていたのは、すべて志摩の詞のおかげだった」

それから、あーあ、と湯原が残念そうに両手を持ち上げた。

「志摩のソロ活動も見てみたかったな。それがかなわなかったのは残念だよ、本当に」

「その、志摩についての疑惑なのですが……」

言いにくいことを切り出したつもりだが、「それね」と湯原が軽く応じた。

「ぼくがやったって話でしょ？　それは、ないない」

「信じてよいのですか」

「ちょっと考えてみてくれよ。ぼくが証拠を改竄したとしても、ギターの指紋からして難しいんだ。何しろ、ぼくの指紋を拭えばいいって話じゃない。そこにすでにあったはずの、無数の志摩の指紋まで復元しなきゃならないからね」

顎に手を添え、しばし考えた。一理ある。

まだあるよ、と湯原がつづけた。

「ぼくらのパートを考えてみてよ。志摩がギターのサイドボーカル、ぼくがベースのリードボーカル。ぼくは、すでに自分のベースギターを持っていたんだ。あえて志摩のギターを奪って殴り殺す必要なんてどこにもない」

「ああ……」

「何より、警察がぼくらの身長やら何やらを考慮して、殴打の傷が、平によるものだと立証した。平のやつが志摩を殴り殺したことは、それは曲げようのない事実なんだ」

湯原の言を反芻してみたが、おかしなところはない。

彼の言う通り、実行犯は平だろう。当事者のことは、当事者が一番わかっているということだ。ぼくは頭を深く下げ、非礼を詫びた。

「頭なんか下げなくていいよ」

フランクな口調で、湯原がそんなことを言う。

「だって、殺意があったのは本当だもん。やっとバンドが大きくなってきて、これからってときに、突然解散とか言い出してさ。平さんがやってくれなかったら、結局、ぼくが殺してたかもしれないね。そもそも、ぼくが救急車を呼んでたら助かってたかもしれないし」

快活な口調が、いやに不気味に響いて聞こえる。

「あの……」

とぼくは口を開きかけ、そのまま固まってしまった。

そこに、伊勢原が割って入ってきた。

「犯人が平だったっていうのはいい。だが、大事なことが何もわかってないぞ」

苛立っているのか、やや早口になっている。

「結局、なんで兄貴は死体のある部屋でレコーディングなんかつづけたんだ？」

「そこの彼の推理じゃ駄目なのかい？　ぼくが、天才のふりをするために死体の横で歌ったっていうやつ——あれは、なかなかいいじゃないか。最後の最後に、ぼくは天才であろうとした。いいじゃないか。美しい話だよ」

ぼくも、伊勢原も、黙りこんでしまった。

ぼくが言いたいことは、伊勢原がかわりに言ってくれた。

「その口ぶりからすると、違うんだな」

録音をつづけた理由はほかにあった、ということだ。

「なぜだ！」

と、このとき、急に伊勢原が感情を爆発させた。

「兄貴がそんな妙なことをするから、警察にも、皆にも疑われて……俺は名前を変えたし、兄貴は兄貴で海外暮らしだ。家族だろう、せめて理由くらい説明しろよ！」

湯原が横を向いて、困ったように鼻の頭を掻いた。

「まあね。別に、話してもいいんだけれど——」

それから、湯原は心底不思議そうに首を傾げてみせた。

「本当にわからないの？」

「わからねえよ」

と伊勢原がしょげたように言う。

「兄貴、本当にどうしちまったんだ。昔は、そんなやつじゃなかっただろう？」

「これが素のぼくだよ。アメリカに来て、隠す必要もなくなったからね。それで、レコーディングをつづけた理由なのだけれど、この流れだと、秘密にしておいたほうが面白そうだね？」

画面の伊勢原が、怒りを抑えているのがわかる。ぼくはまずいと思い、その彼に一声かけようとした。この湯原という男は、楽しんでいる。この状況も、伊勢原の怒りも。

が、わかっているというように、伊勢原が手のひらを画面に向けた。

この様子を見て、湯原が急につまらなそうに表情をしぼませた。

少しだけ考えて、ぼくは口を開いた。

「このままだと、ぼくは記事を書くことになる。湯原は天才のふりをするために死体の横でレコーディングをしたという筋書きでね。何しろ、当事者のきみがそれでいいと言ったんだから」

「言ったな」しばしの間を置いて、湯原が応える。

「でも、本当にそれでいいのか？　きみはそんなことで満足なのか？　つまり本当は、もっときみらしい理由があってそうしたんじゃないのか？」

そう来なくてはとでも言うように、画面の湯原が愉快そうに口角を持ち上げた。

「なるほど、きみの策略はわかった。……いいだろう、乗ってやろうじゃないか」

これでようやく、湯原が話し出した。

「部屋鳴りがよかったんだよ」

「部屋鳴り？」と、これは伊勢原だ。

「ぼくが自分のボーカルの響きにこだわりを持っていたのは知ってるね」

――ちょっとでも響きが悪いと思えば何度でも録り直した。

――周囲がもういいと言うのに、何度もリテイクして録り直したりなどしていました。

――響きが悪いからもう一度録るとかなんとか言ってね……。

ああ、とぼくは生返事を返した。

「荻窪のスタジオにこだわっていたのも、部屋鳴りが気に入っていたからだ。でも部屋鳴りってのは反響音だから、ちょっとした家具の配置とかで変わってくる」

「ちょっと待て」伊勢原が顔色を変えた。「すると、おまえは……」

「そうだよ」と湯原が微笑んだ。「志摩の死体が必要だったんだよ。というのもね、志摩と平が口論しているのを見て、なんだかぼくは楽しくなっちゃって、背後で歌を口ずさんでBGMをつけてたのさ。そのうちに、平がギターを奪って志摩を殴り殺して逃げた。するとどうだ、歌の響きがとてもよくなったんだ」

志摩の姿勢がいい具合になったんだろうね、と湯原がつづける。

「それからだよ。志摩が死んで椅子に座っているあいだは、実にいい響きで録音することができた。あれだよ、チェロで言うウルフキラーみたいなものさ。だから、録音を終えるまで、志摩にはその場所で座ってもらわなければならなかった」

「それだけの」――理由で？　と、つづく声が出なかった。

満足そうに、画面の湯原が頷いた。

「正真正銘、それだけだよ。死んだ志摩は、最後に実にいい仕事をしてくれた」

解説

若林踏（書評家）

本アンソロジーは二〇二三年に発表された本格ミステリ短編の中から、阿津川辰海、廣澤吉泰、若林踏の三名が討議の末に厳選した作品を収録したものだ。各編の初出については三六四頁に一覧があるので、そちらをご参照いただきたい。

二〇二三年の本格ミステリシーンは米澤穂信『可燃物』（文藝春秋）、京極夏彦『鵼《ぬえ》の碑』（講談社）、東野圭吾『あなたが誰かを殺した』（同）とベテランの力作が勢揃いした印象が強い。特に京極と東野は〈百鬼夜行〉シリーズと〈加賀恭一郎〉シリーズという、各作家の代表的なシリーズの最新作がほぼ同時期に刊行されたため、狂喜乱舞した本格ファンも多かったのではないだろうか。いっぽうで原書房の『２０２４本格ミステリ・ベスト10』国内編第一位を白井智之『エレファントヘッド』（角川書店）が獲得し、方丈貴恵の短編集『アミュレット・ホテル』（光文社）が発売即重版になるなど、二〇一〇年代にデビューした新鋭の活躍も目立つ年でもあった。本書はベテランから若手まで、多種多彩な書き手で賑わった二〇二三年の本格ミステリ界を象徴する一冊になっているはずだ。

東川篤哉「じゃあ、これは殺人ってことで」

東川のデビュー作『密室の鍵貸します』（光文社）以来続く〈烏賊川市《いかがわし》〉シリーズの一編だ。二〇二二年にはデビュー及びシリーズ二〇周年を記念する長編『スクイッド荘の殺人』（同）が刊行されたが、思わず脱力してしまうようなギャグの中に緻密な謎解きの構成を忍ばせる手つきは相変わらず上手い。同作は記念作品らしい特別な事は一切書かれていない（気がする）のだが、その変わらなさこそが〈烏賊川市〉シリーズが長く愛される理由なのだろう。

本作もまた然りで、社長の座目当てで叔父の殺害を目論む甥っ子の奮戦ぶりをドタバタコメディのタッチで描く。犯罪計画がややこしい感じにこんがらがる様子は思わず笑ってしまうのだが、終盤近くで不意打ちの如く切れ味鋭い推理が展開するのはお見事。やはり捻くれた倒叙ミステリを書かせたら、東川篤哉の右に出るものはいないだろう。

結城真一郎「悪霊退散手羽元サムゲタン風スープ事件」

昨年の『本格王2023』に収録された「転んでもただでは起きないふわ玉豆苗スープ事件」に続き、「小説すばる」（集英社）掲載の連作シリーズを今年も選出した。デリバリーのみで料理を提供する、いわゆる〝ゴーストレストラン〟を題材にしたもので、料理が運ばれる先で起きる奇妙な出来事の真相を暴く、という形式で毎回描かれている。今回はマンションの空室に何故かいつも料理が届けられる、という魅力的な謎が冒頭から用意されて読者の心を摑む。更に解決篇では「なぜ？」の部分が綺麗に解かれるばかりか、物語として洒落たオチも最後に付く。謎の提示から幕切れに至るまで、一分の隙も無い構成で読ませる短編ミステリのお手本のような作品だ。単行本化が待ち遠しい連作シリーズである。

北山猛邦「未完成月光　Unfinished moonshine」

大胆かつ奇抜な物理トリックと、幻惑的な物語世界で読者を魅了する北山猛邦の面目躍如というべき一編だ。ある友人から渡された原稿の中に書かれていたのは、たった一晩で小屋が消失したという不可思議な現象だった。友人によれば、この原稿はあのエドガー・アラン・ポオの未発表原稿なのだという。〝物理の北山〟の異名にふさわしい魅力的な消失トリックもさることながら、それを幻のポオの原稿という更に蠱惑的な謎で包み込むという構造が堪らない。ポオというモチーフが物語の隅々まで支配し、様々な驚きを生んでいる点を味わっていただきたい。
なお、北山は同じ二〇二三年にオンライン会員制読書クラブ「ＭＲＣ（メフィストリーダーズクラブ）」の企画〈推理の時間です〉において「竜殺しの勲章」という作品を寄せている（「メフィスト 2023 SUMMER VOL.8」にて問題編を掲載後、解答編をＭＲＣサイト上にて二〇二三年八月に公開）。現在、アンソロジー『推理の時間です』（講談社）に収録されているのでこちらも是非読んでみて欲しい。

青崎有吾「人魚裁判」

二〇二三年に話題となったミステリ小説のアニメ化作品といえば、青崎有吾原作の「アンデッドガール・マーダーファルス」だろう。〝怪物専門の探偵〟を名乗る主人公たちが繰り広げる活劇と推理が見事に映像化され、ファンにとっては満足度の高いものだった。本作は〈アンデッドガール・マーダーファルス〉シリーズの一編で二〇二三年に刊行された第四巻にも収録されている。題名の通り、人間を殺害したと疑われる人魚を巡って白熱の論戦が展開する法廷ミステリだ。青崎がＳＦからアクション小説に至るまで幅広いジャンルをこなせる作家である事は二〇二二年末に刊行されたノンシリーズ短編集『11文字の檻』（創元推理文庫）にて既に証明済みだが、裁判小説も難なく書けてしまうことを本作で示した。もちろん、手がかりの緻密な検証を基にしたアクロバティックな推理も存分に味わえるし、輪堂鴉夜・真打津軽・馳井静句ら主要キャラクターの見せ場もしっかり作っているのも嬉しい。

荒木あかね「答え合わせ」

『本格王2023』に収録された「同好のSHE」に続き、荒木あかねの作品を収録する。血の繋がらない父親が瀕死の状態で残した、「とうまからだをたいせつに」「だいすきだよ」という言葉。父が最後に放った言葉の意味を知るために、国語教師の〝俺〟は意外な方法を用いて解釈を始める。いわゆるダイイングメッセージものの変奏曲と言うべき作品だが、謎が提示されるシチュエーションにせよ、それを解くためのアプローチにせよ、どこを切り取っても独創性に富んだ一編になっているのだ。言葉の表面には出てこない、義理の親子の結びつきがしみじみと浮かんでくる家族小説としての構成も素晴らしく、余韻たっぷりの幕切れには思わずため息が零れるほど。荒木あかねは二〇二二年にデビューしたばかりの新鋭だが、創意溢れるアイディアを熟達した文章で描き切る様は堂に入ったものだ。

宮内悠介「最後のひと仕事」

複数の作品で芥川賞・直木賞の候補に選ばれることからも分かる通り、宮内悠介の創作活動は純文学とエンターテインメントの境界を越えて多岐にわたるものとなっている。手掛ける領域はとうぜんミステリにも及んでおり、『月と太陽の盤 碁盤師・吉井利仙の事件簿』(光文社)や『かくして彼女は宴で語る 明治耽美派推理帖』(幻冬舎)などの謎解き要素を孕んだ作品をこれまでも発表している。

本作では「何故その人物は死体のある音楽スタジオで平然とレコーディング作業を続けていたのか」という謎が物語の中心に置かれている。謎解きミステリファンならばエドワード・D・ホックの有名短編「長方形の部屋」を連想とするだろうが、「最後のひと仕事」は更に新鮮な一捻りを加えたものになっているのだ。ジャンルを横断して活躍する著者の、本格ミステリに対する愛着が分かる一編である。

●初出一覧

東川篤哉「じゃあ、これは殺人ってことで」
……………………………………（「ジャーロ」No.86 2023 JANUARY）
結城真一郎「悪霊退散手羽元サムゲタン風スープ事件」
…………………………………………………（「小説すばる」2023年5月号）
北山猛邦「未完成月光　Unfinished moonshine」
……………………………………………（「紙魚の手帖」vol.11 2023 JUNE）
青崎有吾「人魚裁判」……（「小説現代」2023年7月号掲載後、23年7月刊『アンデッドガール・マーダーファルス　4』（講談社タイガ）に収録）
荒木あかね「答え合わせ」………（「オール讀物」2023年9・10月合併号）
宮内悠介「最後のひと仕事」
…………………（『Jミステリー2023 FALL』（光文社文庫　23年10月刊））

本格王《ほんかくおう》2024

本格《ほんかく》ミステリ作家《さっか》クラブ選《せん》・編《へん》

講談社文庫
定価はカバーに
表示してあります

2024年6月14日第1刷発行

KODANSHA

発行者——森田浩章
発行所——株式会社　講談社
東京都文京区音羽2-12-21　〒112-8001
電話　出版（03）5395-3510
　　　販売（03）5395-5817
　　　業務（03）5395-3615

デザイン—菊地信義
本文データ制作—講談社デジタル製作
印刷———株式会社KPSプロダクツ
製本———株式会社国宝社

Printed in Japan

ISBN978-4-06-535959-4

講談社文庫刊行の辞

二十一世紀の到来を目睫に望みながら、われわれはいま、人類史上かつて例を見ない巨大な転換期をむかえようとしている。

世界も、日本も、激動の予兆に対する期待とおののきを内に蔵して、未知の時代に歩み入ろうとしている。このときにあたり、創業の人野間清治の「ナショナル・エデュケイター」への志を現代に甦らせようと意図して、われわれはここに古今の文芸作品はいうまでもなく、ひろく人文・社会・自然の諸科学から東西の名著を網羅する、新しい綜合文庫の発刊を決意した。

激動の転換期はまた断絶の時代である。われわれは戦後二十五年間の出版文化のありかたへの深い反省をこめて、この断絶の時代にあえて人間的な持続を求めようとする。いたずらに浮薄な商業主義のあだ花を追い求めることなく、長期にわたって良書に生命をあたえようとつとめるところにしか、今後の出版文化の真の繁栄はあり得ないと信じるからである。

同時にわれわれはこの綜合文庫の刊行を通じて、人文・社会・自然の諸科学が、結局人間の学にほかならないことを立証しようと願っている。かつて知識とは、「汝自身を知る」ことにつきていた。現代社会の瑣末な情報の氾濫のなかから、力強い知識の源泉を掘り起し、技術文明のただなかに、生きた人間の姿を復活させること。それこそわれわれの切なる希求である。

われわれは権威に盲従せず、俗流に媚びることなく、渾然一体となって日本の「草の根」をかたちづくる若く新しい世代の人々に、心をこめてこの新しい綜合文庫をおくり届けたい。それは知識の泉であるとともに感受性のふるさとであり、もっとも有機的に組織され、社会に開かれた万人のための大学をめざしている。大方の支援と協力を衷心より切望してやまない。

一九七一年七月

野間省一